艺术学视域下的《红楼梦》图谱研究

颜彦 著

国家图书馆出版社

图书在版编目(CIP)数据

艺术学视域下的《红楼梦》图谱研究 / 颜彦著. — 北京 : 国家图书馆出版社, 2023.7

ISBN 978-7-5013-7645-2

Ⅰ. ①艺… Ⅱ. ①颜… Ⅲ. ①《红楼梦》研究 Ⅳ. ①I207.411

中国版本图书馆 CIP 数据核字(2022)第219863号

书　　名 艺术学视域下的《红楼梦》图谱研究
著　　者 颜　彦　著
责任编辑 王燕来
装帧设计 爱图工作室

出版发行 国家图书馆出版社(北京市西城区文津街7号　100034)
(原书目文献出版社　北京图书馆出版社)
010-66114536　63802249　nlcpress@nlc.cn(邮购)
网　　址 http://www.nlcpress.com
经　　销 新华书店
印　　装 北京雅图新世纪印刷科技有限公司
版次印次 2023年7月第1版　2023年7月第1次印刷

开　　本 710×1000　1/16
印　　张 20.25
书　　号 ISBN 978-7-5013-7645-2
定　　价 128.00元

自　序

阿英先生在1963年发表的文章《漫谈〈红楼梦〉的插图和画册——纪念曹雪芹逝世二百周年》中曾经勾勒《红楼梦》插图发展和研究的概况："从一七九一年刊有插图的程伟元本《红楼梦》出版以来，《红楼梦》的书籍插图，不但已有一百七十多年的历史，而且经过美术家们的不断精心创造，也获得了一定成就，只是我们的《红楼梦》研究者，很少注意到这一方面，因而很多艺术家们在这一方面的努力，就很少为人所知。"[1]阿英的描述有三点值得我们注意：第一，在二百多年的历史中，《红楼梦》的书籍插图已经取得了一定的成就。这主要源于各刊本插图的丰富和拓展，其中"大部分是属于'绣像'之类，从体现《红楼梦》小说所规定的人物性格特征方面看，却是经过了探索，并在某种程度上作了刻画的。后来发展的'情节插图'，也不但能适当的反映《红楼梦》文学作品的内容，还承继了民族的、传统的

[1] 阿英：《漫谈〈红楼梦〉的插图和画册——纪念曹雪芹逝世二百周年》，见《小说四谈》，上海古籍出版社，1981年版，第104页。

章回小说插图风格和结构”[1]。“绣像”和“情节插图”构成了书籍插图的主体，也成为支撑《红楼梦》书籍插图史的最主要的筋骨和血脉。第二，在《红楼梦》书籍插图的历史中，美术家们的不断精心创造，极大地提升了《红楼梦》插图的艺术品质，彰显了《红楼梦》插图取得的成就。像程甲本、双清仙馆本、古越诵芬阁本的绘图者，以及画家改琦、王墀、吴友如，都是阿英极力推崇和称赞的，这些作品成为标示《红楼梦》插图重要艺术特征的代表，其中一部分也成为《红楼梦》插图史上推动风格转变的里程碑式的作品。第三，与《红楼梦》插图所获得的成就相比，《红楼梦》研究者更多地将焦点集中到文本、版本上，却很少注意到插图这一方面。研究得少，关注得也就少，导致《红楼梦》插图就很少为人所知，插图的数量和种类、插图艺术的特征和风格、插图刻画的优势与劣势、插图蕴含的文化因子和人文精神等等，很多问题也就缺少深入的分析和认识。

在《红楼梦》初刻本问世以来的两百余年中，《红楼梦》相关的插图本和画谱也都随之出版问世，但是，与之相关的研究却寥寥无几，难怪阿英将其视为一憾，并对其进行了最初的史的脉络的梳理以及艺术特征的分析。作为较早注意到《红楼梦》插图的研究者，阿英作为20世纪学人的代表，以其深厚的学识为背景，以其独到的眼光注意到了《红楼梦》插图的价值，抓住了问题的关键，其编辑的《〈红楼梦〉书录》《〈红楼梦〉版画集》，撰写的《漫谈〈红楼梦〉的插图和画册——纪念曹雪芹逝世二百周年》已经初见成果，颇具体系，特别是对很多刊本插图和画册版本价值的定位和艺术风格的评定，富有真知灼见，为此后《红楼梦》插图的研究奠定了坚实的基石。

此后，各学者基本沿着这条路径推进。在《红楼梦》刊本插图的整理上，像一粟《红楼梦资料汇编》（中华书局1964年）、《红楼梦书录》（上海古籍出版社1981年），胡文彬《红楼梦叙录》（吉林人民出版

[1] 阿英：《漫谈〈红楼梦〉的插图和画册——纪念曹雪芹逝世二百周年》，第104页。

社1980年），朱一玄《红楼梦资料汇编》（南开大学出版社1985年），基本达到了廓清现有刊本插图基本面貌的目的。在《红楼梦》插图艺术性的分析上，像郭味蕖《中国版画史略》（朝花美术出版社1962年）、郑振铎《中国古代木刻画史略》（人民美术出版社1985年），虽然并非专门针对《红楼梦》插图的研究，但因为将其放置到中国古代版画的历史中，因而对《红楼梦》插图的研究具有了学术史的价值和意义。

今天，《红楼梦》插图的研究已不再落寞，尤其是近年来，伴随图像学和视觉文化研究的兴起，古籍插图和画谱的研究已经成为新的学术热点和增长点。2020年，"图像学视域下的文学艺术研究"成为"中国十大学术热点"之一，跨越文学和艺术领域的图像研究越来越受到关注，图像学研究中涉及的有关图像叙事、图像主题、图像风格、图像符号获得了更加深入的探索，从社会、历史、文献、美学等不同角度的解读使得图像学的触角触及更多的学术领域，也因此使得图像研究的覆盖面和辐射度越来越广泛。

《红楼梦》插图研究顺应这一波学术热潮，其研究空间的广度和深度都得到了极大的拓展和深入。既有的《红楼梦》插图研究，基本可以分为两大类：一类是个案研究，一类是类别研究。前者选择某一种刊本插图、某一部画谱或某一幅画作为对象，后者划定某一个类别，如刻本插图、石印本铅印本插图、画谱类图像作为对象。这些研究极大地推动了《红楼梦》插图研究的进展，使《红楼梦》插图呈现出百花齐放的态势。

在图像学、视觉文化、艺术学的交互影响和支撑下，《红楼梦》插图研究在继承以往研究传统的基础上也表现出一些新的特点。第一，从版本角度对插图本的厘清和讨论更加深入。特别是将插图从文本中剥离出来，考察插图的来源、诞生和演变，使得我们更加清晰地认识到插图本中插图的独立属性。第二，插图艺术的解析更加细致，角度更加多元。有在梳理传统绘人物画脉络的基础上，分析清中晚期以来绣像展示出的仕女画特色；有从受众传播的角度，探析《红楼梦》图像所蕴含的大众趣味性；有从翻刻实践的角度，在刊刻的过程中还原《红楼梦》不同刊本的艺术特色。第三，插图研究深入到图像所蕴含的文化基因及其附加的文艺生态中，论述得更加精辟，见解更为独到。

这些研究显然是积极的，在推动《红楼梦》插图研究上也是富有新意和创见的。研究的渐次深入，一方面使我们认识到《红楼梦》插图研究本身关注的议题也是有所侧重的，这也就造成了研究热点的相对集中，同时意味着某些问题的被忽视；另一方面，当研究的数量积累到一定程度上时，也促使我们重新回顾《红楼梦》插图自身的个性，这也能让我们及时进行经验的总结和反思，从而更加科学地推进下一步研究。

《红楼梦》插图的诞生时机是很值得玩味的一件事，清乾隆五十六年（1791），作为刻本插图来讲，其实是有些尴尬的。如果把这个时间节点植入到章回小说插图本甚至古籍插图刊刻的时间线索中，会发现它其实恰恰处在中国木刻画不上不下的困境当中。

《红楼梦》作为中国古代四大名著之一，在文学史上是具有伟大意义的，然而这部作品诞生的时间却晚于其他三部名著，当然，也正是这样的时间使得它富有了极为强烈的现代性，能够实现将“传统的思想和写法都打破了”[1]这样一种超越性和解构性。然而这样的时间也使它错过了古籍插图刊刻的“黄金时代”——万历时代。那个时代是“登峰造极，光芒万丈”的，“其创作的成就，既甚高雅，又甚通俗”，集合了“过去七八百年来累积起来的技术与经验”[2]。像《三国志演义》的金陵大业堂本、新安黄诚之刻本，《水浒传》的杭州容与堂本、郁郁堂本，《西游记》的金陵世德堂本、杭州刘君裕刻本，都是那个时代产生的精华。《红楼梦》错过的不仅仅是那个硕果累累的时代，也错过了

[1] 鲁迅：《中国小说的历史变迁》，见《鲁迅全集》卷九《中国小说史略·附录》，人民文学出版社，2005年版，第348页。

[2] 郑振铎：《中国古代木刻画史略》，人民美术出版社，1985年版，第51页。

那些富有想象、功力深厚、气魄宏大，能够表现“古典美”的绘刻者。《红楼梦》这部伟大的小说拥有那么多具有个性和魅力的人物形象，这些鲜活的人物如果能够遇见那个黄金时代的“雕龙手”，会幻化出怎样鲜活的生命和动人的形象呢？

《红楼梦》插图的错过不仅仅留给了后人遗憾，对研究者而言，更重要的是提示我们，《红楼梦》插图所处的图像历史上下文中的位置，以及这种位置所具有的时代意义。明清易代打断了木刻画持续不断的脉络，一直到顺治年间才重新接续起来，康熙以后重现较为繁盛的景象，但是整体趋势却日渐式微，特别是民间刊刻日趋萧索。《红楼梦》初刻本程甲本插图就是在木刻画已然走上“衰落”这一过程中出现的。也因此，局限了程甲本插图的艺术价值，它的意义更多地体现在第一次以图像形式为文本中的相关人物和情境造型和布局，而且因为其精心的设计对之后很多刊本插图产生具有分量的影响。但是不能否认，在艺术上，它的插图已经不具有明末插图那样的风致和古意，而是显得相对生疏，图像附带了更多的匠气。与其他三部名著拥有多部精致美妙、生动有气势的插图本相比，《红楼梦》插图本的品质的确显得有些底气不足，而对《红楼梦》这部划时代作品而言，又显得有些委屈了。

弥补这一遗憾的是清光绪间西方近代石印技术、铅印技术的引入和兴起，它终于使得《红楼梦》插图不再只有寥寥十几幅或二十几幅人物画像，而终于也拥有了与情节照应的回目画。特别是那个繁复异常、难于刻画的“大观园”也开始走进了书籍当中，真正以《大观园图》的样貌呈现出来。这些插图本的意义也是相当重要的，一方面，新的技术的加持，《红楼梦》插图本终于拥有了独属于自己的洋洋巨制，像同文书局石印本，绣像一百二十幅，回目画二百四十幅，成为可以与其他拥有百十幅插图的大型刊本相媲美的作品；另一方面，它们作为中国古代小说图像的重要组成部分，成为了中国古代小说图像在近代复兴的重要参与者和见证者，在从传统木刻到新兴技术的变革中，作为直接的推动者留下了《红楼梦》插图自己的历史痕迹。

另外一个能够弥补《红楼梦》插图遗憾点的是《红楼梦》图像题材的多样性。或许是由于《红楼梦》讲述的是贵族阶层的故事，因而它特别符合上层精英分子的需求，因而像故宫长春宫游廊出现了《红楼梦》壁画，北京某王府出现了《大观园图》大型画作；又或许是《红楼梦》本身精致的生活品位、美轮美奂的园林之景，吸引着一大批艺术家们绘制着各种各样的画谱、画册，像改琦《红楼梦图咏》、王墀《增刻红楼梦图咏》、王钊《红楼梦写真》等；又或许是由于《红楼梦》文本自身的世情题材，也特别符合家庭日常受众需求，因而像苏州桃花坞、天津杨柳青都乐于制作《红楼梦》年画。《红楼梦》题材的受众是多元的，进入画作的意象是丰富的，以其为题材创作的绘画作品有着多种多样的物质载体。作为《红楼梦》插图主线的刊本插图与画谱及其他一系列画作之间彼此相辅相成，交互影响，无疑都提升了《红楼梦》作品的美术格调和艺术格局。

本书是笔者陆陆续续对《红楼梦》图像进行思考的一个小结，全书共设四章：图像与刊本、图像与文本、图像与绘画、图像与工艺。第一章梳理《红楼梦》插图流传的历史脉络，建立刊本演变的时空坐标，为了解《红楼梦》各刊本打下第一步基石。第二章深入到图文关系中，阐释绘图者对《红楼梦》文本的理解，及其所运用的图像修辞传达了怎样的阅读体验。第三章将图像延伸至悠久的绘画传统中，分析图像再现展示出来的美学风格和美学意境。第四章将文本中富有特色的工艺制品遴选出来，探讨图像作为一种社会历史痕迹体现出的艺术层次和向度。全书四章的结构设置既有时空的历时性纵向建构，全面揭示《红楼梦》图谱概貌，凸显其文献价值和图像传统，也兼顾特定时代的横向专题，深入图文关系，探讨图像的艺术风格和特色，发掘其中的隐含喻义及美学表征。

由于时间和精力的关系，这本小书还有许多未能触及的地方，内容的完整性还有待填充，有些观点思考的深度和广度也还有待拓展。不过，作为个人在《红楼梦》插图研究进程中的一个阶段，本人不揣浅陋，愿意与更多同好分享。一方面，希望热爱《红楼梦》、热衷图像研究的人更多地关注《红楼梦》插图，去了解穿过时间隧道流传下来的那些《红楼梦》插图作品，去感受它们在图像上的艺术感召力；另一方面，也希望求正于方家，获得更多的反馈，吸取经验，做好下一步的研究工作。

颜 彦

2022年8月

目 录

第一章　图像与刊本

第一节　珍本荟萃：国家图书馆藏《红楼梦》插图本考述

《红楼梦》自问世以来，首先以抄本形式流传，刻本的出现最早可以追溯到清乾隆五十六年（1791）程伟元萃文书屋的活字排印本，也就是我们熟知的程甲本。值得注意的是，该本在诞生之初就有精美的插图相伴随。或许正是因为初刻本就附有插图，此后诸多刊本也追随程甲本附图的形式，并在相当长的一段时间中慢慢发展变化，衍生出了很多不同内容、不同形态的图像文本，《红楼梦》的图像传统就此形成。其实，如果我们将视野放到更加广阔的绘事素材的范畴中，会发现社会文化艺术的很多领域都出现了“红楼”题材图像，像壁画、年画、屏风、瓷器等等。当然，《红楼梦》刊本中的插图仍然是《红楼梦》图像传统中最为核心的部分。

国家图书馆作为收藏古代文献的重要阵地，在《红楼梦》的收藏上亦富有特色，不但数量多，而且有很多具有重要文献价值和版本价值的版本，其中很多还是名家旧藏。以下，我们就对这些插图本做详细梳理。

1. 程甲本、程乙本

《红楼梦》的最初刻本，在清乾隆五十六年（1791）由程伟元萃文书屋出品，题名“新镌全部绣像红楼梦”，半叶十行，行二十四字，白口，四周双边，也被称为程甲本。程甲本存世量很少，刻印精工，故极为珍贵。已知传世的程甲本仅6部：国家图书馆藏2部；北京大学图书馆藏1部，原为马幼渔旧藏，后赠予胡适，再经胡适捐赠；中国社会科学院文学所藏1部，为20世纪60年代中国书店所购，后入藏社科院；2008年嘉德秋拍又出现1部，乃两个程甲本残本合并而成，当时拍出了212.8万元，由藏书家韦力先生竞得；2017年嘉德春拍，又1部程甲本出现，为康生旧藏，最终以2403.5万元成交，成为史上最贵的《红楼梦》。我们期待作为稀世珍宝的程甲本还会再次现身。

国图藏两部程甲本，一为马幼渔旧藏，24册（索书号：19626）。按，马幼渔（1878—1945），名裕藻，字幼渔，鄞县（今浙江宁波）人。我国著名的音韵学家、文字学家。毕业于日本早稻田大学、东京帝国大学，曾师从章太炎学习文字音韵学，后任北京大学教授。该本卷首有程伟元序、高鹗序，序言页钤“幼渔讽籀”“马陈德馨”“马巽伯”等印，陈德馨是马幼渔妻子，与其一起留学日本。马巽伯，名巽，字巽伯，是幼渔长子。插图二十四幅，依次为：石头（图1-1-1）、宝玉、贾氏宗祠、史太君、贾政王夫人、元春、迎春、探春、惜春、李纨贾兰附、王熙凤、巧姐、秦氏、薛宝钗、林黛玉、史湘云、妙玉、薛宝琴、李纹李绮邢岫烟、尤三姐、香菱袭人、晴雯、女乐、僧道。该本插图图像内容和次第的设计都颇有深意，可见本书第二章第一节。每图后有赞语一篇，赞语字体也十分讲究，分别出以楷书、隶书、行书、篆书等不同书体，与图像相辅相成，艺术性极强，且每篇赞语后附一枚木记，用以提示该图像和赞语内容主旨，如宝玉图赞语后木记为“怡红公子”，惜春图赞语后木记为“藕榭”，李纨图赞语后木记为“稻香老农”等，这二十四幅插图也成为《红楼梦》插图中的经典，成为后来翻刻者摹刻的样本。

另一部程甲本是个残本（索书号：15694），存第一至八十回。有张汝執嘉庆辛酉（1801）跋（图 1-1-2）。按，张汝執，生卒年未详，字德徵，自号澔村矐叟，澔村（今浙江湖州）人[1]。他是最早对刻本《红楼梦》进行系统评点的人。从其跋可知张氏阅读《红楼梦》的过程，最初，在乾隆己酉（1789），即程甲本问世前两年，有人以手抄《红楼梦》见示，但张“随阅随忘，漫不经意”，并未上心。两年后，等到程刻本问世后，在世人“啧啧称奇，以为脍炙人口”时，对刻本仍未留意，并未染指，一直到嘉庆庚申（1800），也是就刻本问世九年后，在八弟家开始阅读，但是在阅读过程中，发现“摹刻多讹”，故此“不揣固陋，率意增删，而复妄抒鄙见”，开始了批阅，从冬至夏，历时六个月始竣。该本亦存有卷首插图二十四幅。

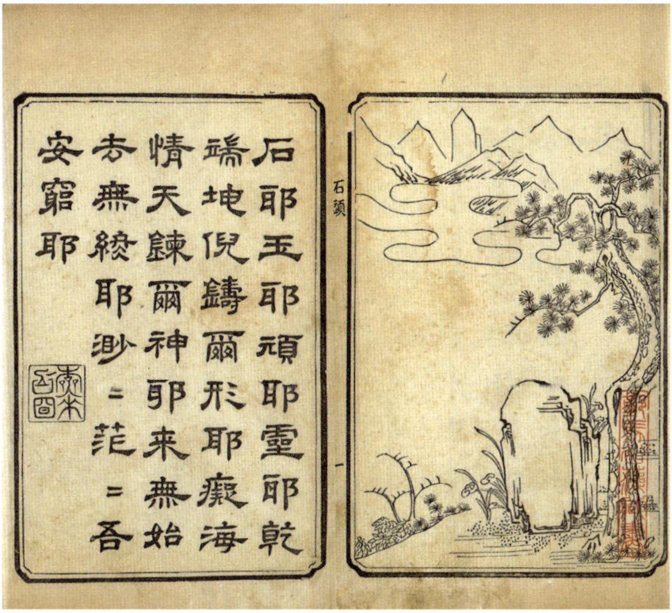

图 1-1-1

[1] 谭君华：《〈红楼梦〉张汝執评点研析》，中央民族大学 2012 年硕士学位论文。谭考证张姓名及字号，澔村为浙江湖州，本文从其论。

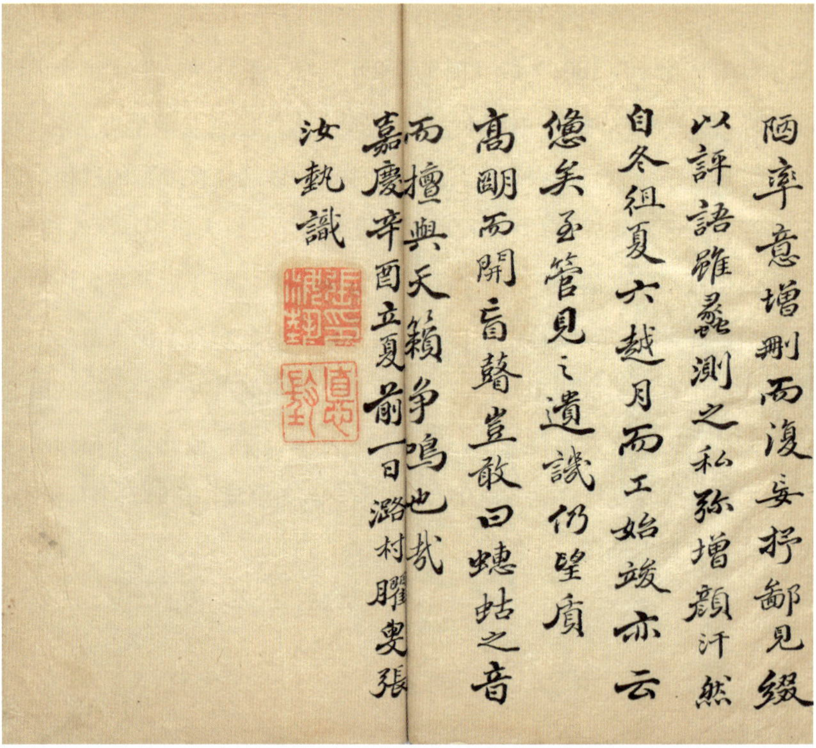
陋率意增刪而復妄抒鄙見綴以評語雖蠡測之私殊增顏汗然自冬徂夏六越月而工始竣亦云僭矣至管見之遺譏仍望質高明而開盲瞽豈敢曰蟪蛄之音而擅與天籟爭鳴也哉嘉慶辛酉立夏前一日潞村臞叟張汝執識

图 1-1-2

阿英先生在《漫谈〈红楼梦〉的插图和画册——纪念曹雪芹逝世二百周年》中曾盛赞程甲本人物刻画的精妙，特别是“画家逐幅的刻画了人物及其环境”，如尤三姐“突出了她的悲剧结局的特征，整个氛围是令人惆怅的。笔触简单而意境无穷”[1]。郑振铎先生在《中国古代木刻画史略》中评价程甲本插图：“那些人物图像是相当生疏的，并不十分工细，却很有分量，是这时代里的好的木刻画。我们第一次在这里和贾宝玉、林黛玉的书中人物的图像见面，是感到亲切的、兴奋的。”[2] 郑振铎先生的评价建立在整个古代木刻画特别是人物画的立体坐标中，因此所谓的“生疏”是与清以前辉煌的人物画传统比较而言的。明清易代打断了木刻画的传承

[1] 阿英：《漫谈〈红楼梦〉的插图和画册——纪念曹雪芹逝世二百周年》，第 105 页。
[2] 郑振铎：《中国古代木刻画史略》，第 184 页。

脉络，曾经富有古典美特色的木刻画整体而言是逐渐式微的，人物画也是如此。也正是在这个意义上，出现在此时的程甲本难能可贵。它的出现，不仅让书中人物以具象形态首次面对读者，同时，也以其亲切的质感成为有清一代中“好的木刻画”的代表，而且成为接续那个摇摇欲坠的人物画传统的重要作品，同时又“很有分量”地开启了清代的人物画历程。

在程甲本问世的第二年，也就是乾隆五十七年（1792），程伟元对程甲本进行修订，用活字重新排印，这就是程乙本，题名“新镌全部绣像红楼梦”。程甲本、程乙本又合称程本或程高本。国图藏两部程乙本，一部是郑振铎先生旧藏（索书号：15571）（图1-1-3），钤“郑振铎”印、“西谛所藏弹词小说”印。该本在卷首增加了《红楼梦引言》。《引言》解释了重加排印的原因：“因急欲公诸同好，故初印时不及细校，间有纰缪，今复聚集各原本，详加校阅，改订无讹。”重新刊刻程乙本最主要的原因是意图改正程甲本中“纰缪”，而且在改正修订的过程中，还参校了“各原本”。从内容上来看，程乙本较程甲本内容上有所增加，故全本25册[1]。另一部（索书号：12063）《叙》页钤有“色空空色”“偶影独游”印（图1-1-4），正文有圈点和批语，有些回目下标注批校时间。程乙本插图与程甲本相同，程高本二十四幅插图边框都作委角状。

程甲本的插图作为开《红楼梦》之先，在相当长的一段时间内成为后来翻刻诸本借鉴的范例，东观阁本、本衙藏本、抱青阁本、宝兴堂本、藤花榭本、凝翠草堂本等刊本都是在沿袭程甲本插图的基础上的再次调整，然而遗憾的是，大多坊刻本出品的插图质量却每况愈下。这些翻刻本中，国图藏有东观阁本、本衙藏本、藤花榭本等。

---

[1] 郑藏程乙本为胡文彬先生《历史的光影——程伟元与〈红楼梦〉》著录，并提到该本第五十四回第5页A面天头钤印“祥泰字号”“东厂面料”（“东”为“本”之误），证明程乙本用纸均为北京“东（本）厂扇料”，程乙本用纸是从“祥泰字号”纸店买的。曹立波、王丽敏教授在此基础上以“祥泰字号”“本厂面料”为线索，指出还有10多个版本也钤有字号、扇料印章，间接证明了程乙本与琉璃厂存在关联。见曹立波、王丽敏：《〈红楼梦〉程乙本的流传与北京琉璃厂》，《红楼梦学刊》2019年第3辑。

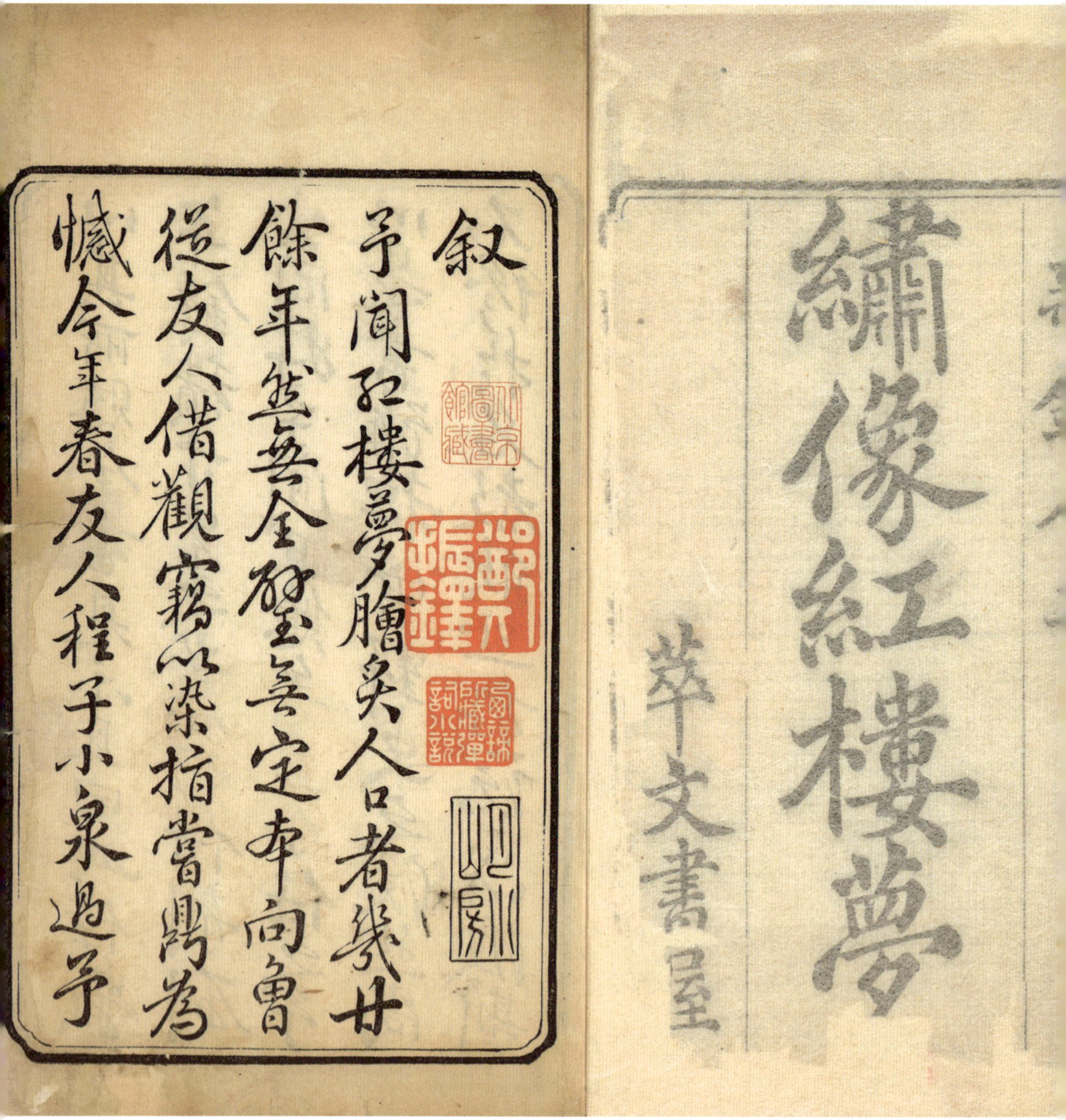

繡像紅樓夢

萃文書屋

叙

予聞紅樓夢膾炙人口者幾廿餘年然無全璧無定本向曾從友人借觀竊以染指嘗鼎為憾今年春友人程子小泉過予

图 1-1-3

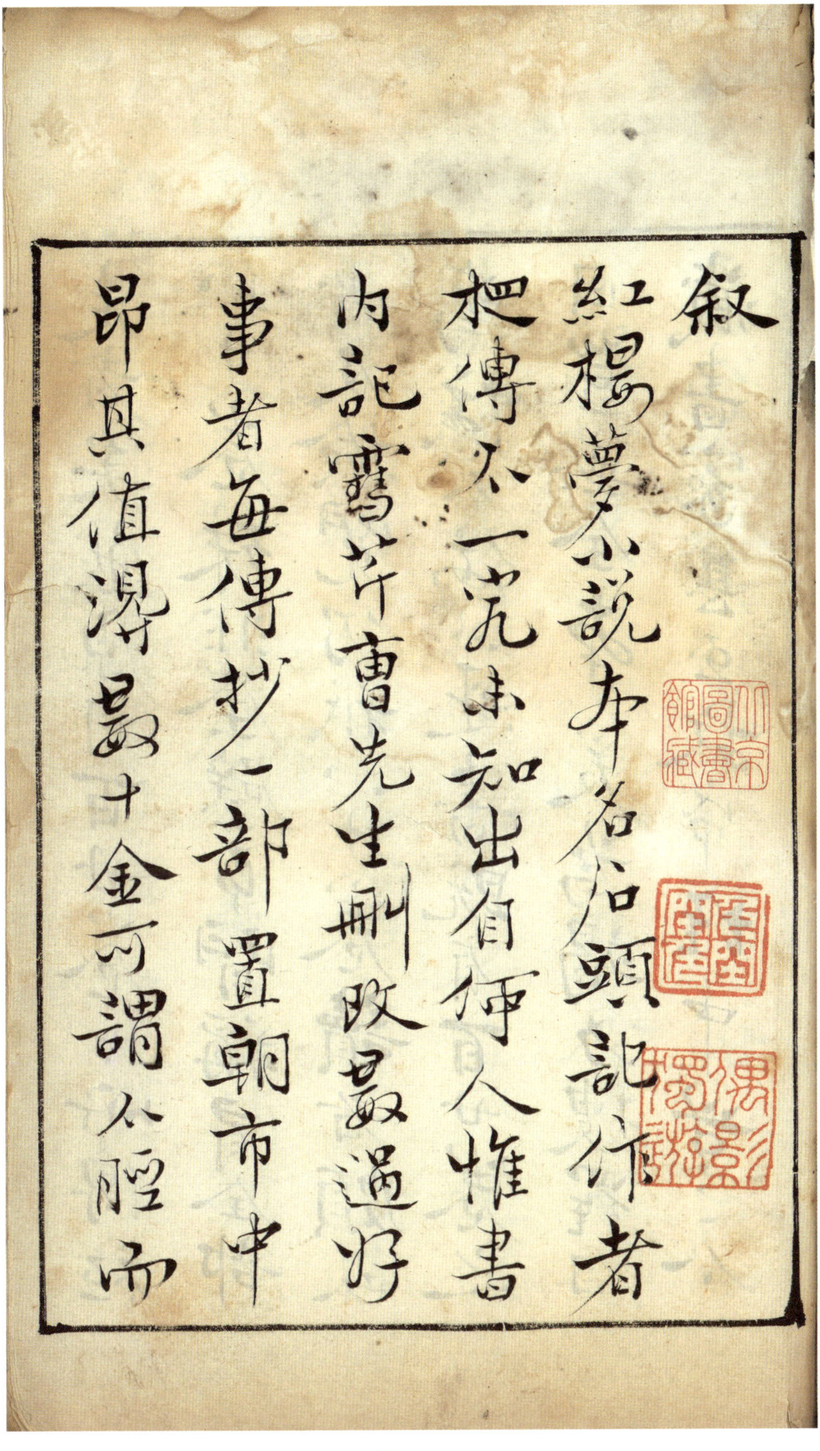
叙
紅樓夢小說本名石頭記作者
相傳不一究未知出自何人惟書
內記雪芹曹先生刪改數過好
事者每傳抄一部置朝市中
昂其值得數十金可謂不脛而

图 1-1-4

2. 本衙藏本

国图藏本衙藏本（索书号：18351）（图 1-1-5、图 1-1-6），32 册，半叶十行，行二十四字，白口，左右双边。内封题名“新镌全部绣像红楼梦”，署“本衙藏板”。内封前有识语，阐释了翻刻缘由：

> 《红楼梦》一书，向来只有抄本，仅八十卷。近因程氏搜辑刊印，始成全璧。但原刻系用活字摆成，勘对较难，书中颠倒错落，几不成文，且所印不多，则所行不广。爰细加厘定，订讹正舛，寿诸梨枣，庶几公诸海内，且无鲁鱼亥豕之误，亦阅者之快事也。

从识语可知，该本首先肯定了程氏“始成全璧”的开拓之功，但是也批评其中“颠倒错落，几不成文”的诸多讹误，其翻刻本意正是力图“细加厘定，订讹正舛”，从而提高文本质量。值得注意的是，这篇识语也出现在东观阁本中，但是本衙藏本识语无落款，而东观阁本识语末尾多出了“东观主人识”的落款。陈力先生认为本衙藏本直接翻刻于程甲本，而并非翻刻于东观阁本[1]。曹立波教授也指出本衙藏本应早于东观阁本[2]。笔者同意这一观点，本衙藏本不但行款与程甲本相同，而且插图的形态也印证了这一点，其插图与程甲本同，边框也作委角，而并非如东观阁本那样作直角边框。

---

[1] 陈力先生从比较程甲本、程乙本、东观阁初刻本、东观阁嘉庆十六年（1811）诸本异文的角度，得出结论：本衙藏本并非据东观阁本重刻，而是据程甲本重刊；至于书前识语，从字体来看，本衙藏本字迹刀法流畅，而东观阁本刀法涩滞，因此，识语很可能是东观阁本仿刻本衙藏本。见《〈红楼梦〉东观阁本再考》，《文献》2003 年第 1 期。

[2] 曹立波：《本衙藏版本〈红楼梦〉考辨》，《明清小说研究》2003 年第 4 期。

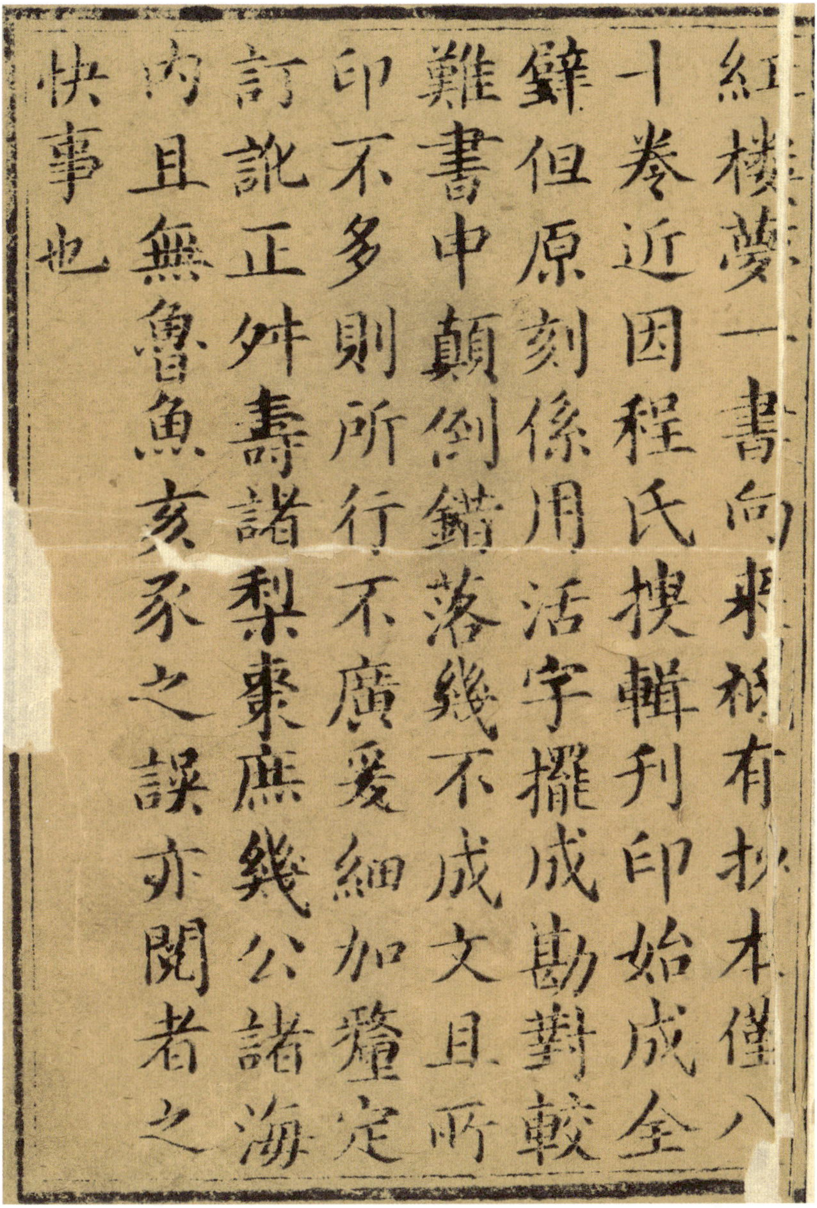
紅樓夢一書向來祇有抄本僅八
十卷近因程氏搜輯刊印始成全
璧但原刻係用活字擺成勘對較
難書中顛倒錯落幾不成文且所
印不多則所行不廣爰細加釐定
訂訛正舛壽諸梨棗庶幾公諸海
內且無魯魚亥豕之誤亦閱者之
快事也

图 1-1-5

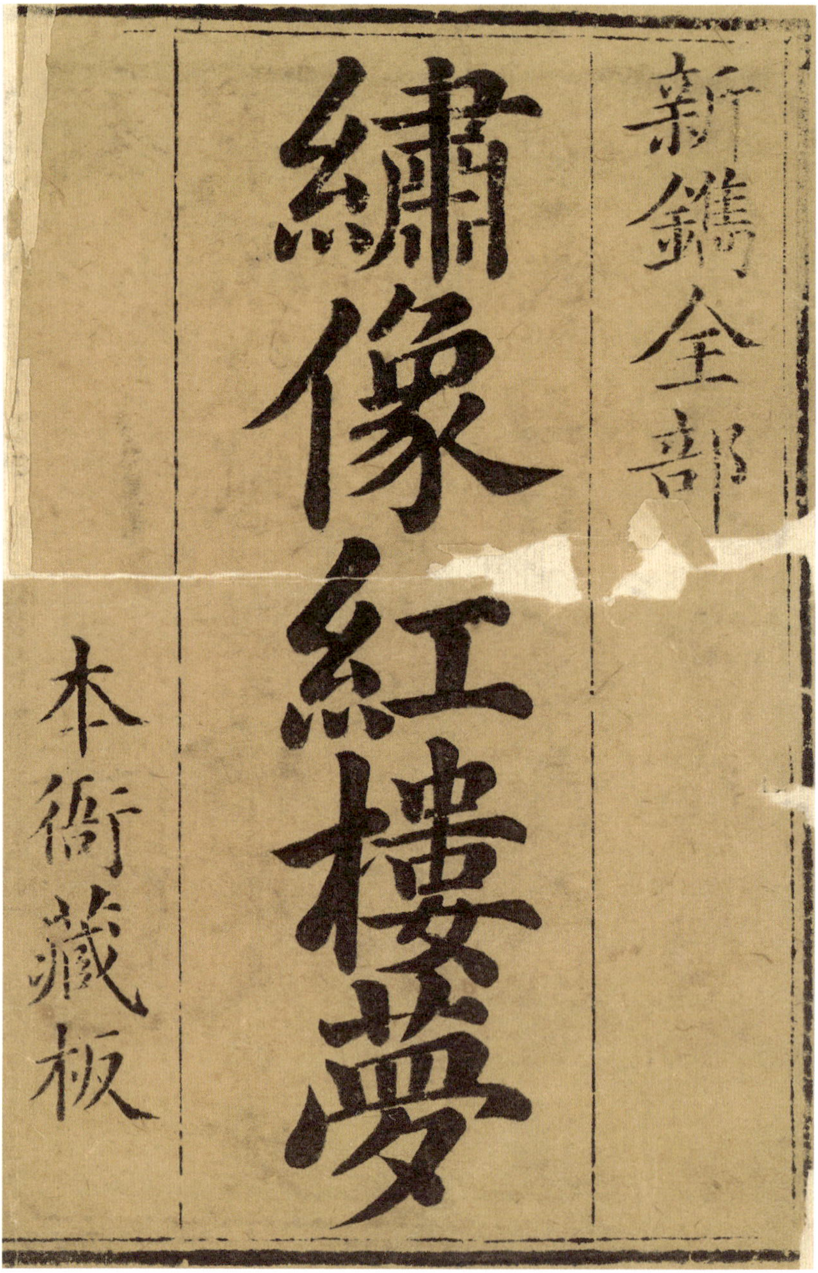
新鐫全部
繡像紅樓夢
本衙藏板

图 1-1-6

3. 东观阁本

东观阁本是《红楼梦》早期翻刻本，一般认为东观阁初刻在乾隆末年或嘉庆初年。题名为“新镌全部绣像红楼梦”，半叶十行，行二十二字，白口，四周单边。卷首有东观主人所题识语，和本衙藏本相同，只是多了“东观主人识”的落款。

国图藏东观阁本（索书号：18348）（图 1-1-7、图 1-1-8），24 册，即为初刻本，内封有“东观阁梓行”字样，卷首保留了程、高二序，版心下题“东观阁”。插图依然保留了程高本的二十四幅插图，不同的是插图边框不再是程本的委角，而是改作直角。由于边框形态的改变，在有些插图的处理上则简单地对程本原图作了裁剪，以王夫人图为例，插图左侧和下部缺失的一小部分正是沿着委角边框裁掉的内容，同样的情形还出现在元春、探春、惜春等图像中。东观阁本在嘉庆十六年（1811）进行过重刊，重刊本插图边框又还原成委角，这也是区分重刊本与初刻本的重要线索之一。

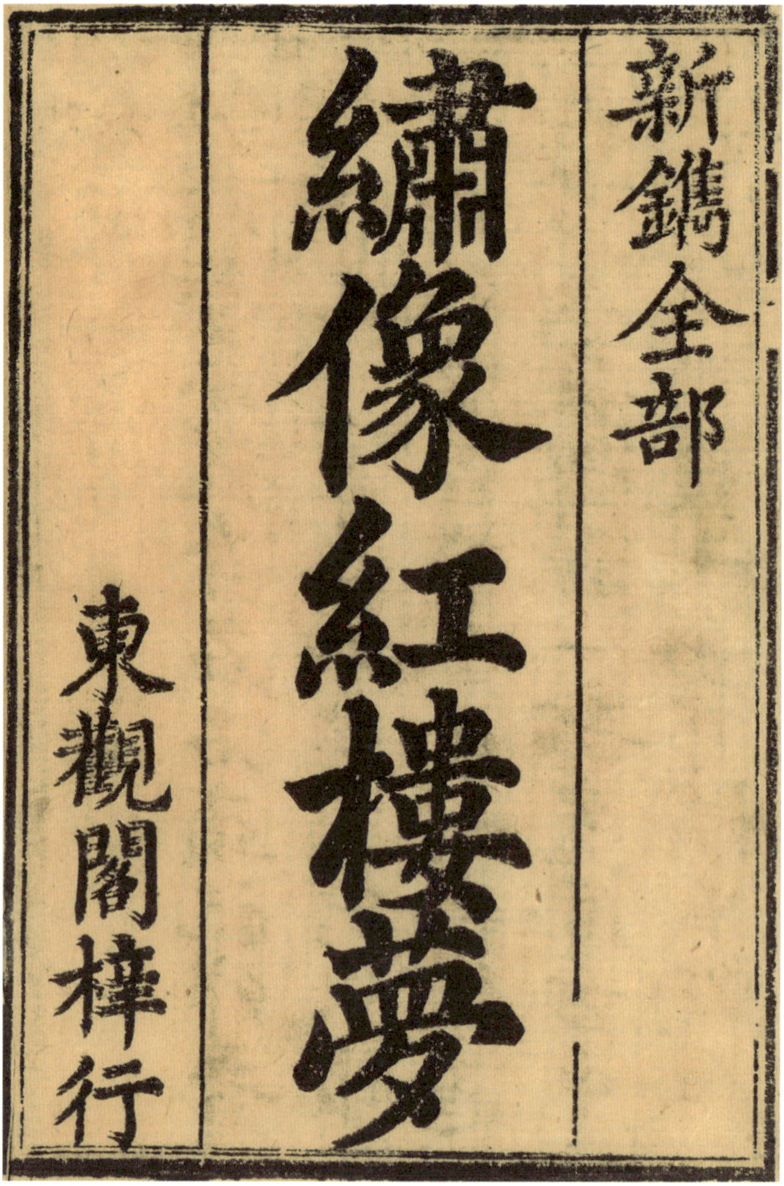
新鐫全部
繡像紅樓夢
東觀閣梓行

图 1-1-7

图 1-1-8

4. 藤花榭本、三让堂本

藤花榭本是东观阁翻刻本中的又一个重要版本。关于藤花榭本刊刻时间，清道光三年（1823）曹耀宗《红楼梦百咏词跋》云："予昔游金陵，适藤花榭板初刊，偶携一册，杂置书丛，今越五载，长夏无事，检取评点之。"[1]又杜春耕先生所藏的一部藤花榭本，封面题"嘉庆庚辰镌，绣像红楼梦，藤花榭藏板"，此本版面模糊，系后印本，陈力先生由此推断藤花榭本刊刻时间在嘉庆二十五年（1820）或其前后，且其正文据东观阁嘉庆十六年（1811）刻本翻刻[2]。潘承玉先生在比对过海内外17种刊本后，推断出藤花榭本"首刊于乾隆五十七年前后，终刊于道光二十年前后"[3]。从插图来看，图像十五幅，依次为：石头、宝玉、元春、迎春、探春、惜春、李纨、王熙凤、巧姐、秦可卿、宝钗、林黛玉、史湘云、妙玉、僧道。每幅插图后有赞语一篇，赞语与程甲本同，从图像构图和造型来看，它依然出自程甲本插图，但是已然表现出巨大差异，而且这一差异影响了此后诸多刊本，成为《红楼梦》刊本插图流传中的一个重要转折点。

国图藏藤花榭本（索书号：96856）（图1-1-9），28册，内封题"绣像红楼梦"，署"藤花榭藏板"，半叶十一行，行二十四字，黑口，左右双边。就插图而言，与程甲本相较，主要是做减法处理。一是插图数量减少，删除了程甲本中的贾氏宗祠、史太君、贾政王夫人、薛宝琴、李纹李绮邢岫烟、尤三姐、香菱袭人、晴雯、女乐九幅插图。

[1]［清］曹耀宗：《红楼梦百咏词跋》，《红楼梦丛钞》第八编，杭州图书馆扫描油印本，1984年版。

[2]陈力：《〈红楼梦〉东观阁本再考》，《文献》2003年第1期。

[3]潘承玉：《〈绣像红楼梦〉藤花榭刊本系统及其书坊主探考》，《文学遗产》2021年第6期。

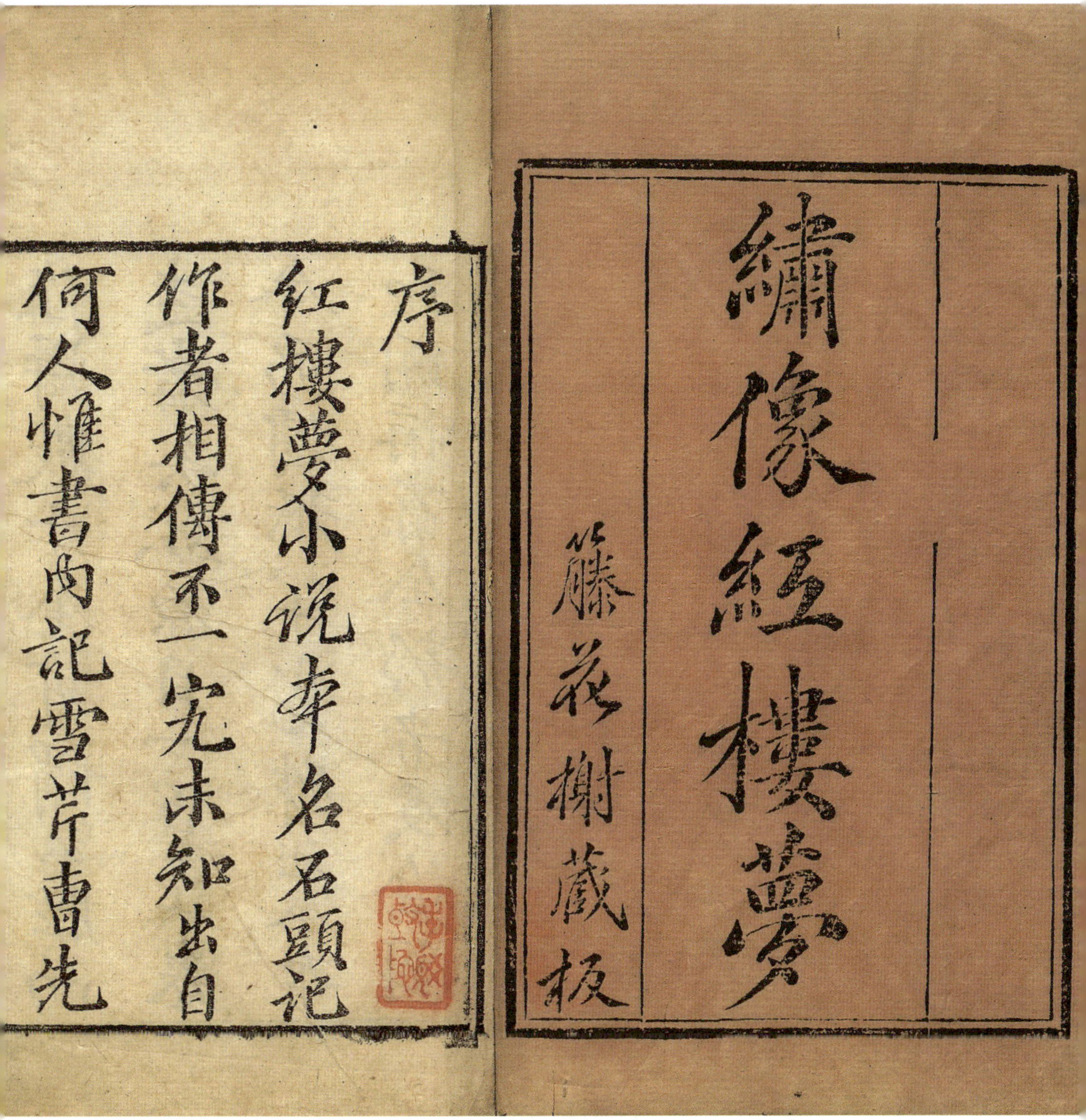

图 1-1-9

二是插图刻画内容上也有不同，这种不同表现在三个方面：

第一，插图基本保留程甲本插图样式，但是在刻画上却变得更加简单，且刊刻较为粗糙，线条板滞，不够流畅自然。如元春图（图 1-1-10），虽然仍然以元春省亲为主旨，但是在环境刻画上更加简单，随侍也仅保留三人，程甲本元春图（图 1-1-11）所展示出来的雍容富贵在此图上已完全表现不出来了。

图 1-1-10

图 1-1-11

第二是虽保留人物刻画主体内容，但是却彻底删除了环境刻画、人物细节等，如惜春图，藤花榭本仅保留一张简陋窄小的桌案，惜春在书案后提笔（图 1-1-12）。惜春作画是《红楼梦》中颇富讲究的一个环节，不但能够凸显人物性格，而且从中可以展示传统绘画，特别是“工细楼台”或“行乐图”这类传统绘画的特色，程甲本在背景的细节展示上颇具匠心（图 1-1-13），桌案上摆放着各类绘画材料，墙壁上展示着尺幅颇为巨大的绘画作品，其上恰恰呈现出了初具规模的“工细楼台”的模样，惜春提笔抬头凝思的行为动作也揭示了作画过程的不易，同时建筑“暖香坞”自身出以严谨精细的界画形式，又正与惜春画图中的大观园景致构成了映射关系。可以说，程甲本的这幅惜春图是凝结了十分精巧细致的智慧在构图之中的。

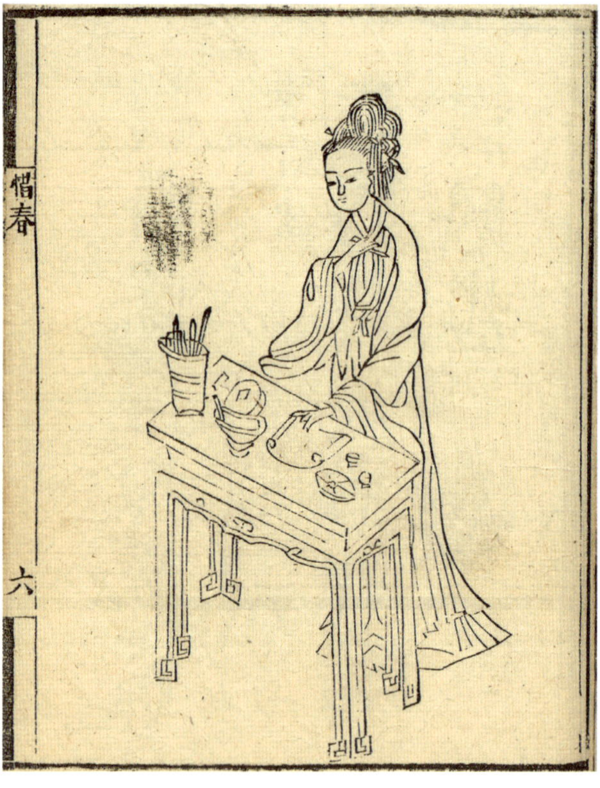

图 1-1-12

图 1-1-13

第三是彻底改变了原有插图刻画内容，如薛宝钗图，程甲本主要刻画宝钗探病贾宝玉的情节（图 1-1-14），而藤花榭本则改为宝钗扑蝶的情节（图 1-1-15），二者都是非常典型的情节，在人物塑造上具有不同的表现张力。两个版本这里的主要差异已经不在于谁的插图刻画得更加精细，而在于刻画内容的差异上，这代表了图像绘画者在《红楼梦》文本接受上的不同阅读体验，它又通过人物绣像的具象形态表现出来。同样的情况还出现在秦可卿（藤花榭本为室外，程甲本为室内）、妙玉（藤花榭本为赠梅，程甲本为倚栏）的刻画上。

图 1-1-14

图 1-1-15

受藤花榭本影响，清道光十一年（1831）凝翠草堂本、同治三年（1864）耘香阁本、济南会锦堂本、济南聚和堂本插图皆以其为底本。

三让堂本是东观阁本系统中又一个非常有名的翻刻本，且与藤花榭本有密切关系。国图藏三让堂本（索书号：35080）（图 1-1-16），24 册，内封题名“绣像批点红楼梦”，署“三让堂藏板”。正文半叶十一行，行二十七字，白口，边栏不一，单鱼尾。版心下题“三让堂”。三让堂本正文增加了圈点和行间夹批，王三庆先生认为该本刻印时间上限大概在嘉庆二十三年（1818），下限则到同治初年[1]。该本插图十五幅，与藤花榭本基本相同，只是有细微的差异，如秦可卿图，二者在头饰上有细微差别。

[1] 王三庆：《红楼梦版本研究》，台北石门图书公司 1981 年版，第 629 页。

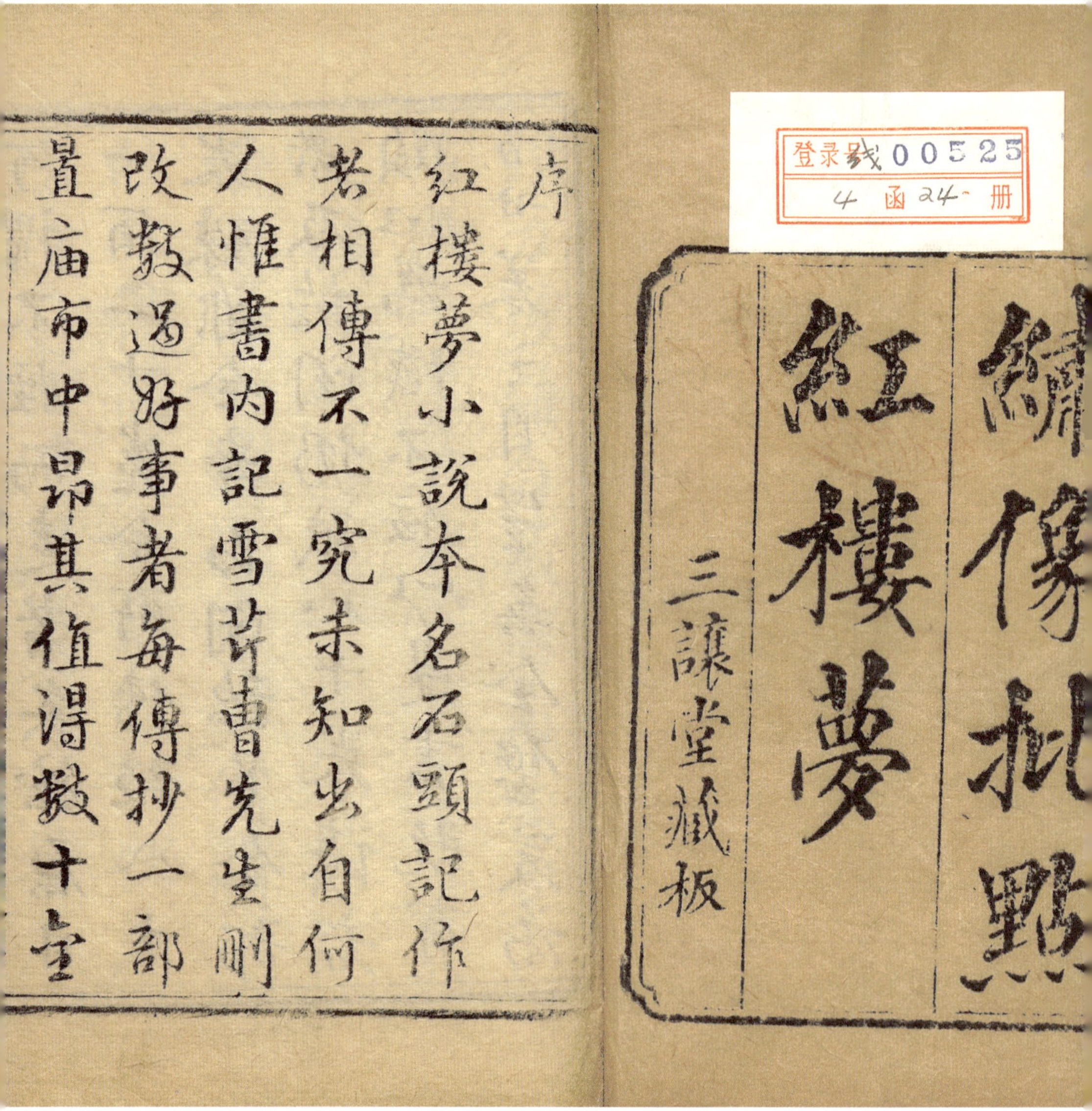
繡像批點紅樓夢

三讓堂藏板

序

紅樓夢小說本名石頭記作者相傳不一究未知出自何人惟書內記雪芹曹先生刪改數過好事者每傳抄一部置廟市中昂其值得數十金

图 1-1-16

另外，赞语的翻刻上出现了差别，首先是删去了程甲本中赞语后的木记，且字体上也有改变。如秦氏图赞语，程甲本是行书，三让堂本改作楷书；再如薛宝钗图、妙玉图赞语程甲本都是古篆，而三让堂本薛宝钗图赞语改作行书，妙玉图赞语改为楷书。总体来看，三让堂本为了减少刊刻难度，向着简单化的方向作出了调整。

比较程甲本、藤花榭本、三让堂本，可以看到翻刻过程中更多的差异。藤花榭本基本保留了程本赞语内容和书体样式，但在个别地方也有调整，如湘云图赞语，藤花榭本字体缩小的同时，改变了赞语行款字数，同时像“非”“关”“风”等字形笔画也作了调整。而三让堂本这里则与藤花榭本相同。再如僧道图赞语，程本原作行草，这在字的辨认上带来了困难。其中“到底是怎么着？月华满天，万象来会。聚妄合真，随意点缀”，藤花榭本将 “聚”误作“看”，而三让堂本延续“看”的错误，并将“合”改作“会”，同时将藤花榭本中“月”字草书体改作容易辨认的楷书体。虽然有关藤花榭本和三让堂本初刊本的时间尚未能确定，但是从图像赞语的这些差异，可推断出三让堂本插图翻刻自藤花榭本，主要原因很可能是藤花榭本插图相对简单，但在效仿藤花榭本的同时，也不是简单的原样照模，在翻刻的同时又参照东观阁本插图，因此也在一定程度上做了改善。

三让堂本对后来刊本也产生了很大影响，诸如三元堂本、连元阁本、翰选楼本、忠信堂本、纬文堂本、务本堂本、经元升记刊本、登秀堂本、五云楼本等诸本插图皆翻刻自三让堂本。在这些书坊中，三元堂、连云阁在佛山，纬文堂在广州，五云楼在顺德，说明三让堂刊本出现了从金溪向广东的传播路径[1]。

[1]有关三让堂书坊主和刊本传播路径的考察，可参看兰良永:《江西金溪书商和〈红楼梦〉东观阁系列本的翻刻传播》，《曹雪芹研究》2020年第2期。

5. 卧云山馆本

清光绪七年（1881），湖南卧云山馆孙桐生刊刻了一部《红楼梦》，题名“妙复轩评本绣像石头记红楼梦”。孙桐生（1824—1904 或 1908），字筱峰，亦作小峰，号痴道人、情主人、饮真外史、忏梦居士等，四川绵阳人。咸丰二年（1852）进士，改翰林院庶吉士，散馆后曾在湖南数州县任职，后返乡任绵州治经书院主讲。著有《楚游草》《永鉴录》《未信编》，辑录有《国朝全蜀诗钞》[1]。

孙桐生刻印的《红楼梦》属妙复轩（张新之）评点本[2]，张新之的评点共三十万余字，不过在成书后一直未能付梓。孙桐生在同治十二年（1873）《妙复轩评石头记叙》中介绍了最初得到张新之评本的经过：“丙寅（1866）寓都门，得友人刘子重贻妙复轩《石头记》评本，逐句疏栉，细加排比，反覆玩索，寻其义，究其归，如是者五年。”从这段话中可以知道，孙桐生最初得到的张新之评本为刘铨福（字子重，号白云吟客）旧藏，得到该书后，孙桐生用五年时间进行校刊细读。光绪二年（1876），孙桐生在《妙复轩译石头记跋》中更加详尽地解释了他的校订工作：

> 原评未有正文，予为逐句排比，按节分疏，约三四年，始编录就绪。间亦有未安未确处，容再详订另注。闲居多暇，安

[1]有关孙桐生生平，见李宝山、宋长丰:《绵阳市图书馆孙桐生自藏〈绣像石头记红楼梦〉初探》，《红楼梦学刊》2018 年第 5 辑。

[2] 有关张新之评点本写作和流传情况，王三庆在《红楼梦版本研究（下）》中介绍：张新之于道光八年（1828）在黑龙江开始评点工作，至道光十一年（1831）完成二十回，后于道光二十一年（1841）到福建莆田继续评点，至道光二十四年（1844）已有五十卷，道光二十八年（1848）又八十卷。后至台湾有八十五卷。道光二十九年（1849），完成评点百二十卷。道光三十年（1850），张新之撰自记追述评点经过，五桂山人作跋。咸丰元年（1851），鸳湖月痴子作跋。同治五年（1866），该书为刘铨福所得。台北花木兰文化出版社，2009 年版，第 483 页。

章宅仁（句），手自钞录，日尽四五纸，孜孜矻矻，心力交瘁。自壬申（1872）暮春经始，至丙子（1876）十一月二十日竣事，无间寒暑者，五年有奇，获成此一种大观，并以备他年剞劂之用，庶不没作者评者一番苦心云尔。

原来，孙桐生得到的张新之评点本是没有《红楼梦》正文的，故此，孙所做的“逐句疏栉”“逐句排比”的工作实际是将张氏评语与《红楼梦》正文一一对照起来，并重加钞录。这个过程从同治十一年（1872）至光绪二年（1876）。在编录完成时，孙桐生就有付之剞劂的想法，只是真正到刻梓时，又过了五年的时间才实现。

学界一般认为，孙桐生使用的《红楼梦》正文底本是程甲本，杨倩影在详细考订现存13部卧云山馆本后佐证了这一观点，但同时也提出了关于该本与藤花榭本更加趋近，绣像并非来源于程甲本，而是表现出与藤花榭本的密切关系，而且在正文上也存在和藤花榭本不少相同和相似之处[1]。笔者基本同意这一说法，不过，由于杨倩影所用国图本是2002年北京图书馆出版社影印本，未见原本，且考论侧重不同，故对插图的论述尚有未尽之处。

国图藏卧云山馆本（索书号：35060）（图1-1-17），24册，内封首栏题“妙复轩评本”，中栏双行竖题“绣像石头记红楼梦”，末栏题“卧云山馆藏板”，栏外横题“光绪辛巳新镌”。卷首除有程伟元原序外，还有孙桐生同治十二年（1873）所作叙和光绪二年（1876）所作跋，跋后有“男孙巘校字”一行，说明该本在刊行时尚经过孙桐生之孙校订。

[1] 杨倩影：《卧云山馆刊〈绣像石头记红楼梦〉版本考论》，中央民族大学2019年硕士学位论文。

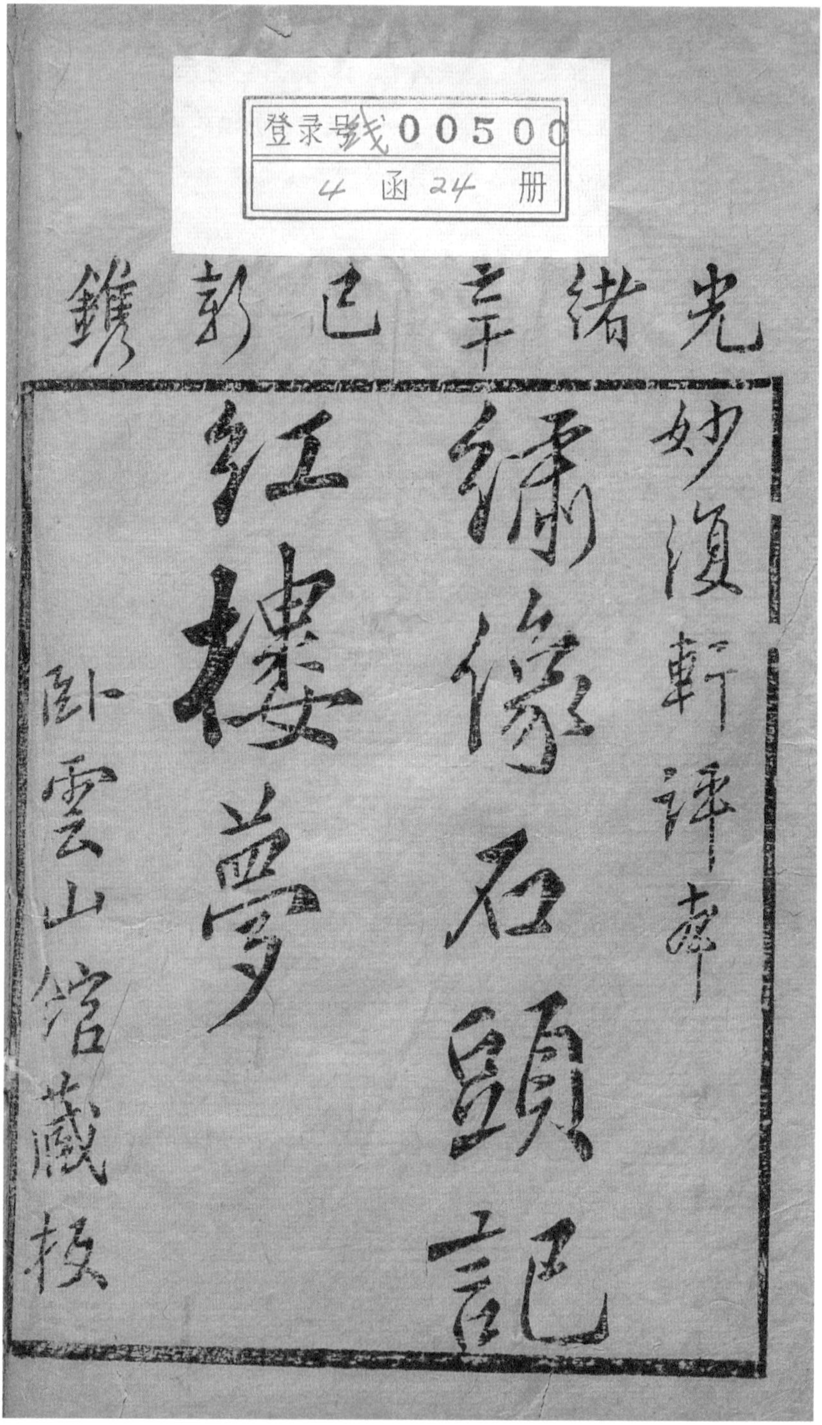

图 1–1–17

图 1-1-18

插图二十幅，依次为：石头、宝玉、太君、元春、迎春、探春、惜春、李纨、王熙凤、巧姐、秦可卿、宝钗、林黛玉、史湘云、妙玉、薛宝琴、尤三姐、香菱袭人、晴雯、僧道。每图后有赞语一篇，赞语内容与程甲本相同。从插图图绘内容、人物造型和整体构图来看，该本插图的确是受到了藤花榭本影响，与藤花榭本图目相同的十五幅插图构图图式基本一致，像元春、李纨、王熙凤、巧姐、秦可卿、黛玉、妙玉几幅图一些细节相似度极高，而藤花榭本所没有的五幅插图太君、薛宝琴、尤三姐、香菱袭人、晴雯构图也是类似的精简模式。

不过，也有一些插图表现出一些明显的调整，像史湘云图（图 1-1-18），人物造型基本相同，倒是石凳没有纹理雕琢，而石凳后假山多了镂空的刻画，周边植物花卉刻画得更加细致。类似的还有宝钗图（图 1-1-19），身后山石较藤花榭本多了探出石外的枝条的描绘。惜春图（图 1-1-20）中，我们注意到桌案尺幅更加阔大，桌案上增加了瓶插，插入装饰用的羽毛等物，这些恰恰是我们在藤花榭惜春图中提到的绣像弊端之处。而像迎春图，虽然也是绘迎春读《太上感应篇》情景，但是与藤花榭本迎春侧坐石凳上形象不同，该本迎春倚坐于桌案边，如果说相类似的图像经验，与程甲本中正面形象反而更加相似。

赞语方面，该本赞语也显示出从简的趋势，像石头、元春图赞语，藤花榭本从程甲本作隶书，而卧云山馆本改作行书，宝玉图赞语藤花榭本从程甲本作小篆，该本作楷书。另外，还有赞语后图章的调整，像李纨图、王熙凤图赞语后图章，藤花榭本与程甲本一致都是阳文印，而该本都改作阴文印，湘云图赞语后图章，藤花榭本与程甲本同为阳文章，而该本改作阴文章。再如秦可卿图赞语后图章，藤花榭本可能由于行款排版问题舍弃了图章，而该本依程甲本保留了图章。又如宝钗图赞语后图章，藤花榭本与程甲本相同，均为圆形阳文章，而该本改作方形阳文章，妙玉图赞语后图章，藤花榭本与程甲本相同，均为方形章，而该本改作圆形章，同样的改动还有僧道赞语后图章。最后，有关僧道赞语文字，“到应是怎么着”和“聚妄含真”两句，该本将前一句的“着”改

图 1-1-19

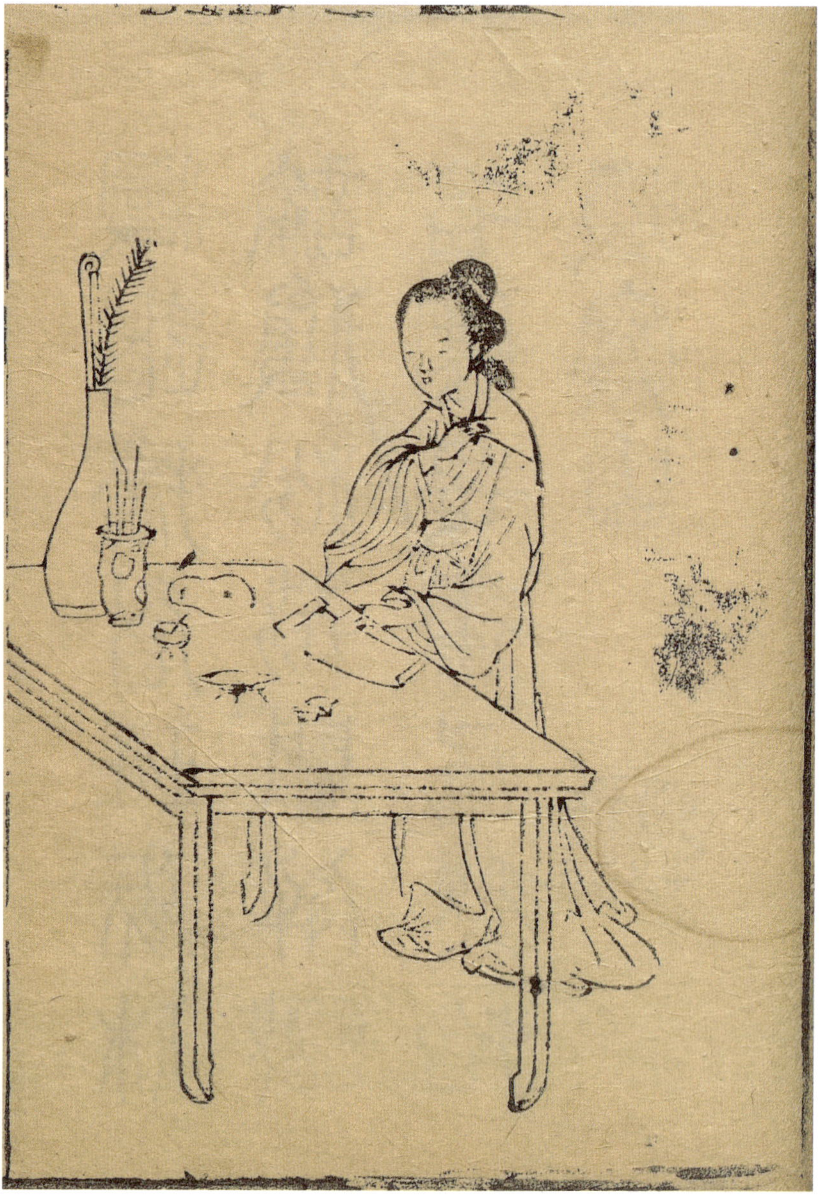

图 1-1-20

作“著”，后一句则沿袭了藤花榭本作“看忘含真”。

卧云山馆本图像和赞语汲取此前刊本插图的经验，及其所展示出来的相应变化，可以看到它与程甲本、藤花榭本之间的亲缘关系，特别是与藤花榭本更加相似，其插图的刊刻基本可以肯定是受到了藤花榭本图像样式的影响。但是其中的各种变化也说明了它在借鉴的同时也主动地作出了调整。

6. 双清仙馆本、聚珍堂本

程本系统插图对后出的诸多刊本都有重要影响，上述提到的本衙藏本、东观阁本、藤花榭本、三让堂本、卧云山馆本可以说都是从程本系统中衍生出来的，并在很长一段时间中成为《红楼梦》插图的主要体式。这一主流插图系统一直到清道光十二年（1832）双清仙馆刻本的出现才得以转变，双清仙馆刊本插图开启了《红楼梦》人物绣像的另一个高潮。

清道光十二年（1832）双清仙馆刊本，题名“新评绣像红楼梦全传”，内封牌记题“道光壬辰岁之暮春上浣开雕”。双清仙馆本是王希廉评本，该书卷首面貌与程本出现了很大的差异，主要是在保留原有程伟元《原序》的基础上，增加了王希廉《批序》《论赞》《问答》《总评》，以及周绮的《题词》，特别是将文中大观园相关部分筛选出来，辑为《大观园图说》。该本插图虽尚无《大观园图》，但这篇《大观园图说》显然成为绘制《大观园图》的最佳提示，这也是为什么我们能够在后来出现的诸多《红楼梦》刊本中看到《大观园图》的原因。

双清仙馆本的插图彻底抛弃了程高本的图像路子，另辟蹊径，虽然依然以人物绣像为主，但是在人物塑造、所配赞语上都另起炉灶，人物绣像扩展为六十四幅，依次为：警幻、宝玉、黛玉、宝钗、可卿、元春、迎春、探春、惜春、史湘云、薛宝琴、邢岫烟、妙玉、李纨、李纹、李绮、熙凤、尤氏、尤二姐、尤三姐、夏金桂、傅秋芳、巧姐、娇杏、佩凤、偕鸾、香菱、平儿、鸳鸯、袭人、晴雯、紫鹃、莺儿、翠缕、金钏、玉钏、彩云、彩霞、司棋、侍书、入画、雪雁、麝月、秋纹、碧痕、柳五儿、小红、春燕、四儿、喜鸾、宝蟾、傻大姐、万儿、文官、龄官、芳官、藕官、蕊官、药官、葵官、艾官、荳官、智能、刘老老。同时，每幅人物搭配一幅花卉，赞语则是取自《西厢记》中一句题句，前人后花、人物和《西厢记》题句同面，版心上方题“红楼梦像”，中间题人物姓名。这些花卉和《西厢记》题句的搭配是遵循人物性格而选择的，其中的密切关系和象征意味可参见本书第二章第二节。总体来看，双清仙馆本绣像人物形象小巧精致，基本没有背景衬托，阿英评价：“是属于圆润婉秀的一派。人物的构图，美丽多姿、轻盈纤小，着墨不多，自具一种吸引人的力量……以原刊初印本图为最精，无论钩线、发髻，都极为工细。”[1]

双清仙馆本问世之后，大受欢迎，六十四幅人物绣像与花卉和《西厢记》题句的配置为其后很多刊本所采纳，像光绪二年（1876）聚珍堂本、光绪三年（1877）翰苑楼本、光绪三年（1877）广东芸居楼本。笔者曾在北京师范大学图书馆翻阅过双清仙馆初刻本。后出的一些翻刻本，从中也可窥见六十四幅人物绣像的精髓。

国图藏清光绪二年（1876）聚珍堂活字印本（索书号：18350）（图1-1-21），共 26 册。内封题“京都隆福寺路南，聚珍堂书坊发兑”，钤方形阳文印“聚珍堂摆印”。首有聚珍主人《序》、王希廉《序》、程伟元《原序》，次读花人戏编《论赞》、王希廉《总评》、周绮《题词》《问答》；次《红楼梦目录》；次《音释》；次《大观园图说》。据聚珍主人卷首《序》：

> 红楼梦流传海内，以程氏初刻为最精……递相翻刻，别风淮雨，读者憾之。本堂既得雪香先生所评原本，更加雠校，付之手民。

[1] 阿英：《漫谈〈红楼梦〉的插图和画册——纪念曹雪芹逝世二百周年》，第 108 页。

可知，聚珍主人认为程刻初本是诸刻本中最精者，该本问世后，翻刻者不断。然而，翻刻本中诸如将“列风淫雨”作“别风淮雨”的讹误甚夥，故聚珍主人在得到了双清仙馆原本后，据双清仙馆本重新校订，进行翻刻，这是该本的刊刻初衷和用心。

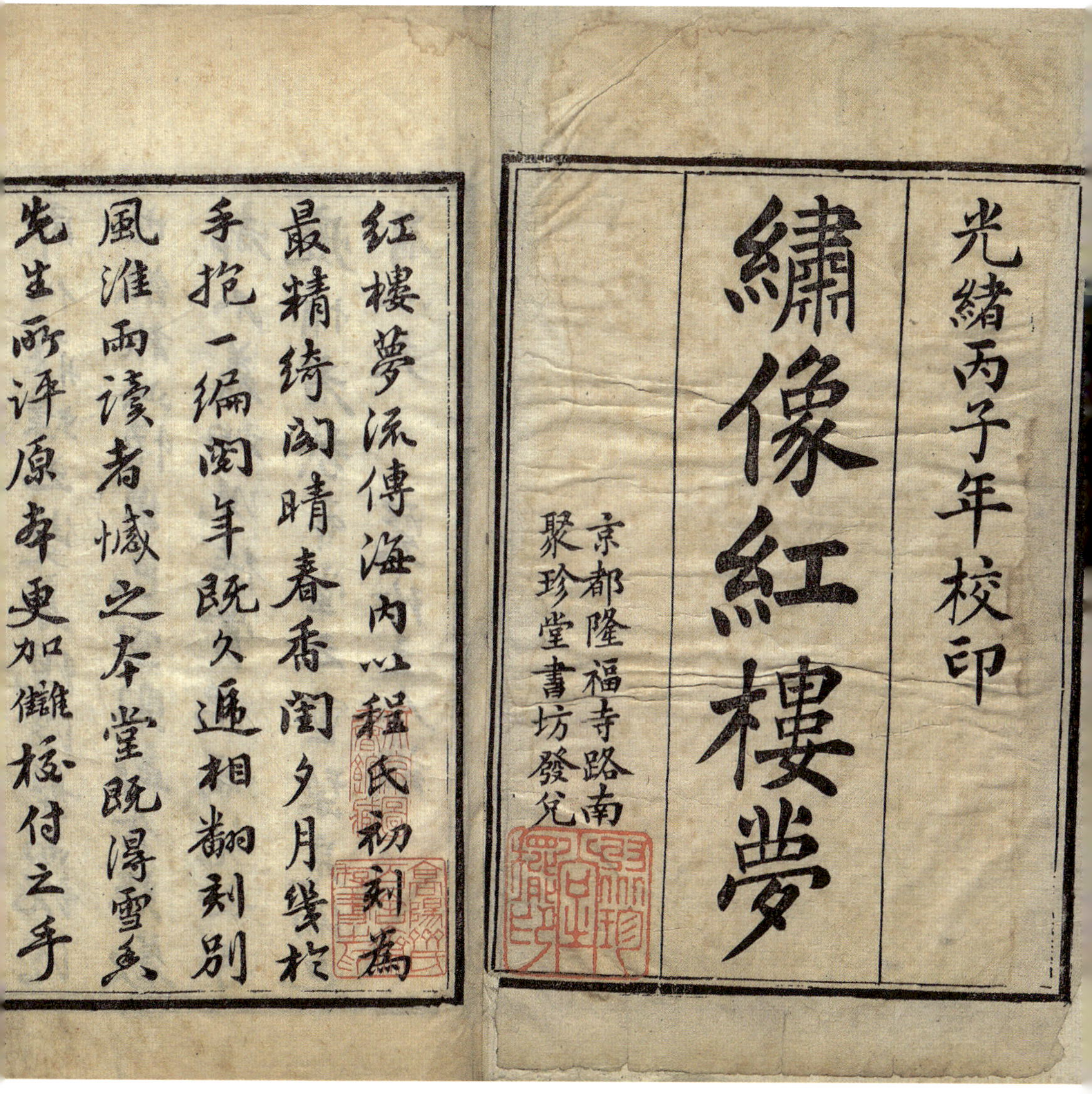
光緒丙子年校印
繡像紅樓夢
京都隆福寺路南
聚珍堂書坊發兌

紅樓夢流傳海內以程氏初刻為
最精綺閣晴春香閣夕月幾於
手抱一編閲年既久遞相翻刻別
風淮雨讀者憾之本堂既得雪香
先生所評原本更加讎校付之手

图 1-1-21

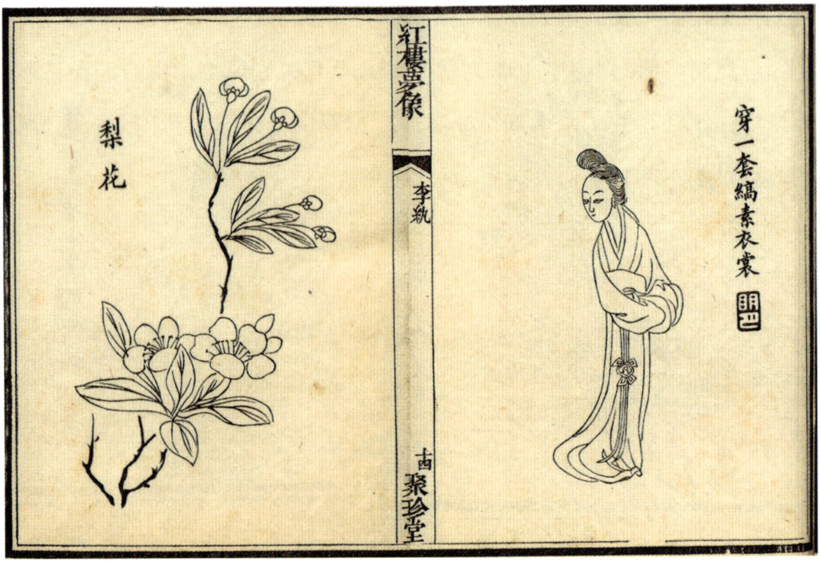

图 1-1-22

从图像来看，该本插图与双清仙馆本同，人物绣像六十四幅，每幅有《西厢记》题句，后配一种花卉。但又略有差异，一是人物刻画上做了更加简易的处理，像服饰纹饰上更加精简，以李纨像为例（图 1-1-22），对襟处不再出以阴刻衬托，原有花纹也没有了，裙摆处的裙褶也做了简化处理。所配“梨花”底部主体三朵花朵变作了两朵，向上分出的枝丫上三朵花苞也变作两朵。再如秋纹像所配蓼花，双清仙馆本所绘为水蓼，而该本则取消水纹衬托，只绘蓼花。这些变化都说明该本插图据双清仙馆本插图翻刻，但在翻刻过程中又做了减法处理。

不过，插图也有做加法处理之处，主要是在《西厢记》题句后增加了木记，这也是与双清仙馆本另一不同之处。如宝玉像，“俏东君与莺花作主”后木记为“玉壶”，元春像题句后木记“清高”，邢岫烟像题句后有“舍翠”，李绮像题句后有“清芳”，尤二姐像题句后有“流水”，鸳鸯像题句后有“清贞”，紫鹃像题句后有“问情”等，木记所题词多为人物性格主要标示。笔者在辽宁省图书馆也曾见此本。

7. 同文书局本、广百宋斋本

自程甲本问世以来，《红楼梦》各刊本插图就一直以人物绣像的面貌出现，这种现象一方面源自程甲本的巨大影响力，另一方面，也确实是被迫打断的木刻画传统没有很好地传承下来，作为经典文学代表的《红楼梦》插图本，这与其他三部名著《三国志演义》《水浒传》《西游记》都具有回目画相比较而言，无疑是为一憾。这种情形的改善是伴随清代中后期印刷技术的改革而出现转机的。西方石印、铅印技术的传入，极大提高了书籍刊印的效率，对长篇章回小说而言，为动辄上百回（则）的故事内容配置插图也变得水到渠成了。最初在《红楼梦》故事图上写下浓墨重彩的一笔的是上海同文书局，在光绪十年（1884）隆重推出了一部石印本《红楼梦》，该本具有绣像十九幅、回目画二百四十幅，《红楼梦》插图第一次以过百幅的洋洋巨制的面貌展现在世人面前。

杜春耕先生藏有一部上海同文书局石印本《增评补图石头记》，该书内封有牌记“光绪十年甲申孟冬上海同文书局用石影印”，也即《增评补图石头记》的初版。该版一经问世，就备受青睐，发行量和翻印量都相当可观。曹立波教授曾统计该书中纸张批次号，发现自六月十四日到七月十一日的 27 天中，用去了 22 批纸，故可知这部书当是印了许多套的[1]。

之所以能够在短短不到一个月的时间内完成内容繁复、数量巨大的印刷任务，主要还是得益于西方近代印刷技术的传入和发展。潘建国先生从晚清小说文献入手，提出西洋照相石印技术在中国古典小说图像本的近代复兴上具有重大作用：“对中国近代文学和文化产生重要影响的，主要是照相石印术，而非普通石印术。照相石印术在晚清时期的传入，恰好填补了因木刻版画衰落而造成的技术空缺，从而引发种种图像类书刊（包括书画碑帖、画谱、年画以及新兴的新闻画报等类）的出版臻于

[1] 曹立波：《〈增评补图石头记〉的传播盛况述评》，《红楼梦学刊》2004 年第 1 辑。

繁盛，小说图像本亦借此重新焕发出晚明的光彩。”[1]叶树声、余敏辉撰写的《明清江南私人刻书史略》中也提到石印和铅印的优点：“石印具有价格低廉、制版迅速、修正方便等优点，故很快被采用。所谓‘铅印’，又叫铅活字排印，基本上和今日采用的机器铅印方法相同。铅印法技术先进，排印速度快，比较灵活方便，能适应大批量印刷业务的需要。”[2]

适应新式印刷术的兴起和发展，首先搭上这班顺风车的是上海，同文书局就是当时上海最负盛名的书局之一。《明清江南私人刻书史略》中对这家书局做了详细介绍：

> “同文书局”是徐鸿甫和徐雨之等人于光绪七年在上海开办的。该局有职工500名，生产规模大，印书多，开办时就有石印机12部，后来又有所增加。他们多用石印，也有铅印，印刷清晰，底本多精良，定价也低，受人欢迎。该局于光绪十二年用石印法印有《京尘杂录》四种和《赏奇轩合编》五种，于光绪十六年石印有《古今图书集成》一万卷。其石印书还有《佩文斋书画谱》《通鉴辑览》《四书古注群义汇解》《二十四史》《子史精华》《谈瀛录》六种等书。其中以《古今图书集成》和《二十四史》较为有名。[3]

从这段介绍不难看出，当时的同文书局已经名噪一时，且有能力以新式印刷技术承担起规模巨大且附有大量插图的古籍。《红楼梦》就是这众多书籍中的一种。

光绪十年（1884）出版的这部石印本《增评补图石头记》有其自身固有的优势，故能够超越程甲本、东观阁本、王希廉本，成为清代中后

[1] 潘建国：《西洋照相石印术与中国古典小说图像本的近代复兴》，《学术研究》2013年第6期。

[2] 叶树声、余敏辉：《明清江南私人刻书史略》，安徽大学出版社，2000年版，第128页。

[3] 叶树声、余敏辉：《明清江南私人刻书史略》，第131页。

期最具影响的《红楼梦》版本。首先，从内容上来看，程甲本是白文本，东观阁本和王希廉本都是一人评本，而《增评补图石头记》是王希廉、姚燮两家汇评本，而且基本将东观阁本批语吸纳进姚评中，形式上也增加了眉批和总评，使得该本评点变得更加丰富。

其次，从插图上来看，在继承程甲本绣像传统的同时，有了更多的创变。一是绣像，它承袭了程甲本二十四幅绣像的模式，但是在数量上有所增删。删除了程甲本原有的贾氏宗祠、史太君、王夫人、薛宝琴、李纹李绮邢岫烟、尤三姐、香菱袭人、晴雯、女乐，增加了通灵宝玉、辟邪金锁，原来僧道拆开为茫茫大士、渺渺真人两图。此外，图像全部重新绘制，从风格上看，如果说程甲本、藤花榭本、双清仙馆本还保留着一些明代以来的富有古典气质的人物特征，那么在该本中已然表现出明显的仕女图的时代特色，而且这种特色一直成为后来诸刊本的主要选择。

二是在回目画上，此前的程甲本、藤花榭本、双清仙馆本等诸多系列刊本都是只有绣像，而没有回目画，同文书局本的插图打开了《红楼梦》插图的新局面，增加了二百四十幅回目画，每回二图，每图有图目，图目即回目每则题目，且出以不同书体。阿英在评价石印本回目画时说："这一类章回插图，格式完全是按照我国明、清小说插图的传统，绘本回主要人物及主要事件。有些也有独创，格式还很清新，很醒目。人物也大体染上了清末的人物精神面貌。"[1] 同文书局本的回目画可谓旧瓶装新酒，沿袭的虽然是明清小说插图的格式传统，但是其中的人物已然和绣像不一样，是富有时代特色的新式人物造型风格了。总体来看，画面绘制十分精致，人物、建筑、花木相辅相成，错落有致，画面布局富有很强的韵律感和很高的艺术性。

光绪十年（1884）同文书局本问世后，出现了很多翻印本。其中知名的有广百宋斋铅印本。其实，广百宋斋和同文书局同为广东人徐润所

[1] 阿英：《漫谈〈红楼梦〉的插图和画册——纪念曹雪芹逝世二百周年》，第111页。

创办，一粟在《红楼梦书录》中云："光绪七年（1881）粤人徐鸿甫（裕子）、徐润（雨之）初设同文书局，石印；其后徐润又设广百宋斋，铅印。"[1]可见，同文书局和广百宋斋两个书局之间具有十分亲密的关系，且几乎是同一时间出现并印制书籍的。广百宋斋本中并无相关牌记能够标示印行时间，杜春耕先生推断该本撤去了同文书局本的版权页，于第二年即光绪十一年（1885）用铅印的方式出版了该书[2]。杜先生对广百宋斋本印行时间的推断缺少明确的证据，但是两者用统一书版印行可能性是很大的。

清末民初学者吴克岐在《忏玉楼丛书提要》中说明该本由来，并对其流行盛况作了说明：

> 清光绪间，广东徐雨之观察（润）创广百宋斋于上海，铸铅字排印书籍，爰取家藏此本付印，以公同好。纸墨精良，校对详审，世颇称之。后书贾仿印，改名"大观琐录"，脱误甚多。考《红楼梦》最流行世代，初为程小泉本，继则王雪香评本，逮此本出现而诸本几废矣。[3]

笔者未能见到同文书局初印本，但在北京师范大学图书馆目验过广百宋斋本。绣像依次为：青埂峰石　绛珠仙草、通灵宝玉、辟邪金锁、警幻仙子、宝玉、元春、迎春、探春、惜春、李纨、王熙凤、巧姐、秦可卿、薛宝钗、林黛玉、史湘云、妙玉、茫茫大士、渺渺真人。值得注意的是，自《增评补图石头记》开始，卷首出现了《大观园图》，这也开启了《红楼梦》刊本中出现各种《大观园图》的历程，随即也开始了有关《大观园图》相关议题的关注和讨论。有关《大观园图》相关版本，可参见本

[1] 一粟：《红楼梦书录》，上海古籍出版社，1981 年版，第 62 页。

[2] 转引自曹立波：《〈增评补图石头记〉的传播盛况述评》，《红楼梦学刊》2004 年第 1 辑。

[3] [清] 吴克岐：《忏玉楼丛书提要》，民国间抄本。

章第三节，有关《大观园图》内容和艺术特色可参见第三章第二节。

由于同文书局本和广百宋斋本广受好评和欢迎，于是，在接下来的一段时间内，翻印本如雨后春笋般纷纷涌现出来，或者是直接翻印该版，或者是借鉴该本图像文本又另起炉灶，不过总体风格却依样沿袭下来了。

国图虽未能入藏光绪十年（1884）同文书局初印本，但却藏有几种清光绪至民国间翻印本或重印本。在这些刊本中，一方面可以窥见原书样貌，另一方面也可见其盛行状况。如清光绪二十四年（1898）石印本（索书号：35100），共16册，内封题名“增评补图石头记”，牌记题“光绪戊戌季夏上海石印”。该本卷首绣像十九幅，前图后赞，回目画每回前二图，共二百四十图，与同文书局初印本完全相同。

另外，还有清光绪二十六年（1900）石印本（索书号：88345），共15册，该本缺卷八，第八十一至八十八回。扉页书签题“增评补图石头记”，内封题“绣像全图增批石头记”，背面牌记题“光绪廿有六年庚子石印”。该本有《大观园图》一幅，卷首绣像二十四幅，依次为：青埂峰石　绛珠仙草、辟邪金锁　通灵宝玉、林黛玉、史湘云、警幻仙子、宝玉、李绮、尤三姐、鸳鸯、袭人、惜春、薛宝钗、妙玉、李纨、探春、秦可卿、傅秋芳、巧姐、李纹、王熙凤、宝琴、邢岫烟、元春、迎春。图与同文书局本不同，每图在标识人物姓名的同时，配有一句题句和一种花名，显然是模仿双清仙馆本的做法，只不过，花名只做图注，并未配图，题句也不完全与双清仙馆本相同，部分是另行选择，不同的有：青埂峰石　绛珠仙草、辟邪金锁通灵宝玉、林黛玉（看你个离魂倩女）（图1-1-23）、史湘云（玉精神花模样）、警幻仙子（无题句）、宝玉（万种情缘一样愁）、李绮（才郎女貌年相仿）、惜春（不近喧哗）、妙玉（问你混俗和光）、李纨（节操懔冰霜）、探春（大人家举止端详）、巧姐（怕你不卧看牵牛织女星）、王熙凤（相见语偏多）、迎春（自然幽雅）。回目画每回二图，每四回前置八图，每图上下两栏，每栏二小图，每个小图对应一则内容，每图有图目（图1-1-24）。

图 1–1–23

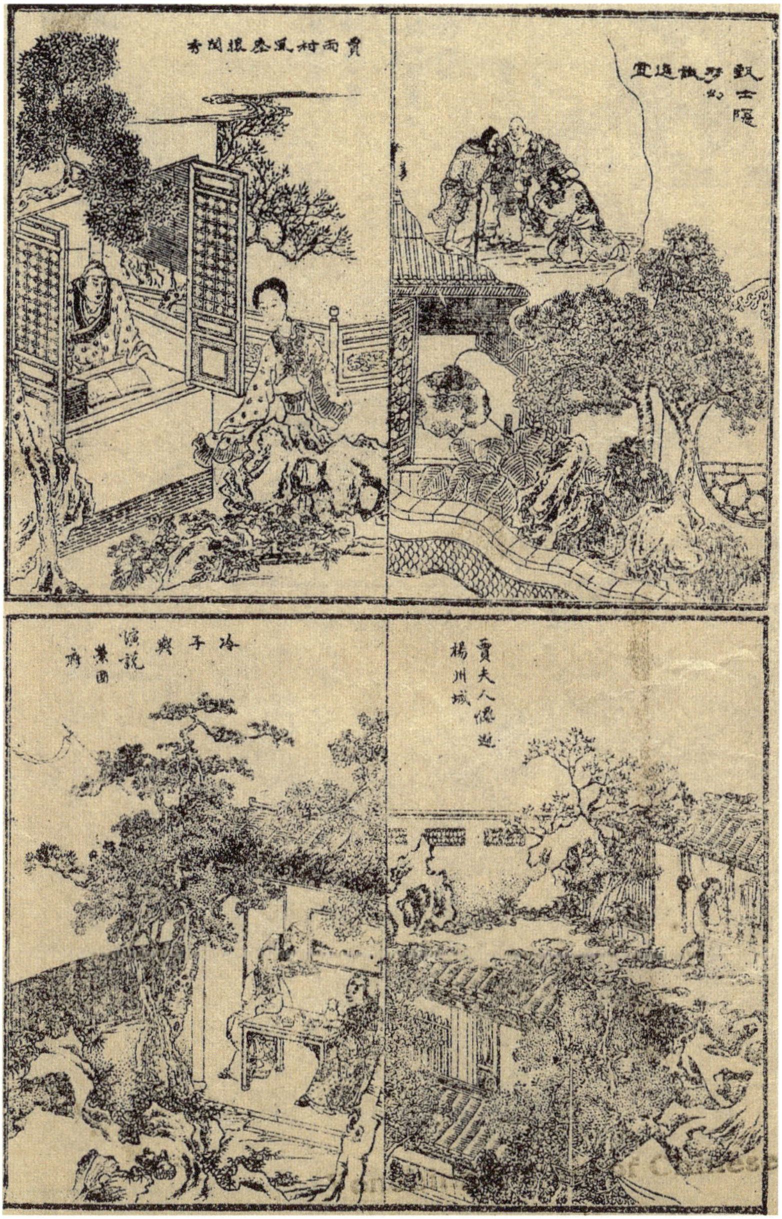

图 1-1-24

清光绪间的翻印本还有不少，国图所见就有两种，其中一部清光绪间铅印本（索书号：35101），16册，尚为全帙，内封题“增评补图石头记”，卷首有《大观园图》一幅，绣像十九幅，绣像与故事图皆与广百宋斋本同。另外一部索书号为161766的仅存3册，为十七到五十六回，每回前有回目画二幅。笔者还曾在上海图书馆翻阅过清宣统间铅印本。这些存世翻印本、重印本虽然有些已经残损，但也充分说明了《增评补图石头记》在相当长的一段时间内的传播热度。

8.“金玉缘”系列刊本

在翻印和重印同文书局本和广百宋斋本的过程中，我们发现，在“石头记”系统外，还发展出了一个“金玉缘”系统分支。这类刊本题名中都不再以“石头记”为主体书名，而是标以某某“金玉缘”。较早出现的是一粟在《红楼梦书录》中著录的一个牌记题为“光绪十年甲申仲冬上海同文书局石印”的本子，内封题名作“增评补像全图金玉缘”。与同文书局“增评补图石头记”相比，该本卷首出现了“光绪十四年小阳月望日华阳仙裔序”，这显然和牌记时间有矛盾。其次，在插图方面，绣像从十九幅增加到一百二十幅，回目画依然是二百四十幅。不过，由于此本仅见一粟著录，而无他人目验，故其刊印时间和原貌尚存疑。不过，同文书局凭借各种优势在翻印初版的过程中新变出“金玉缘”本还是可能的。

其次是光绪十四年（1888）和光绪十五年（1889）两个石印本。光绪十四年（1888）本笔者曾在浙江省图书馆目验过，题名“增评补像全图金玉缘”，牌记题“戊子仲冬沪上石印”。该本绣像一百二十幅，前赞后图，每图题七绝一首，回目画二百四十幅，卷首有华阳仙裔序，插图数量与一粟所著录者也相符合，故此，即便此本不是金玉缘初印本，但与初印本的样貌必然极为接近。

国图藏有光绪十五年（1889）石印本（索书号：35057）（图1-1-25），

共 15 册。该本扉页书签题“增评补像全图金玉缘”，内封中栏大字竖题“增评补像全图金玉缘”，两侧有祥云、仙鹤背景图案，背面牌记题“己丑仲夏沪上石印”。该本有《大观园图》一幅，绣像一百二十幅，前赞后图。赞语设计也很富艺术性，出以不同字体，且以文为图，将赞语排列成不同图形，有方形、圆形、扇形、不规则形等等，富于变化（图 1-1-26、图 1-1-27）。回目画每回二图，共二百四十幅（图 1-1-28）。插图共计三百六十幅，可谓《红楼梦》插图最多者。版心上题“金玉缘图像”，中题图目。正文版心题“图注金玉缘”。

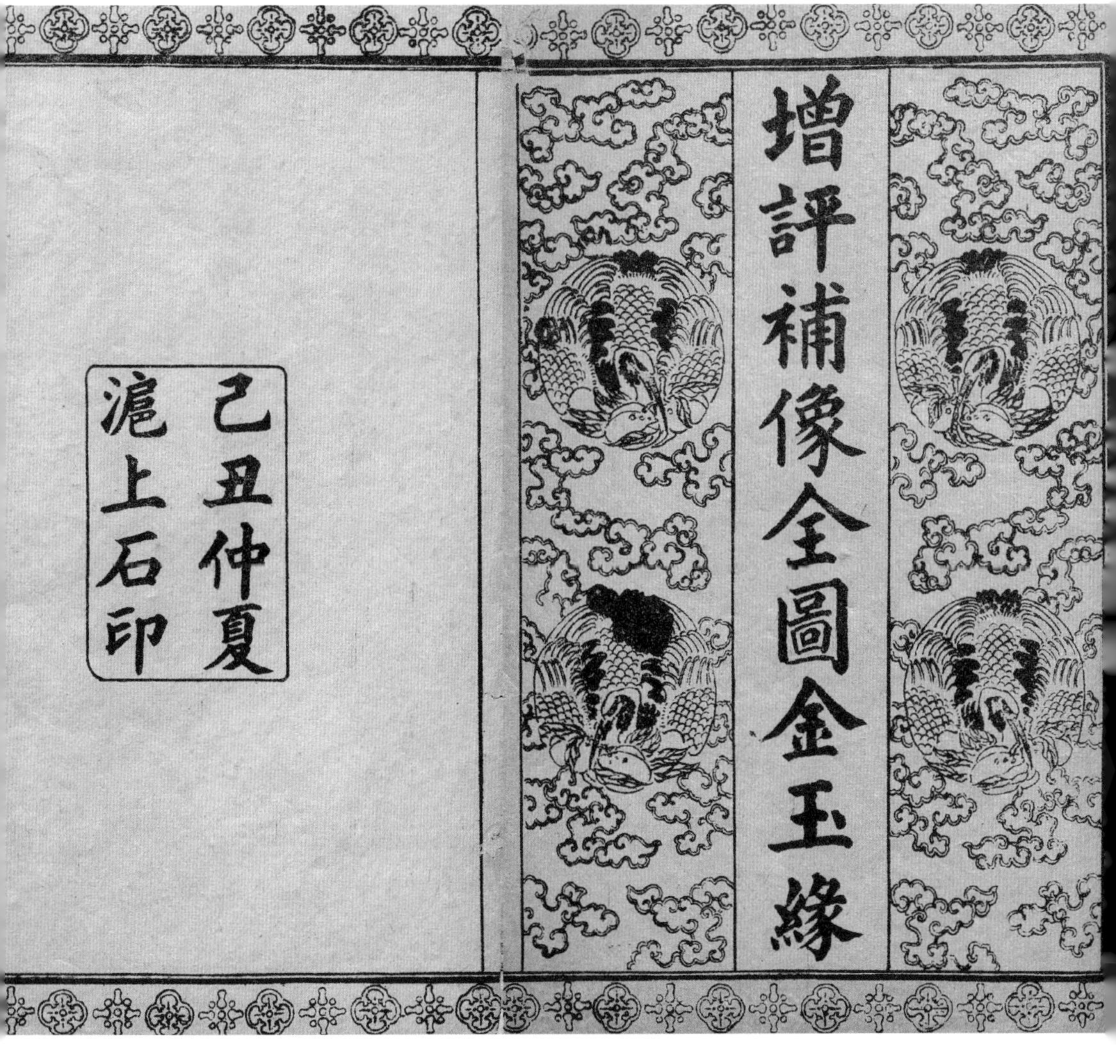

图 1-1-25

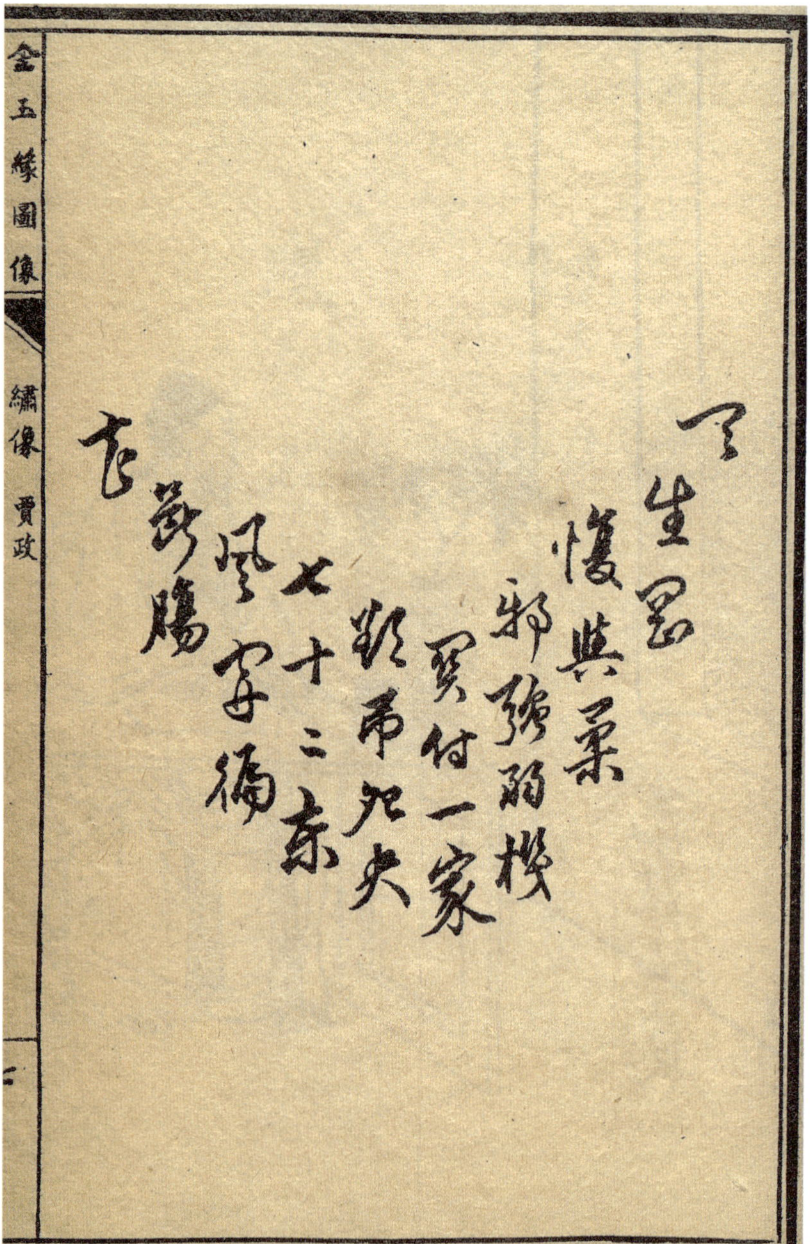

图 1-1-26

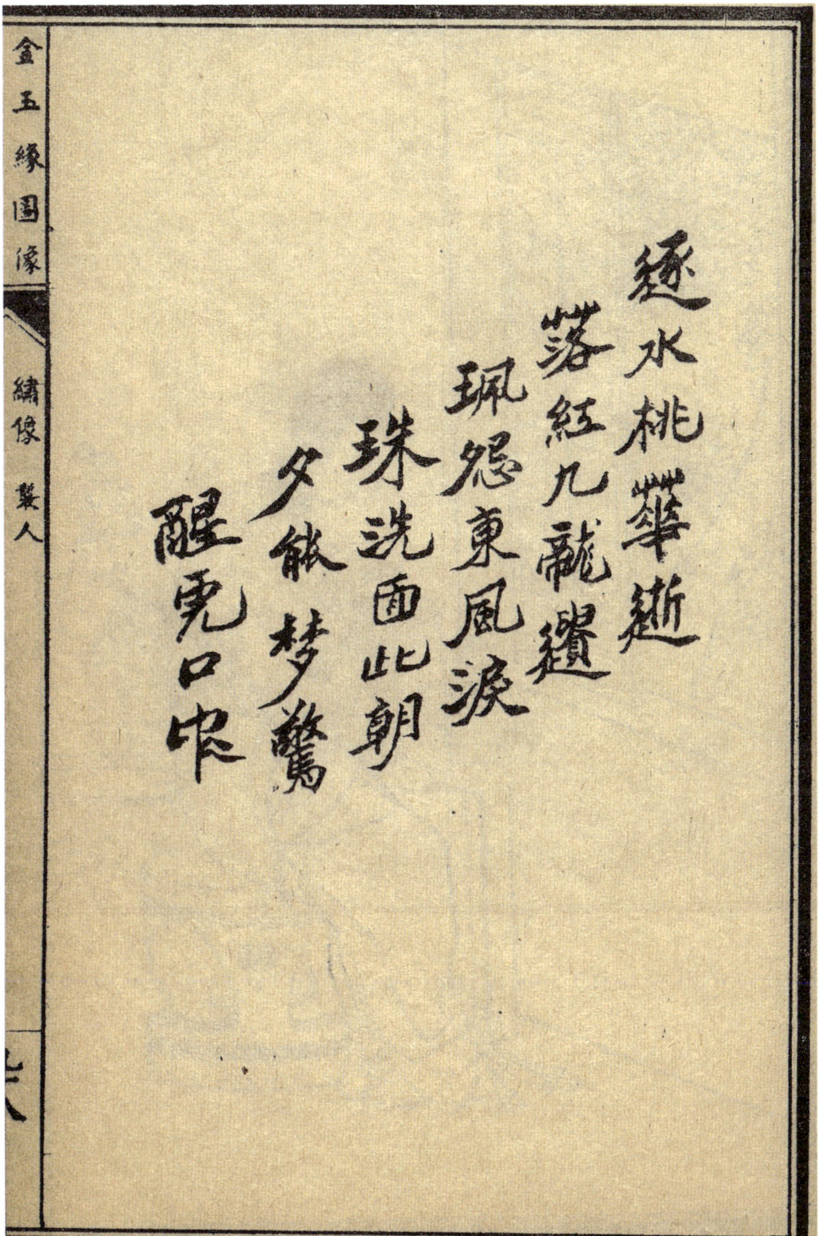
金玉緣圖像
繡像 襲人
逐水桃華趣
落紅九龍鬢
珮怨東風淚
珠洗面此朝
夕能梦驚
醒兜口哏

图 1-1-27

图 1-1-28

笔者曾查阅过上海图书馆藏同样出版于光绪十五年（1889）标记为“上海同文书局”的石印本，该本牌记题“己丑仲夏上海同文书局石印”，扉页书签题“详注足本全图金玉缘”，不过内封和版心题名都和国图藏本相同。不同的是该本插图除《大观园图》一幅外，绣像仅四十二幅，前图后赞，较国图藏光绪十五年（1889）本减少很多。绣像依次为：青埂峰石　绛珠仙草、通灵宝玉、辟邪金锁、警幻仙姑、疯僧、跛道人、宝玉、黛玉、贾母、贾赦贾琏、贾政、贾敬、贾珍、贾兰、邢夫人、王夫人、熙凤、李纨、宝钗、可卿、元春、迎春、探春、惜春、湘云、岫烟、宝琴、李纹、巧姐、薛姨母、夏金桂、尤三姐、姽婳将军、贾芸、贾代儒、贾瑞、晴雯、妙玉、周姨娘、尤二姐、甄士隐、贾雨村。回目画依然是二百四十幅。

在标名为《金玉缘》的刊本出现后的短时间内，翻印本的数量和频次大幅增长，可见该本的畅销和盛行。国图藏光绪十八年（1892）石印本就有两部（索书号：35091、35092），都是16册。内封题“增评补像金玉缘”，背面牌记题“壬辰仲夏上海石印”。插图与国图藏光绪十五年（1889）本全同，可见其据以翻印。

笔者在辽宁省图书馆曾见同样出版于光绪十八年（1892）的一个铅印本，该本扉页书签题“绣像全图增批石头记”，内封题“古越诵芬阁藏版”，并署“泉唐毛承基署”，有牌记“光绪十八年岁次壬辰秋月重校复印”。按，毛承基，生卒年未详，原名鸿，字守和，号华孙，钱塘（今浙江杭州）人，候选通判。有金石癖，工篆、隶、钟鼎、砖文，古雅有致，光绪十六年（1890）曾石印《康熙字典》。该本绣像十六幅，图赞与光绪十四年（1888）本相同，但有减少，依次为：青埂峰石　绛珠仙草、通灵宝玉、辟邪金锁、警幻仙子、宝玉、元春、迎春、探春、惜春、李纨、王熙凤、巧姐、秦可卿、薛宝钗、林黛玉、史湘云。回目画二百四十幅，也与光绪十四年（1888）本同。

在清帝国逐渐走向终结的时候，《红楼梦》的翻印热潮不但没有降低，反而更加蓬勃，又出现了多个较为流行的刊本，如清光绪三十二年（1906）上海桐荫轩石印本、清光绪三十四年（1908）求不负斋石印本、清光绪三十四年（1908）上海求志斋石印本、清宣统元年（1909）上海章福记书局石印本、清宣统元年（1909）上海阜记书局石印本。这些刊本不少也入藏了国家图书馆。其中，有如清光绪三十二年（1906）上海桐荫轩石印本（索书号：35095）（图1-1-29），该本16册，内封朱笔题“足本全图金玉缘”，背面牌记题“光绪丙午菊秋月上海桐荫轩石印”，卷

图 1-1-29

端题“增评加批金玉缘图说”。该本卷首也有《大观园图》一幅，绣像六十幅，图赞与光绪十四年（1888）本同。

求不负斋本（索书号：91801）（图 1-1-30），共 16 册，内封题名“增评全图足本金玉缘”，背面牌记题“光绪戊申九月求不负斋印行”。绣像二十六幅，依次为：青埂峰石　绛珠仙草、通灵宝玉、辟邪金锁、宝玉、黛玉，以上单面式，其后皆每页四格：右二格为赞语，左二格为人物。依次为：贾赦贾琏、贾政，贾敬、贾珍，跛道人疯僧、贾母，贾蓉、邢夫人，熙凤、李纨，宝钗、尤氏，可卿、元春，迎春、贾兰，探春、惜春，湘云、岫烟，李纹、李绮，巧姐、薛姨母，夏金桂、尤三姐，傅秋芳、姽婳将军，胡氏、贾蔷，贾芸、贾芹，宝琴、贾环赵国村（基），贾代儒贾瑞、王夫人。插图与光绪十四年（1888）本基本同，只是将其缩小尺幅重新排版（图 1-1-31）。回目画二百四十幅，也与光绪十四年（1888）本同。该本浙江省图书馆亦有收藏。

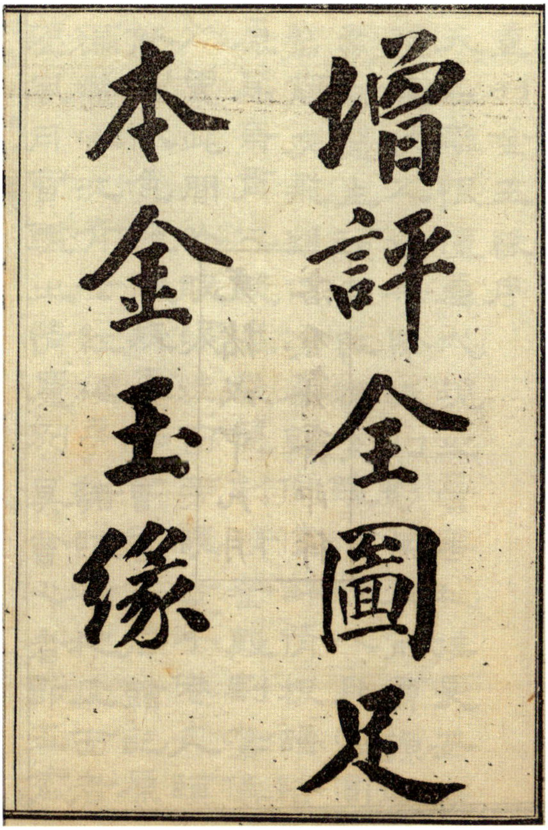

图 1-1-30

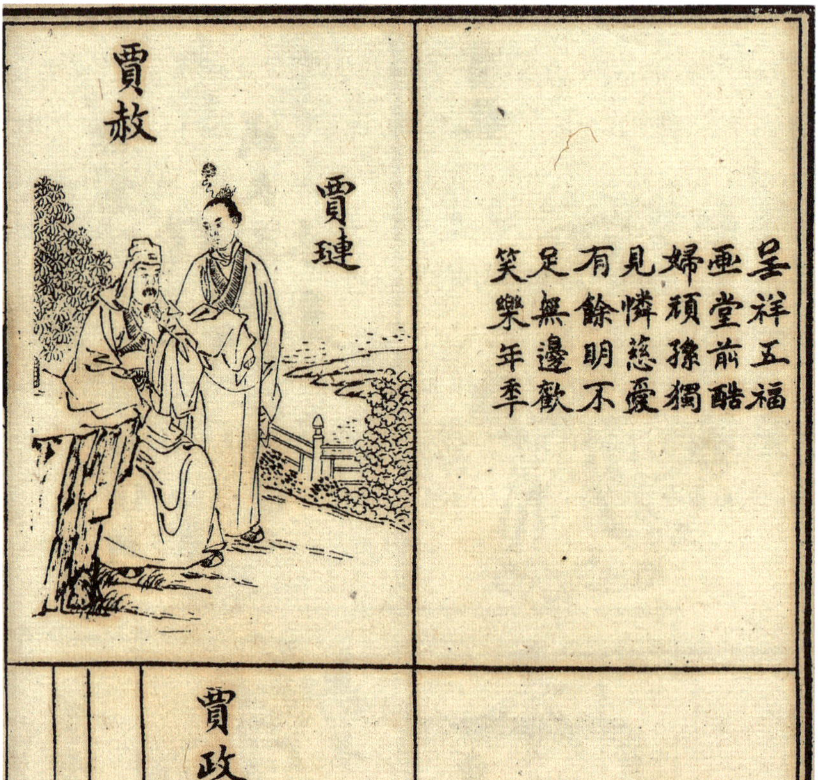

图 1-1-31

求志斋本（索书号：163471），16册，该本内封题“全图增评金玉缘”，背面牌记“光绪戊申年七月上海求志斋石印”。绣像十九幅，前图后赞，次序与广百宋斋本同，竹节梅花边框。该本上海图书馆亦有藏本。

国图还藏有一种无确切刊印时间的清末石印本（索书号：XD4832），12册，该本有残缺，原为郑振铎先生旧藏。卷端题“增评补像全图金玉缘”。该本回目画每回一图（图1-1-32），每八回前置八图，每回有图目，图目为每回回目。

图 1-1-32

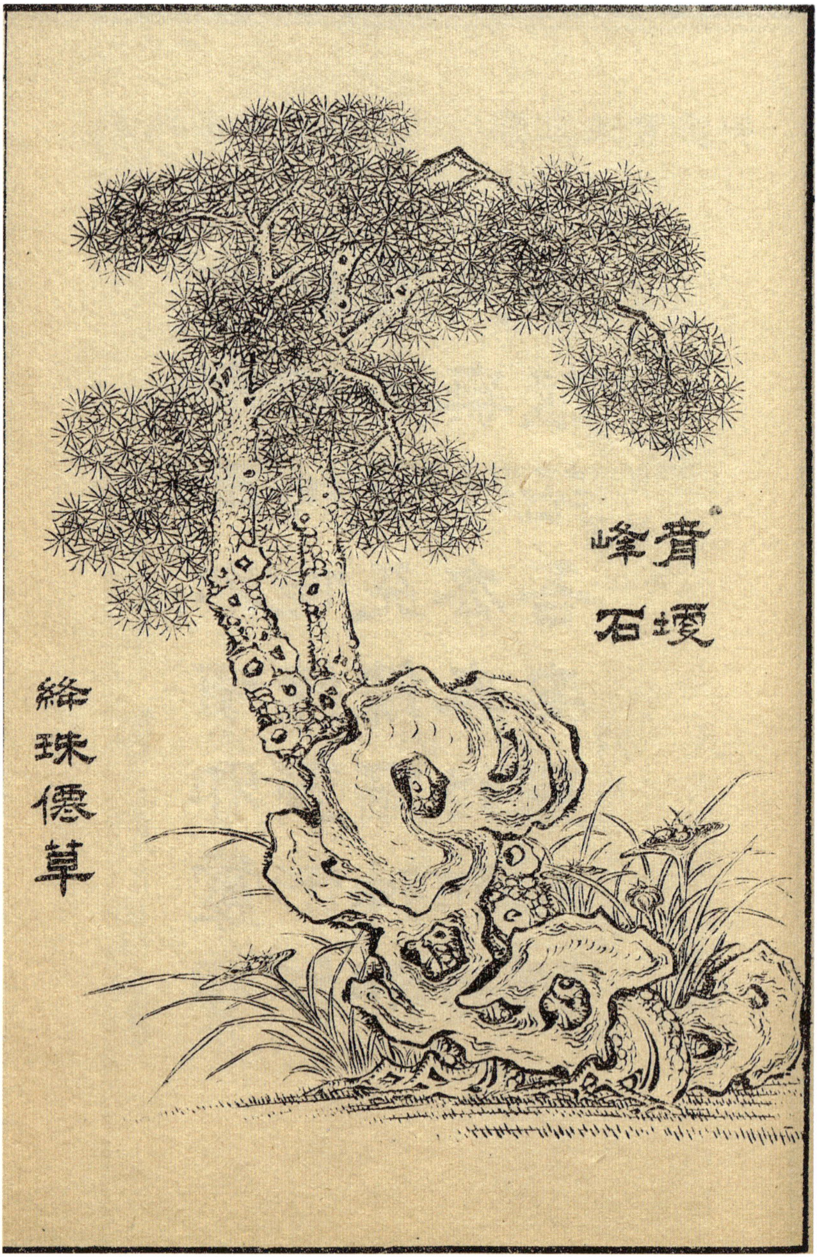

图 1-1-33

民国间翻印本也不在少数，国图收藏就有十几种，较早的有民国三年（1914）上海石印本（索书号：35099），共 16 册。该本题名“全图增评金玉缘”，版心题“增评全图石头记”。该本有《大观园图》一幅，绣像十九幅，该本绣像人物未标姓名，只有赞语，绣像依次为：青埂峰石　绛珠仙草（图 1-1-33）、通灵宝玉、辟邪金锁、警幻仙子（图 1-1-34）、宝玉、元春、迎春、探春、惜春、李纨、王熙凤、巧姐、秦可卿、薛宝钗、林黛玉、史湘云、妙玉、疯僧、跛道人。其中首图前图后赞，其他图赞同面，虽然在节省纸张的情况下，被合并在同一页面内的赞语也顾及了设计的美观，依然呈现出几何图案变化形态，和人物搭配得相得益彰。回目画与清光绪十五年（1889）本相同，不过每二回一图，且有些回目无配图，故回目画仅有一百十二幅。

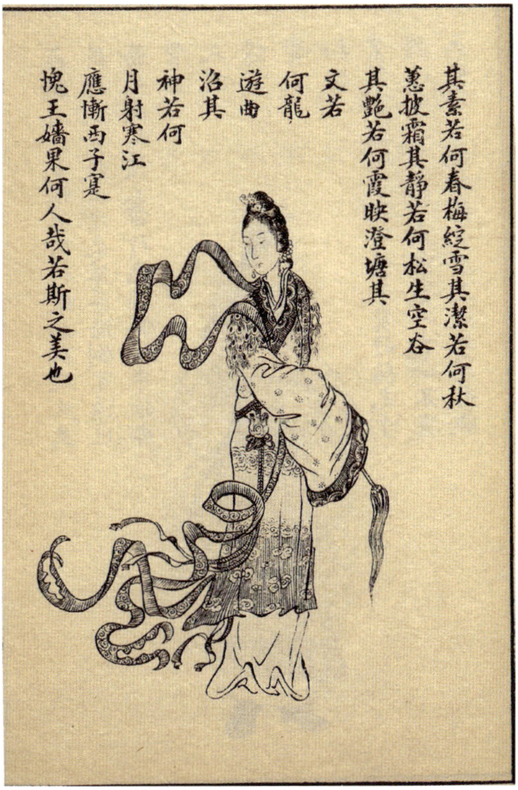

图 1-1-34

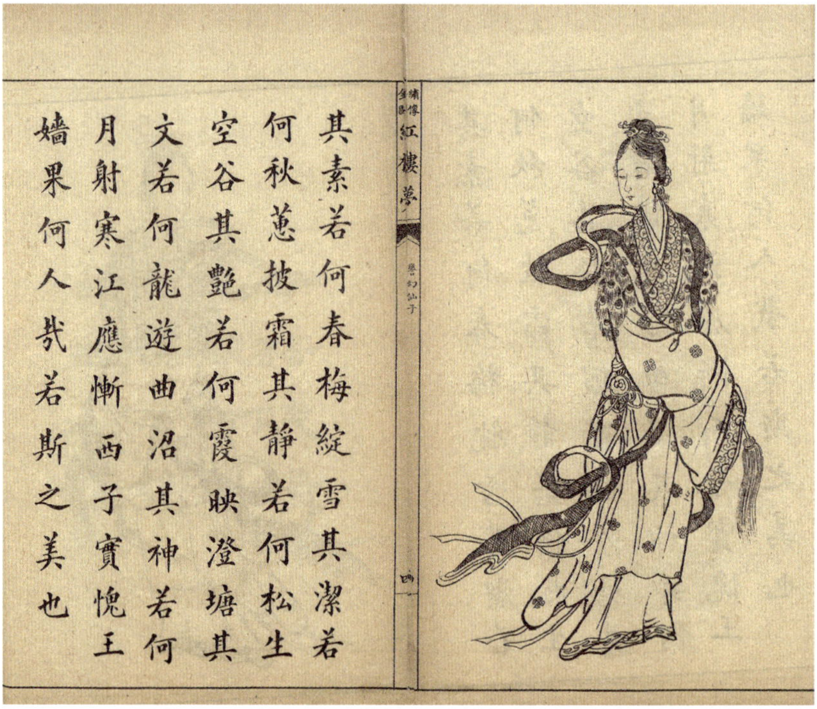

图 1-1-35

另有一部民国间铅印本（索书号：35059）（图 1-1-35），32 册，绣像十九幅，前图后赞，版心题“绣像全图红楼梦”。从图像内容来看，与民国三年（1914）上海石印本相同，而且是像赞尚未被合并到一个页面中，故很可能其刊印时间尚在民国三年之前。回目画每回二图，共二百四十幅，与广百宋斋本相同。

民国十四年（1925）石印本（索书号：35081）也比较有代表性，该本 16 册，内封题名“增评加注全图红楼梦”，背景是一幅山水云鹤图（图 1-1-36），背面牌记有与同文书局本相同的鼎形牌记，署“己丑仲夏上海同文书局藏板”，同时增加了“民国十四年三月印行”一行（图 1-1-37），故可知该本实则是翻印清光绪十五年（1889）同文书局本。绣像前九幅单面式，前图后赞，依次为：青埂峰石　绛珠仙草、通灵宝玉、辟邪金锁、警幻仙姑、疯僧、跛道人、宝玉、黛玉、宝钗。此后每页分左右两栏，分别出以人物和赞语（图 1-1-38），共计 25 人，依次为：贾母、贾赦贾琏，贾政、贾兰，邢夫人、王夫人，熙凤、李纨，可卿、元春，迎春、探春，惜春、湘云，刘老老巧姐、薛姨母，尤三姐、姽婳将军，贾芸、晴雯，妙玉、尤二姐，甄士隐、贾雨村。民国十七年（1928）同文书局又一次进行翻印，也是 16 册（索书号：159447），翻印本插图与民国十四年（1925）本相同，不过在双栏多人部分最后末两页顺序错装，以致人物次第跟着倒置。

图 1-1-36

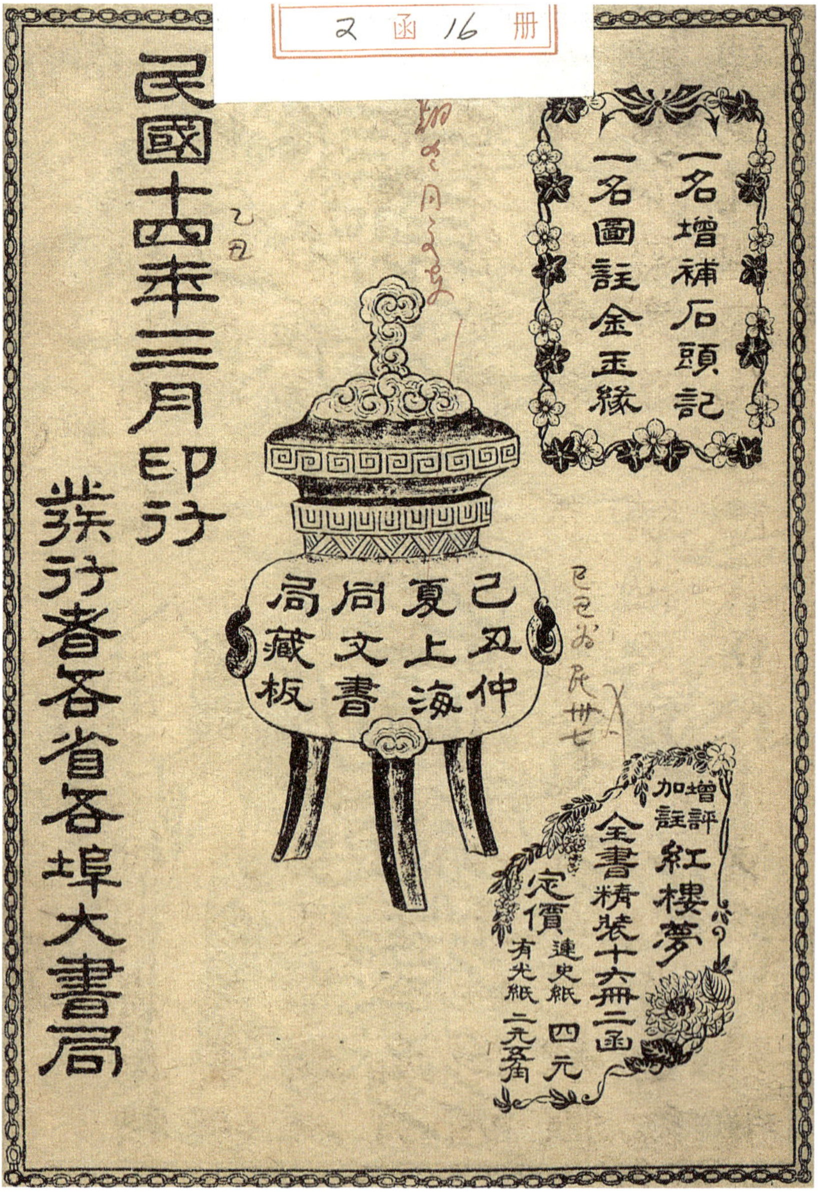
一名增補石頭記
一名圖註金玉緣
民國十四年三月印行
發行者各省各埠大書局
己丑仲夏上海同文書局藏板
增評加註紅樓夢
全書精裝十六冊二函
定價 連史紙 四元 有光紙 二元五角

图 1-1-37

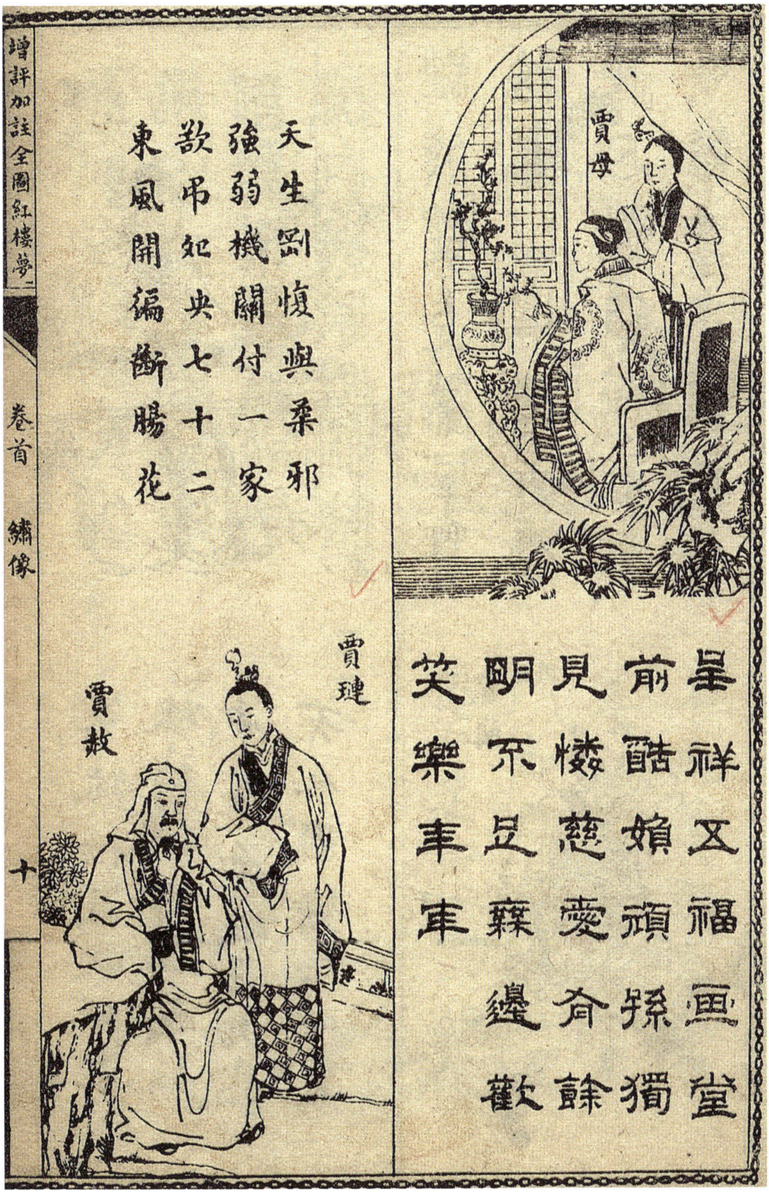
增評加註全圖紅樓夢
卷首 繡像
十
天生剛愎與柔邪
強弱機關付一家
款弔妃央七十二
東風開徧斷腸花
賈赦
賈璉
賈母
呈祥又福畫堂
前酷娘頑孫獨
見樓慈愛有餘
明不足蘇邊
笑樂年年

图 1-1-38

图 1-1-39

民国间翻印本还有不少，一些刊本没有标注明确翻印时间，一些是在流传过程中因为残损导致版权信息缺佚。像国图藏一种民国间铅印本（索书号：93233），共15册，缺卷首第1册，扉页题名“精校全图足本铅印金玉缘”，内封题名为“精校全图铅印评注金玉缘”，署“蛰道人题”。该书共四函，函套设计非常有特色（图1-1-39），分别采用蓝、橙、绿、紫四色，中间绘制一幅阁楼图案，颜色显然是模仿《四库全书》封面四色，而图案则绘制大观园中建筑一隅，以界画风格呈现，又具有皇家苑囿风范。卷首有《大观园图》一幅，绣像十九幅，回目画二百四十幅，与广百宋斋本相同。

以上我们按照时间顺序梳理了《红楼梦》问世后出现的主要刊本。在这条历史脉络中，首先可以肯定的是，《红楼梦》这部经典文本的巨大魅力，极大地刺激了出版市场，催生出各种各样、富于变化的插图本。这些插图本又在历史沉淀中汇聚成了《红楼梦》自身的巨大财富宝藏，从乾隆五十六年（1791）的活字印本到同文书局《增评补图石头记》，再到“金玉缘”系列刊本，可以看到自清代乾隆间到清中期，降及民国间，《红楼梦》插图本经历了从传统木刻绣像到西方近代技术的转变，特别是石印本、铅印本系统中的翻印本、重印本层出不穷，石印本和铅印本以其丰富的数量足以占据《红楼梦》刊本的半壁江山，构成了《红楼梦》自晚清以来出版的独特现象。可以说，在石印铅印技术的支撑下，《红楼》图像文本得到了极大丰富，区别于此前以单一的、数量较少的以人物绣像为主的各种木刻画，特别是在故事图上盛放出了独属于《红楼梦》的花朵。其次，《红楼梦》版本的递变，文本和插图可以分别来自不同底本，标示了插图可以独立于文本外的独特属性，但同时这种复杂的情况也为版本研究带来了更多意想不到的情况。插图作为构成版本的一个重要组成部分，既是重要的版本证据，但同时又拥有自身图像系统的源与流。这也就催生出另外一个重要议题，即《红楼梦》图像文本所关联的绘事传统，在这个具有悠久历史的图像传统中，《红楼梦》图像的风格传承、图像文本的历史定位、图像内容的外延呈现等等都是值得我们关注的重要内容，这些内容我们在后续章节都会论及。

第二节　渊源有自：《红楼梦》插图的源流演变

一、为什么要建立插图版式流变的谱系

发端于谱牒学的中国谱系研究注重秩序性、规律性、连续性，强调制度、文化和理念在历史演进中的一致性和关联性。如《隋书·经籍志》中论“氏姓之书”所言“今录其见存者，以为谱系篇”[1]就是以突显宗族世系发展历程为宗旨。宋代陈康伯在《御赐金线谱命汪藻直学士叙谱文》中描述了谱系之学的源流：“六朝以来，家有谱系之学，又有谱系之书，《隋·经籍志》载天下郡县国氏族谱若干卷，唐世此学此书盛行。”[2]可见，宗谱世系的概念和意识在国人的意识中一直绵延不绝。又清邹祗谟《倚声初集》在评价张綖时有言：“张光州南湖《诗余图谱》，于词学失传之日创为谱系，有荜簬蓝缕之功。”[3]可见，谱系不仅可

[1]［唐］魏征：《隋书》卷三十三，清乾隆武英殿刻本。

[2]［宋］陈康伯：《陈文正公文集》卷十，清刻本。

[3]［清］邹祗谟：《倚声初集》卷三，清顺治十七年（1660）刻本。

以从家族血缘关系进行梳理统筹，也可以用于承载文化学术脉络和流派的变迁发展。

近代以来，西方谱系学理论被大量译介，以尼采、福柯等人为代表的谱系学说在国内得到了越来越多的关注。如福柯认为："谱系学并不打算回溯历史，不打算在被忘却的散落之外重建连续性；它的任务并不是先给整个发展进程强加一个从一开始就已注定的形式，然后揭示：过去仍在，仍活生生地在现在中间，并在冥冥中唤醒它。……相反，追寻来源的复杂序列，就要坚持那些在自身散落中发生的东西：确定偶然事件、细微偏差，或反之，去确定错误、错估和那产生了现时的、对我们有用的东西的错误演算；揭示在我们所知和我们所是的东西的基底根本没有真理和存在，有的只是偶然事件的外在性。"[1] 比较中西学人的论述，可以发现，与中国古代谱系学所关注的规律性、连续性有所不同，西方谱系学对偶然性表现出更多的兴趣，正如刘勇先生在《关于 20 世纪中国文学谱系研究的思考——兼论〈中国新文学大系（1917-1927）〉的历史价值与现实意义》一文中概述的那样："'谱系学'则注重历史背后的断裂、差异和偶然性，反对一味地追问历史规律和逻辑性，关注世界中一些边缘存在和历史本身的丰富性。简而言之，福柯的'谱系学'是对于历史的一致性和规律性的反拨和拒斥。"[2]

中西方谱系理论不同的关注焦点在交融之后事实上让我们拥有了一个更加完整的研究视角，即在保持中国古代谱系学精髓的同时，用西方具有质疑精神的悬置结构来弥合东方谱系历史中缺失的裂缝，在坚守典范的视角下亦保持相对的眼光，使具有历史传承的谱系脉络不断细化和完善。

回溯中国古代插图的研究，近现代历史上最早关注插图的学者虽然

[1] [法] 福柯：《福柯集》，杜小真编选，上海远东出版社，2003 年版，第 151 页。

[2] 刘勇：《关于 20 世纪中国文学谱系研究的思考——兼论〈中国新文学大系（1917-1927）〉的历史价值与现实意义》，《北京师范大学学报》（社会科学版）2013 年第 1 期。

并未明确提到谱系概念，但是其研究的方法和角度已然体现出谱系研究意识，其研究成果为图像谱系的建构奠定了较为扎实的基础。比如说郑振铎先生在《中国古代木刻画史略》的“绪言”中开门见山地指出：“为中国木刻画写一部详细的历史是有必要的，已知的史料证明：它的历史已有一千一百年之久。这是比世界上任何民族的最早的木刻画历史都久远的，也就是说，中国乃是发明木刻画的祖国。在这历时久远的木刻画史上，我们看到了充满辉煌的成就。”[1]这里已经可以看到对木刻画进行一种历时性的史的书写是非常明确的目标，具体的方法则是以时间为纲、以地域为纬建构起了一种图像研究的范式，这一方法在后来很多学者那里得到了延续和深化。例如宋莉华的《插图与明清小说的阅读及传播》[2]、周心慧的《中国古版画通史》[3]、薛冰的《插图本》[4]等都试图建立起一个时空坐标用来厘定各自的研究对象。这些研究都可以归类于郑振铎先生“历史总结”[5]式的研究模式。

事实上这一研究视域的形成渊源有自。就在明清时期，已有学者从版本学的角度对各地区书坊刊本进行历史价值的评定和判断，代表性的如明人谢肇淛在《五杂俎》中云：“宋时刻本，以杭州为上，蜀本次之，福建最下。今杭刻不足称矣，金陵、新安、吴兴三地，剞劂之精者，不下宋板。楚蜀之刻，皆寻常耳。闽建阳有书坊出书最多，而板纸俱最滥恶，盖徒为射利计，非以传世也。”[6]明胡应麟在《少室山房笔丛·甲部·经籍会通四》中也讲道：“凡刻之地有三，吴也、越也、闽也。蜀本宋最称善，近世甚希，燕粤秦楚今皆有刻，类自可观，而不若三方之

[1] 郑振铎：《中国古代木刻画史略》，第1页。

[2] 宋莉华：《插图与明清小说的阅读及传播》，《文学遗产》2000年第4期。

[3] 周心慧：《中国古版画通史》，学苑出版社，2000年版。

[4] 薛冰：《插图本》，江苏古籍出版社，2002年版。

[5] 陈福康：《郑振铎先生的最后一部奇书——唯大时代乃产生大著作》，见郑振铎《中国古代木刻画史略》，第14页。

[6] ［明］谢肇淛：《五杂俎》卷十三，明万历四十四年（1616）潘膺祉如韦馆刻本。

盛。其精吴为最，其多闽为最，越皆次之。其直重吴为最，其直轻闽为最，越皆次之。”[1] 可以说，以时空为线索的研究模式是将古籍刊刻作为一种历史现象进行的还原式描述，并对其文献价值、版本价值进行判定。这是对古籍作为一种“物”的形态的认知，是对其发生和发展的史实及其所处的历史语境的追寻和拷问，是对古籍在历史层面上的思考。

与此不同，图像学视域中的古籍插图探讨，意在通过对散落在历史长河中的各种插图进行有序地关联和编码，并对其价值功能给予判断和定位，使我们对插图的梳理在知识和技术的规约下变得体系化。具体到本书的切入视角，插图的图式则是关键所在，尤其是图像诠释中的图像结构、图像叙事、图像风格都与图式密切相关。中国古代小说戏曲插图图式经历了多样的变化和发展，这些变化见证了插图自身消长变迁的历史。从图文关系的角度来看，不同版式中图像呈像造型的方式、功能、特征各不相同，它们是我们进入图像语汇形式分析的一个重要切入点。从图像修辞来看，随着版式的变化，插图在构图、风格、视觉效果等许多方面也发生了重要转变，它们是我们进行图像本体论探讨的重要维度。插图版式的变化不仅仅意味着图像外在形制的变化，而且也是关系图像话语表达的重要影响因子。

最初关于图式的描述和见解散见于各刊本的序言或凡例中，如万历二十二年（1594）余氏双峰堂刊本《忠义水浒志传评林》卷首《水浒辨》：“《水浒》一书，坊间梓者纷纷，偏像者十余副，全像止一家……士子买者可认双峰堂为记。”文字叙述的宗旨意在突显所刊刊本个性特征，以促进其市场购买力。或者以散论的形式镶嵌在学人的论著之中，如近代学者黄人在《小说小话》中曾经讲道：“曾见芥子园四大奇书原刊本，纸墨精良，尚其余事，卷首每回作一图，人物如生，细入毫发，远出近时点石斋石印画报上，而服饰器具尚见汉家制度云云。”[2] 从这些零

[1]［明］胡应麟：《少室山房笔丛》，明万历间刻本。

[2] 朱一玄等编：《三国演义资料汇编》，南开大学出版社，2003年版，第225页。

散的分析中，已经可以看到图式一方面起到了美化刊本外在视觉形态的作用，能够有效地促进其在社会上的普及和传播；另一方面图式与视觉语汇和视觉修辞之间具有奇妙的关联，在决定图像品质优劣上具有助推作用。

遗憾的是，上述零星的描述由于分析者所持立场和所指目标的局限，并未能够体系化。现代学术在明确的学术命题和学科建构的统筹下，出现了一些有针对性的探讨，如汪燕岗的文章《明代中晚期南京书坊和通俗小说》[1]、涂秀虹的文章《上图下文：建阳刊小说的标志性版式》[2]、乔光辉的文章《明代金陵地域插图之形成》[3]，可以看到地域在很大程度上依然是框定研究范畴的重要前提，这些研究实际上是针对一个地域的某类插图进行的谱系化书写，这些书写为全局性的图像谱系的建立提供了阶段性的准备和基础。

那么，以图式切入视角所建立的图像谱系是什么样子呢？它的建构又有什么意义呢？就明清时期全部插图资料来看，作为造型艺术的一个门类，无论是插图本问世的生产方式还是呈现的视觉效果，它们彼此之间并不是断裂的、零散的或即兴而成的，相反其消长变迁的过程是可以在量化分析的基础上进行归纳演绎的。将谱系研究运用到古代插图领域，是要在体量庞大的插图作品中廓清图式发展变化的脉络，准确呈现其中的同质性、差异性和复杂性，勾勒图式变迁的互动关系和动态过程。谱系研究的观照视角希冀呈现一种既有宏观视域也有微观探析的谱系图景模式，从而达到两方面目的：一是认定标识性插图作品的历史地位，为插图传播树立经典本文；二是重新挖掘和评定那些因岁月掩埋而被边缘化、碎片化的插图作品的历史价值和图像作用，突显插图家族体系的立

[1] 汪燕岗：《明代中晚期南京书坊和通俗小说》，《文学研究》2004年第10期。

[2] 涂秀虹：《上图下文：建阳刊小说的标志性版式》，《福建论坛》（人文社会科学版）2009年第12期。

[3] 乔光辉：《明代金陵地域插图之形成》，见《明清小说戏曲插图研究》，东南大学出版社，2016年版，第79页。

体感和整体感。谱系研究作为一种方法论，能够在插图研究上获得更多的还原历史的实践性和现实意义。

邓绍基先生曾提及衡量一门学科繁荣发达的主要标志：一是在这门学科的历史发展过程中，产生了许多研究著作，而其中又出现人们常说的权威著作；二是在一门学科的历史发展过程中，作为出现众多研究著作的同步现象，产生一批研究家，其中还有那些泰斗式的权威研究家[1]。从这个标准来看，红楼梦插图的研究，无论是作为古籍图像学的一个分支、抑或是作为已然成为显学的“红学”的一个分支，都远未达到兴旺发达的程度，对于“红学”而言，不能不算是一种遗憾。不过，在近逾百年间，还是有很多学者在这方面不遗余力地追求和探索，为《红楼梦》插图研究的推广和深入打下了扎实基础。

从既有的成果来看，有关《红楼梦》插图资料的搜集和累积已经初见成果。早在20世纪初起，阿英就一直致力于《红楼梦》图像资料的搜集，包括各类《红楼梦》刊本插图以及民俗类图像，诸如年画、笺纸、连环画等，并在此基础上编辑《红楼梦版画集》[2]。此后，《红楼梦》插图资料的收集和整理渐趋丰富，如1996年台湾东大图书公司出版的《民间珍品图说红楼梦》，2002年北京图书馆出版社出版的《红楼梦烟标精华》，2003年人民美术出版社出版的《洋画儿・红楼梦绣像》。这些集子或是包罗万象的总类式合集，或是某个种类的个体式集合，对《红楼梦》插图遗产的保存和保护以及插图研究的深入起到了重要作用。伴随插图资料的累积和丰富，相关研究也不断深入。1963年，在纪念曹雪芹逝世二百周年之际，阿英就撰写过《漫谈〈红楼梦〉的插图和画册——纪念曹雪芹逝世二百周年》[3]，针对其所辑所见的各种《红楼梦》插图资料进行了梳理和分类，这是最早对《红楼梦》插图本进行系统研

[1]邓绍基：《关于中国古代文学学科建设的一点思考》，《苏州大学学报》2002年第1期。
[2]阿英：《红楼梦版画集》，上海出版公司，1955年版。
[3]阿英：《漫谈〈红楼梦〉的插图和画册——纪念曹雪芹逝世二百周年》，第104—112页。

究的成果。90年代后，现代学者孙逊在借鉴和吸收的基础上，提出三大系统说[1]。可以说，这些研究为我们认识《红楼梦》插图的演变提供了宏观视角以及方法论上的启示，但是我们也注意到他们对于各系统刊本插图的特征以及刊本间插图的流变阐释尚不够细致，为补充现有研究成果之不足，这里将做更加详细而深入的考察。

二、《红楼梦》插图版式形态的演变

插图本作为《红楼梦》重要的版式形态，其插图不仅是《红楼梦》版本传播的重要见证，而且因为《红楼梦》在小说史上的重要地位及其传播的广泛度和持久力，也是古代小说插图演变的重要见证，是构成古典说部的重要文献资源。

自程甲本以降，《红楼梦》的刊刻数量极为浩繁，从插图版式来看，这些数量庞大的不同版本可以划分为两大类。

一类是卷首插图，插图内容以小说中各种形象包括人物或物象为主要塑造对象，各本封面多冠以“绣像”之名。

一类是卷内回目画，插图位于卷首或是正文中每回之前，多单面式，一回二图，插图内容主要表现每回故事情节，各本命名基本围绕“图”展开，如“全图”“补图”“图说”等。

自程甲本问世以来，卷首绣像贯穿于整个《红楼梦》梓行过程中，是《红楼梦》插图刊刻的主体形态；光绪以后，回目画大多与绣像同时并存，导致刊本插图数量激增，动辄即为百余幅插图的巨制。从版式形

[1] 孙逊在《红楼梦绣像：文学和绘画的结缘》一文中提出三大系统：一是《红楼梦》流行的初期，以程甲、程乙本为代表，一直绵延至同治初年；二是《红楼梦》流传中期，以道光十二年（1832）双清仙馆本为代表，一直延续到光绪初年；三是以光绪年间广百宋斋铅印本和上海同文书局石印本为代表，主要流行于清末民初。见《’93中国古代小说国际研讨会论文集》，开明出版社，1996年版，第360—363页。

态上看，绣像与回目画都是古代小说插图的常见形式，插图的出现可以说是《红楼梦》在以手抄本的形式流传几十年后，重新以刻本形态对明代小说刊刻形式的接续，正如阿英所云，是对“民族的、传统的章回小说插图风格和结构”的“承继”[1]。正是这一接续，使《红楼梦》插图的研究带有古代说部插图研究的普适意义，成为我们考察古代小说插图不可或缺的重要一环。

1. 绣像系统刊本

在以卷首绣像为主要版式形态的插图本流传中，各本插图在内容上既有有意的承袭，也有别具匠心的变革，这些版式多样、内容各异的插图本综合起来构成了《红楼梦》绣像系统的图像谱系。

程甲本作为现存最早的插图本，以绘制精良的插图为此后绵延至同治间的诸多版本插图的刊刻提供了范式。这一系统都是只有卷首绣像，没有回目画，绣像从二十四幅到十四幅不等。各图配以赞语，大多数刊本图像和赞语分别以单面式前图后赞或前赞后图的形式出现，少数刊本赞语和图像位于同一个页面，如嘉庆十一年（1806）宝兴堂本。这一系统插图对于形象的选择具有一致性，图像基本以下列形象为主，或者在此基础上有所增减：石头、宝玉、贾氏宗祠、史太君、贾政王夫人、元春、迎春、探春、惜春、李纨贾兰附、王熙凤、巧姐、秦氏、薛宝钗、林黛玉、史湘云、妙玉、薛宝琴、李纹李绮邢岫烟、尤三姐、香菱袭人、晴雯、女乐、僧道。尽管这一系统的刊本插图在题材选择上具有相似性，但是不同刊本对形象的塑造手法和表现风格又有差异，具体而言可以分为以下三类。

第一，以程甲本、程乙本为代表，绣像二十四幅，插图绘制“工丽、

[1] 阿英：《漫谈〈红楼梦〉的插图和画册——纪念曹雪芹逝世二百周年》，第 104 页。

细致”[1]，特别注重以环境衬托人物个性，渲染画面气氛，阿英赞其“别具风格”[2]，并特意拈出尤三姐、黛玉、元春、薛宝琴等人，称赞其绘刻环境恰当和精致。他称尤三姐图“突出了她的悲剧结局的特征，整个氛围是令人惆怅的。笔触简单而意境无穷”；黛玉图“翠竹数竿，衬托着人物的娇弱，就烘托出她的寂寞与哀愁”[3]；薛宝琴图一幅“人物地位的构图，尤足见在衬托性格方面的成功”[4]（图 1-2-1）。东观阁初刻本、覆刻本、抱青阁本、储英堂本、善因楼本、宝兴堂本、《绣像红楼梦全传》等都属于这一类别，只是插图内容与数量稍有不同。与程甲本、程乙本相比，此后所出刊本的绘刻板滞之气渐重，逐渐失去了原刻本中人物的精神气质。

第二，以藤花榭本、三让堂本为代表，插图十四幅、十五幅不等。各类形象以线条白描为主，人物服饰基本没有任何花样装饰。同时，图像构图中布景要素大为减少，或基本没有任何布景要素，如探春图，虽然以议事为主题，却没有任何衬托背景（图 1-2-2）。与程甲本系列刊本相比，这一系列刊本绣像明显简陋粗鄙不少，阿英称其“绘制粗俗，无可观”[5]。藤花榭本、三让堂本虽然以东观阁本为底本，但是插图却另辟蹊径，尽管插图质量不尽如人意，但是使我们认识到小说刊刻过程中文字与插图可以有不同来源并隶属于不同类别。这一系列刊本还有凝翠草堂本、耘香阁本、五云楼本、济南会锦堂本、济南聚和堂、同文堂本、纬文堂本、经纶堂本、务本堂本、翰选楼本、登秀堂本、三元堂本、忠信堂本、连元阁本、文元堂本，这些刊本版心大多保留“藤花榭”或“三让堂”的堂号痕迹。

[1] 金沛霖主编：《古本小说四大名著版画全编·红楼梦卷》，北京线装书局，1996 年版，第 1 页。

[2] 阿英：《漫谈〈红楼梦〉的插图和画册——纪念曹雪芹逝世二百周年》，第 105 页。

[3] 阿英：《漫谈〈红楼梦〉的插图和画册——纪念曹雪芹逝世二百周年》，第 105 页。

[4] 阿英：《漫谈〈红楼梦〉的插图和画册——纪念曹雪芹逝世二百周年》，第 105 页。

[5] 阿英：《漫谈〈红楼梦〉的插图和画册——纪念曹雪芹逝世二百周年》，第 106 页。

图 1-2-1

图 1–2–2

图 1-2-3

图 1-2-4

第三，以光绪间上海石印本为代表，绣像十九幅，依次为青埂峰石　绛珠仙草、通灵宝玉、辟邪金锁、警幻仙子、宝玉、元春、迎春、探春、贾惜春、李纨、王熙凤、巧姐、秦可卿、薛宝钗、林黛玉、史湘云、妙玉、茫茫大士、渺渺真人。此本绣像构图虽无衬景，然所刻人物“富丽堂皇，绘写精致”[1]，如图 1-2-3，人物刻画充分彰显出贾府显赫世家的贵族气质，不愧为“石印《红楼梦》版画中的佳制”[2]。属于这一系统的刊本尚有光绪十八年（1892）古越诵芬阁铅印本（绣像十六幅）、光绪三十四年（1908）上海求志斋石印本（绣像十九幅）、清光绪间铅印本（绣像十九幅）（图 1-2-4）、光绪间广百宋斋铅印本（绣像十九幅）、宣统间铅印本（绣像十八幅）等。这一系统刊本以清代中晚期刊本为主，各本人物造型、绣像数量虽有不同，但都显示出秀丽工细的整体风格。

绣像插图的第二个系统即以道光十二年（1832）双清仙馆本为代表。插图在数量、内容、形式几方面均与程甲本系统具有很大区别。这一系统绣像六十四幅，所刻人物纯以线条白描勾勒，几乎没有衬景，且人物姿态简洁小巧。每种人物都配以《西厢记》题句和一种花，人物与花分别以单面式形式出现，前人后花、人赞同面。阿英赞其整体风格“圆润婉秀”，“人物的构图，美丽多姿、轻盈纤小，着墨不多，自具一种吸引人的力量”[3]。整组插图除宝玉一人为男性外，其余均为女性，基本囊括了小说中具有代表性的女性形象。而且一改程甲本系统具有家族主题隐喻含义的“石头—僧道”模式（见本书第二章第一节），以富有“情”之标示意义的警幻领起，反映出插图对于小说文本中“情”主题的侧重。这种设置与王希廉评语暗暗相合，“《红楼梦》虽是说贾府盛衰情事，其实专为宝玉、黛玉、宝钗三人而作”[4]，体现出小说插图、

[1] 金沛霖主编：《古本小说四大名著版画全编·红楼梦卷》，第 341 页。

[2] 金沛霖主编：《古本小说四大名著版画全编·红楼梦卷》，第 341 页。

[3] 阿英：《漫谈〈红楼梦〉的插图和画册——纪念曹雪芹逝世二百周年》，第 108 页。

[4] [清] 王希廉：《红楼梦总评》，见朱一玄编《红楼梦资料汇编》，南开大学出版社，1985 年版，第 537 页。

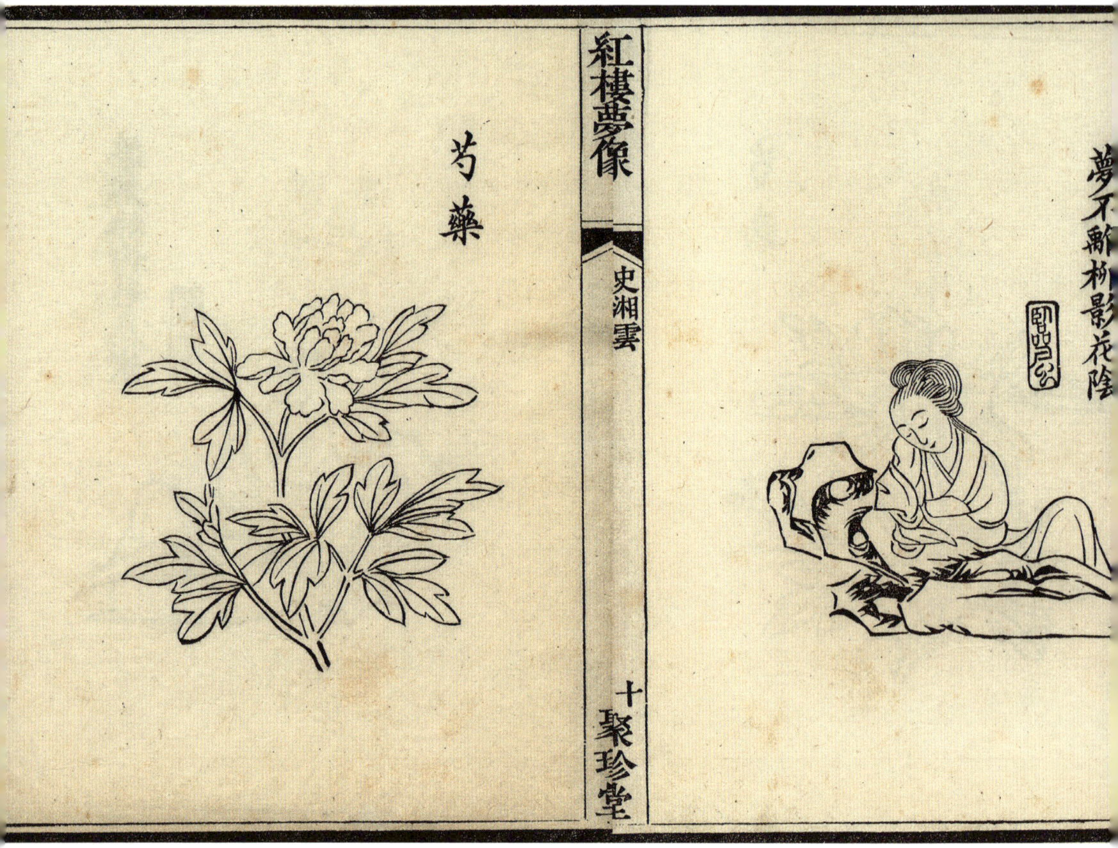

图 1-2-5

文本、评点之间的内在关联。此后聚珍堂本（图 1-2-5）、翰苑楼本、芸居楼本、光绪二十六年（1900）石印本（绣像二十四幅）均属这个系统，只是翻印本“人物精神线条，去原本已远”[1]，失去了双清仙馆本精致的原貌。而光绪二十六年（1900）石印本插图中只题花名而并无图像（图 1-2-6），显然是对程甲本和双清仙馆本的一种综合和约减。

[1] 阿英：《漫谈〈红楼梦〉的插图和画册——纪念曹雪芹逝世二百周年》，第 109 页。

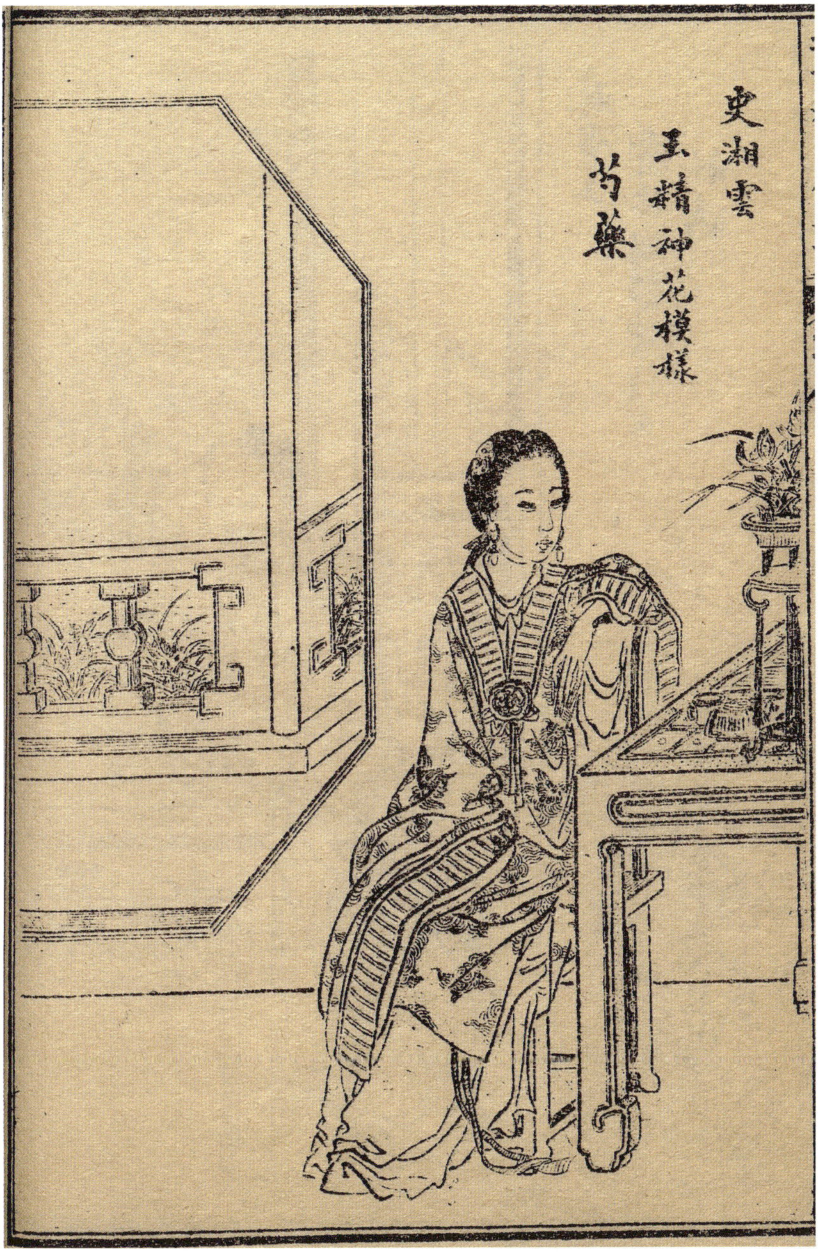

图 1-2-6

绣像插图的第三个系统以光绪十年（1884）上海同文书局石印本为代表，卷首插图由《大观园图》和绣像共同组成，其绣像数量较程本系统大大增加，最多的达一百二十幅，囊括了小说中各个阶层不同身份地位的群体形象。每幅绣像均有赞语，或前图后赞，或下图上赞。民国十四年（1925）同文书局重印本图赞格式又有新变，即将每面分为左右两栏，首栏作上图下赞式，次栏对应相同位置作上赞下图，形成图赞交叉错落的布局形式（图 1-2-7）。从插图风格来看，绣像绘制精巧细

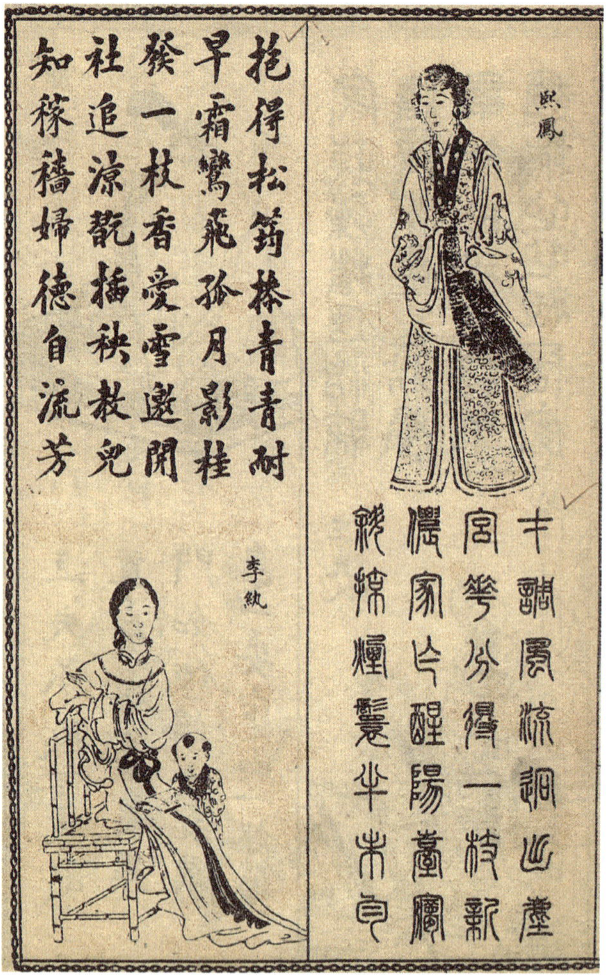

图 1-2-7

图 1-2-8

致、逼真生动，人物形象的体格姿态、服饰装扮大多表现出当时时装仕女画的倾向，正如阿英所评，“人物也大体染上了清末的人物精神面貌”[1]。属于这一系统的插图本还有光绪十五年（1889）上海石印本（绣像四十二幅）、光绪二十四年（1898）石印本（绣像四十二幅）、光绪三十二年（1906）上海桐荫轩石印本（绣像六十幅）（图 1-2-8）。

[1] 阿英：《漫谈〈红楼梦〉的插图和画册——纪念曹雪芹逝世二百周年》，第 111 页。

图 1-2-9

绣像插图的第四个系统以上海章福记书局石印本为代表，每幅图像由两到三人共同组成，有简单衬景，人物布局没有按照栏格界限排列，而是自然交错构成（图 1-2-9），人物布局与《三国志演义》《水浒传》的多人联合式的绣像更为接近。多人联合式《三国志演义》刊本有光绪三十一年（1905）上海商务印书馆铅印本、宣统元年（1909）上海章福记书局石印本；《水浒传》的代表性刊本有光绪间石印本、光绪间会文堂书局本、光绪三十一年（1905）上海书局石印本、光绪三十二年（1906）粤海书庄石印本。整体看来，多人联合式绣像出现的时间较晚，主要流行于清末的一些刊本中。

为了更加清晰地展示绣像系统的不同类别和源流情况，我们选取上述各系统代表刊本以表格形式加以展示（表 1-1）：

表 1-1　绣像系统刊本分类统计表

绣像系统	代表刊本	图像特征
程本系统	程甲本、程乙本	人物加赞语（有些刊本无赞语）
	藤花榭本、三让堂本	
	光绪间上海石印本	
双清仙馆系统	道光十二年双清仙馆本	人物配《西厢记》题句和花
同文书局系统	光绪十年上海同文书局石印本	《大观园图》加人物绣像
章福记书局系统	宣统元年章福记书局石印本	多人联合式绣像

从表 1-1 对绣像系统的分类来看，各刊本之间插图的承袭与文字的承袭并不完全一致，主要表现为以下两种情况：

第一，某刊本刊刻时虽然选择某一版本作为覆刻或覆印的底本，但是该本插图和文字却并非完全承袭所选底本，如藤花榭本、三让堂本系列刊本文字内容以东观阁本为底本，但是插图却与之完全不同，另辟蹊径。文字与插图承袭上的差异使我们认识到小说刊刻过程中画源和稿源各自的独立属性，这也体现出插图在版本形态中所处的特殊结构层次，以及插图绘刻者在文本传播链条中的特殊地位。

第二，后出刊本的插图构成是对之前不同系统插图的综合借鉴，使得该本插图绘制的内容和形式更为丰富。如光绪二十六年（1900）石印本绣像二十四幅，图像序列从“青埂峰石　绛珠仙草”到“迎春”，是对程甲本绣像内容的承袭，同时又以《西厢记》题句和花搭配各个人物，是对双清仙馆本系统的承袭。

2. 回目画系统刊本

光绪间《红楼梦》插图中出现了回目画，一般都是单面式形式。冠图位置和插图数量主要有两种情况，多数刊本为每回前一回一图或一回二图。少数刊本如光绪二十六年（1900）石印本为每四回前一页八图，插图内容多截取本回情节中一个场景加以表现，但从插图展示的方位来看多为某个完整场景中的一个角落，并配以具有时装造型风格的人物形象，插图中诸如人物、建筑、植物等形象均描摹得惟妙惟肖、清新醒目，呈现出温婉小巧的整体风貌。这个时期，具有回目画的刊本基本上卷首都配有绣像，只是各本绣像数量略有不同。为突出回目画的特性，书名命名往往围绕“全图”“补图”“绘图”而展开。阿英在《漫谈〈红楼梦〉的插图和画册——纪念曹雪芹逝世二百周年》中以题名作为分类依据，曾经初步归纳出回目画的四个系统，但是从现存刊本来看尚不够完整和细致。以下我们首先按照这种方法对各回目画刊本予以细致分类（表 1-2），补充现有研究之不足。

表 1–2　回目画刊本题名分类统计表

书名	版本
《增评补（全）图石头记》	光绪十八年古越诵芬阁铅印本、光绪二十四年上海石印本，忠正堂本、光绪间上海广百宋斋铅印本，宣统元年上海章福记书局石印本、宣统间铅印本
《绣像全图增批（评）石头记》	光绪二十六年石印本
《增评绘图大观园琐录》	光绪十二年铅印本
《增评补像全图金玉缘》（《增评全图足本金玉缘》）	光绪十年上海同文书局石印本及十五年、二十四年覆印本，光绪十四年上海石印本、光绪十五年上海石印本、光绪十八年上海石印本、光绪二十四年求不负斋石印本及三十四年覆印本
《绣像全图金玉缘》	光绪二十四年上海书局石印本
《增评加批金玉缘图说》	光绪三十二年上海桐荫轩石印本、光绪三十四年求志斋石印本、宣统元年上海桐荫轩石印本、宣统元年上海阜记书局石印本

从各刊本刊刻时间来看，回目画刊本基本出现于光绪以后，也就是说《红楼梦》插图的刊刻继清代初期的绣像系统之后，在清代中晚期又迎来了一次刊刻高峰，而且伴随着大批刊本的涌现，插图刊刻内容也得以革新。令人欣慰的是在回目画的大幅增设下，绣像并未取缔，而是以数量更多、风格更新的形式继续出现，使清代中晚期《红楼梦》插图本的刊刻真正达到了数量和质量的兼善，对于保持和提升《红楼梦》插图本的整体质量起到了重要作用。

从这些插图本引用的评语来看，多是王希廉（护花主人）、姚燮（大梅山民）、张新之（太平闲人）三家合评形式，如光绪十年（1884）上海同文书局石印本及十五年（1889）覆印本，光绪十四年（1888）上海石印本及十八年（1892）、二十四年（1898）、二十六年（1900）覆印本，光绪三十四年（1908）求不负斋石印本、光绪三十四年（1908）求志斋石印本、光绪间广百宋斋铅印本。也有一些刊本取三家中的某两家作为插图本的评语，如光绪十二年（1886）铅印本、光绪十五年（1889）上海石印本、宣统间铅印本就以王希廉、姚燮两家合评本形式出现；光绪十八年（1892）古越诵芬阁铅印本则是王希廉、张新之合评本；光绪三十二年（1906）上海桐荫轩石印本、宣统元年（1909）上海阜记书局石印本则是王希廉、蝶芗仙史合评本。从这些评语的广泛应用来看，一方面说明了三家合评本的广受欢迎，如程甲本等《红楼梦》早期刊本单一的序跋点评已经不能满足清代中晚期读者的阅读需求，另一方面，插图和评语作为小说文本的辅助形式，二者在版本形式与内容上的多样化，也说明受众在文本阅读中期待视野的拓展和加深。

以题名对插图本进行分类固然可以使我们对数量众多的《红楼梦》刊本有一定的认识，但是我们还无法看清每种刊本插图的面貌到底如何，因此下面我们将深入到刊本插图内部，从数量和内容两方面对回目画系统刊本进一步深入分析。就前者而言，从插图与回目对应性上来看，《红楼梦》的插图基本延续了明清说部插图本刊刻的主要方式，采取回目与图像对应的方式，具体来说可以分为两类：第一，回目与图像对应规则化，包括二百四十幅本即每回二图、百二十幅本即每回一图和六十幅本即每二回一图；第二，回目与图像对应不规则，即有选择性地选取文本回目进行插图创作，如光绪三十四年（1908）求志斋本，回目画五十八幅，分别出现了每二回一图、每四回二图、每八回四图的不同形式，有些回目甚至无图。具体刊本见下表（表 1-3）：

表 1-3　回目画刊本数量分类统计表

插图与回目对应方式	回目画数量（幅）	刊本
规则	二百四十	光绪十年同文书局石印本、光绪十四年上海石印本、光绪十五年上海石印本、光绪十八年古越诵芬阁铅印本、光绪二十四年上海书局石印本、光绪二十六年石印本、光绪三十四年求不负斋石印本、光绪间广百宋斋铅印本、宣统间铅印本
	一百二十	光绪十二年铅印本、光绪二十四年上海石印本、光绪三十二年上海桐荫轩石印本
	六十	宣统元年上海阜记书局石印本
不规则	不固定	光绪三十四年求志斋本、宣统元年上海章福记书局石印本

从插图内容来看，回目画的创作以各回文字内容为依据，因此各刊本回目画在内容情节的设定上往往具有相似性，表现出刊本之间的因袭特征，但是也有不少刊本不满足于因循旧本，在画面布局、风格展现上独创一格，为丰富《红楼梦》的插图资源起到了重要作用。具体来看，现有回目画刊本在流传过程中基本可以分成两个不同类别：

第一，以光绪十四年(1888)上海同文书局石印本、光绪十五年(1889)上海石印本、光绪间广百宋斋石印本为代表（图 1-2-10），这些刊本插图在风格上与同文书局本呈现出类似风格，但是图像内容的设定上却与其有所不同，显示出不同刊本对于情节把握的不同侧重。以人物造型为主，根据主体人物所在位置配以简单背景，整体构图简洁疏淡、舒卷有序。属于这一系统的刊本还有光绪十八年（1892）古越诵芬阁石印本、民国间铅印本（图 1-2-11）等。

第二，以光绪二十六年（1900）石印本、光绪三十四年（1908）上海求志斋石印本（图 1-2-12）为代表。插图构图呈现一种“满”格式，人物小巧、背景繁复。图像的繁复来自两个方面，一是在同样的图幅内容纳了更多的构图因子，同样是单面式构图，同样是对某一场景的刻画，但是该刊本选择构图因子数量剧增，这就导致了布景要素之间距离的紧凑，自然出现了繁复风格。二是刊本的每幅插图往往容纳了多回或多则内容，这就需要在有限的图幅中，充分利用布景的搭配、重叠、借景等方式，将不同人物、事件组合在一幅图中。

在这些刊本中，插图数量相同的刊本其图像内容、风格并不一定相同，而插图数量不同的刊本有时在图像内容和风格上反倒具有相似性，这种现象恰恰说明插图在与文本内容相关联的同时也具有自身独立的属性，依据相同的文本内容，图像可以发挥自主性运用符合自身图像特质的形式法则再现文本内容。

图 1-2-10

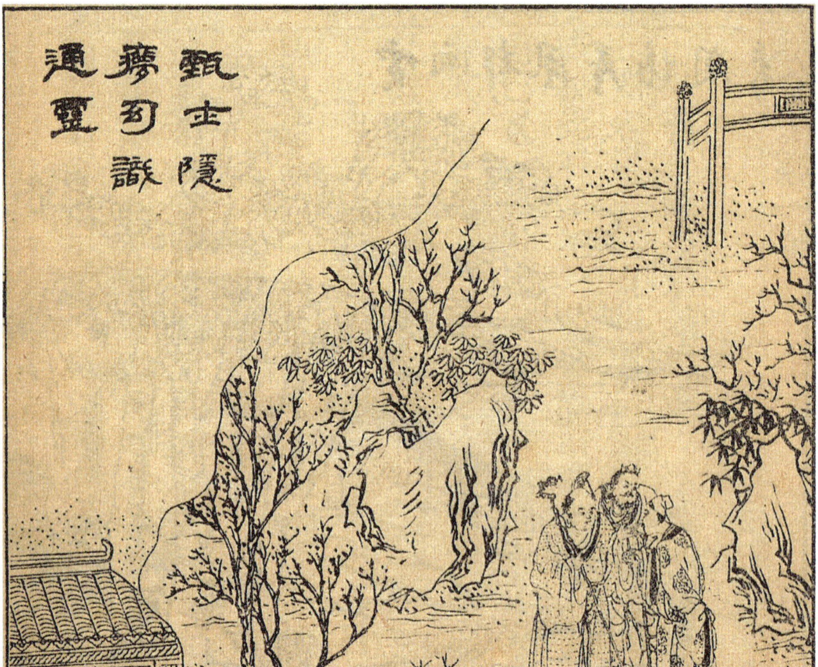

图 1-2-11

图 1-2-12

三 、插图情境、风格的形成和演变

插图中的情境主要指人物所处的具有故事性的整个环境。从插图内容来看，《红楼梦》很多插图在情境设定上都出现了固定的程式。以绣像为例，各插图本在表现人物动作、环境、事件上具有相似性和承袭性，这是因为一方面文本将人物置于典型环境中塑造其个性特征、渲染意境氛围，另一方面则是插图创作者将文本中这些典型环境筛选出来并赋予生动逼真的形象描摹，这种固定程式为读者阅读联想提供了直观形象。以下我们选择各本中主要人物绣像加以比较，统计结果见下表（表 1-4）：

表 1-4　各刊本主要人物情境设置对照表

人物 刊本	探春	惜春	李纨	宝钗	黛玉	湘云	妙玉	宝琴	尤三姐	晴雯
程甲本	议事	作画	贾兰附	探病	戏鹦鹉	论阴阳	倚栏	踏雪寻梅	持剑	补裘
藤花榭本	议事	作画	贾兰附	扑蝶	戏鹦鹉	醉眠芍药裀	赠梅	无	无	无
同文书局本	议事	作画	贾兰附	扑蝶	戏鹦鹉	醉眠芍药裀	站姿	踏雪寻梅	持剑	补裘
悼红轩本	背坐	作画	贾兰附	扑蝶	戏鹦鹉	站姿	站姿	无	无	无

从表 1-4 可以看出，在程甲本中很多人物所在的情境就已经确定下来，并被此后刊本所借鉴，如黛玉戏鹦鹉、探春议事、宝琴踏雪寻梅、晴雯补裘、尤三姐持剑自刎等；而程甲本以后新出刊本人物刻画中出现的一些新的情境由于契合文意也往往被其后刊本所采纳，如藤花榭本宝钗扑蝶、湘云醉眠芍药裀就很具代表性。

特别值得一提的是，插图所形成的人物情境程式在传播过程中也为其他形式的绘画样式提供了题材借鉴的经验。如刊于光绪五年（1879）

清代画家改琦（1773—1828）的《红楼梦图咏》四十八幅图像可谓《红楼梦》画谱中的翘楚，淮浦居士在序言中称誉其“人物之工丽、布景之精雅，可与六如、章侯抗行”[1]。现代学者周心慧也赞其“姿态妙绝，极受称道”[2]。遍观其图作，很多人物刻画在情境营造上是对既有小说插图的借鉴，如黛玉戏鹦鹉、宝钗扑蝶、探春议事、惜春作画、湘云醉眠（图 1-2-13）、宝琴寻梅、晴雯补裘等。又如刊于光绪八年（1882）王墀《增刻红楼梦图咏》，《红楼梦西湖景》亦沿用宝琴寻梅、湘云醉眠（图 1-2-14）。光绪年间杨柳青年画盛行，其《宝琴寻梅》《四美钓鱼》《艳曲警芳心》都是对小说插图内容吸收借鉴的结果。

这些形式各异、类别不同的绘画样式，一方面证明了《红楼梦》在当时广为流传的程度，所谓“开谈不说《红楼梦》，读尽诗书是枉然”[3]；另一方面，也证明了小说插图本在《红楼梦》传播过程中所产生的重要影响，从插图创作者的身份来看，改琦、王墀属于文人画家，年画则属于民间绘画体系，可见小说插图本在雅俗文化两个不同层次上的双重影响。反过来，由于文人绘画在品质上的高出一筹，又对后继刊行中的小说插图予以影响。如光绪十五年（1889）湖上石印本插图就基本沿用了王墀的《增刻红楼梦图咏》。

插图创作虽然有文本依据的限制，但是具体到呈像布局上又有相对自由的发挥空间，从各刊本插图情境的设定上看，的确显示出很强的文本依附性，但是从表现风格上看，却也显示出与中国传统绘画特别是人物画的密切关系。从小说插图刊本系统的整体风格来看，基本以光绪年间为界限呈现前后两种不同风格，而这种风格的转变恰恰与明清仕女画的发展沿革相呼应。

回溯中国古代人物画的发展历程，历史悠久、杰作辈出。宋代人物

[1]［清］淮浦居士：《序》，见［清］改琦：《红楼梦图咏》，中国书店，1984 年版。

[2] 金沛霖编：《古本小说四大名著版画全编·红楼梦卷》，第 10 页。

[3]［清］得兴：《京都竹枝词》，见一粟编《古典文学研究资料汇编·红楼梦卷》，中华书局，1963 年版，第 354 页。

图 1-2-13

图 1-2-14

画的突出特征之一即对社会风俗的反映，人物画创作开始表现出反映时代风尚的艺术气息。明代以后，出现了仇英、陈洪绶等大家之作，成为后代效法的典范。其中仇英的人物画、陈洪绶的《九歌》《水浒叶子》等“高古朴伟”[1]，展示出人物画的高超技巧。降及清代，国初创作基本承袭陈洪绶一脉，直至光绪间，改琦、费丹旭等人一改前代人物绘画的风潮，从形态上将“仇英笔下纤丽柔媚表情的美人形象”改为“婷婷（亭亭）玉立楚楚动人的美女”[2]，本质上体现出摆脱人物画技巧的束缚，融注时代审美风尚与画家个人情思的创作倾向。这种变化，正如日本学者内藤湖南分析的那样：“由于时代的进步，绘画技巧变得易于掌握，人们开始认为描绘精细的工笔画是画工的工作，画家未必需要这种技术，于是主要侧重于构图简练……但是作品中包含有强烈的个性。”[3]

《红楼梦》插图在清代的流传以及前后两期风格的递变都反映出与传统人物画的互动关系。首先，从插图类型来看，插图本中绣像先于回目画出现，而且在回目画成为小说插图的常规形态后也并未退出插图的刊印系统，可以说绣像在《红楼梦》小说插图中占据着绝对主体地位，以强势姿态贯穿于小说刊印过程中。这一现象与古典说部中其他三大小说最初问世均是以上图下文式回目画为主要形式，绣像进入其刊行系统都是在插图本流传的中晚期时段不同。《红楼梦》绣像的诞生和流传恰恰反映出其与中国传统人物画特别是仕女画在清代的广为流传相契合，以女性群体为主要题材进行创作的《红楼梦》插图适应并融合在清代人物画的生长背景中；而且伴随着改琦等专业文人画家的参与，小说绣像的品质也得到了极大的提升。正因如此，尽管《水浒传》等经典名作的插图亦不乏名家名作，如陈洪绶的《水浒叶子》等，但是人物画传统并未像清代早期和中期那般来势汹汹，而是出现在其小说刊行历史的中段，

[1] 郑午昌：《中国画学全史》，上海古籍出版社，2008 年版，第 295 页。

[2] [日] 内藤湖南：《中国绘画史》，栾殿武译，中华书局，2008 年版，第 154 页。

[3] [日] 内藤湖南：《中国绘画史》，第 171—172 页。

而《红楼梦》插图则不同，其绣像在刊本中出现的时机大大早于《三国志演义》《水浒传》《西游记》其他三部古典小说。

其次，从风格演变来看，不同系统的刊本在插图绘制的整体风格上具有相似性，这种现象的产生主要是受某个时段内的刊刻风尚所影响。如程甲本系统插图，以程甲本为代表，图像构图线条繁复，呈现出古朴素丽的风格。至三让堂本人物造型纯以白描，更加质朴无华，只是绘刻有粗俗之弊。道光年间双清仙馆本则可视作前后两期风格转变的过渡，其人物小巧有余而工丽不足。而程甲本系统中第三个分支的各刊本与同文书局本绣像系统虽然分属于不同系统类别，但是因为同样产生于清末，在风格上都染上了仕女画的风貌。光绪间，改琦、费丹旭等人一改明代仇英、陈洪绶等大家开辟的人物绘画的潮流，变“纤丽柔媚”为“楚楚动人”[1]。受这种风潮的影响，光绪以后，不论是卷首绣像抑或卷内回目画，人物造型皆趋向于纤瘦俊美、温婉自然，服饰则精细秀丽，展现出秀丽优雅、简洁流畅的风貌，其审美意趣明显与光绪后仕女画的新变相一致，体现出与中国传统绘画特别是人物画沿革的映射关系。

孙逊先生认为：“《红楼梦》绣像演变的过程，它正从一个侧面反映了小说与绘画结缘的历史轨迹。”[2]这一“轨迹”在插图表现的内容、风格、技巧上都有具体反映。唯一稍感遗憾的是，清代以后的传统人物画以及木刻版画整体格局都呈现衰落下滑之势，《红楼梦》在这一潮流之中也难免受其影响。尽管《红楼梦》插图数量浩繁，也不乏名家手笔，但是从明清小说插图史的发展历程来看，《红楼梦》的插图与明代许多经典插图本相比，品质格调仍然略有不足。也正是缘于此，阿英认为改琦的“生平杰作”《红楼梦图咏》“不能与陈老莲并论”[3]。“杰作”尚且如此，遑论良莠不齐的其他插图本。

[1]［日］内藤湖南：《中国绘画史》，第154页。
[2]孙逊：《〈红楼梦〉绣像、文学和绘画的结缘》，第364页。
[3]阿英：《〈红楼梦〉版画集说明》，见《小说四谈》，第121页。

第三节　界笔全景：《大观园图》概说

在小说《红楼梦》中，大观园是以文字线性叙述呈现在读者面前的，它的建造起因是贾元春晋封凤藻宫尚书，加封贤德妃后，皇帝降谕“诸椒房贵戚，除二六日入宫之恩外，凡有重宇别院之家，可以驻跸关防之处，不妨启请内廷銮舆入其私第，庶可略尽骨肉私情、天伦中之至性”[1]（第十六回）。大观园最初并非宝玉和贾府姊妹居住之地，而是元春省亲之所，要与贵妃身份相匹配，它的建造势必具有皇室风范。皇帝此旨一下，“周贵人的父亲已在家里动了工了，修盖省亲别院呢。又有吴贵妃的父亲吴天佑家，也往城外踏看地方去了”。可见，贾府所修建的这座极尽奢华的大观园只是众多省亲别院中的一个。在这个意义上，它不仅是贾府兴衰的见证，同时也是那个分享着同样奢靡生活的整个清贵族王室生活的缩影。

[1] 本书所引《红楼梦》原文，见《红楼梦》，人民文学出版社，2008 年第 3 版，以下不再出注。

贾府大观园的选址依凭自身府邸格局，“从东边一带，借着东府里花园起，转至北边，一共丈量准了，三里半大，可以盖造省亲别院了”。大观园的筹划打通了荣宁二府，园林和居室相辅相成自然融合在一起，从而创建了一个闭合式的集居、游、行、乐于一体的贵族生活空间。这个空间集合了设计精巧的各类亭台水榭，收藏着各种价格不菲的珍奇异宝，上演着红楼世界一出出喜怒哀乐。尽管这些都是以叙述形态出现在作家笔下，但是在叙事进程中，却不断暗示着大观园与具象世界的密切关联。在其筹建之初，贾蓉就已说明“已经传人画图样去了”，待“审察两府地方”之后，则进入到“缮画省亲殿宇”的阶段。到第四十二回惜春正儿八经地和众姊妹商量画这园子，《大观园图》其实已经从草稿图样一步步进入到完型状态了。

或许是受到小说叙事的刺激，或许是建筑与绘画之间原本就存在的密切关系，在《红楼梦》文本问世后不久，《大观园图》开始循序渐进地进入到书籍之中。之所以说渐进，是因为图绘形式的《大观园图》最终出现在刊本中有一个过程。在《红楼梦》各类刊本中，清道光十二年（1832）王希廉刊刻《新评绣像红楼梦全传》具有重要的图像史意义，它以六十四幅人物绣像配合《西厢记》题句和花卉的形式丰富了程甲本以来《红楼梦》插图既定的人物绣像种类，这一刊本人物插图数量的扩大以及形式的设计都说明了它在插图上的用心。值得注意的是，其卷首收入的诗文数量较此前刊本大多仅收入程伟元和高鹗的序得到了扩充，包括王希廉《红楼梦批序》《红楼梦总评》《音释》、读花人戏编的《红楼梦论赞》《红楼梦问答》二十三则、《大观园图说》以及古吴女史绿君周绮的《红楼梦题词并序》。这篇《大观园图说》的主要内容是将《红楼梦》文本中与大观园建筑相关的文字集合编纂在一起。尽管王希廉本止步于有“说”而缺“图”的阶段，但是却是《红楼梦》刊刻风向转变的一个标志。

首先，它说明了书坊主在插图上的匠心渗透着其对文本独特的思考体验，关于此本在绣像上的独特匠心及图像表征将在第二章第二节中详细阐释。《大观园图说》收入到卷首的重要位置正是在重视图像这一大前提下实现的。其次，如果将此本与后来真正出现《大观园图》的刊本相比较，会发现其卷首内容都得以保存下来，成为具有《大观园图》刊本的保留名目。这也说明这个刊本的确是《大观园图》的先声，《大观园图》系统刊本图像的完型正是沿着这个刊本设计的轨迹向前迈进的。

清光绪年间，《大观园图》开始广泛出现在小说刊本中，这一趋势一直延续至民国间。现存于小说刊本中的《大观园图》基本可以分为两类，按照惜春所言，一类是“单画园子”的，一类是“连人都画上的”。下面我们就举例加以说明。

国图藏署名“山阴陆子常绘”的《大观园图》有三种刊本，一部是清光绪三十四年（1908）求不负斋石印本《增评补像全图金玉缘》，《大观园精细全图》（图 1-3-1），朱印，58.4cm×43.8cm。此本卷首有《重刊金玉缘序》，可知应有原刊本，《大观园精细全图》出现时间当更早。此本尚有人物绣像二十四幅，回目画二百四十幅，可见其在插图制作上的用力，其序就特别点明“图绘传神”是该本一大特征。另外两部是民国三年（1914）上海石印本《全图增评金玉缘》，《大观园图》（图 1-3-2），朱印，51.8cm×39.4cm；清末石印本《增评加批金玉缘图说》，《大观园图》（图 1-3-3），29.5cm×23cm。按，陆子常，生卒年未详，原名鼎恒，又名陆安，山阴（今浙江绍兴）人，清末民初画师，善画人物，尤善画仕女，曾经绘制过《最新式时装百美图》[1]，作为仕女画的高手，因而被延请绘制《红楼梦》插图。国图所藏陆子常所绘《大观园图》按照所绘内容可分为两类，图 1-3-1 容纳的景点有省亲别墅、大观楼、议事厅、怡红院、潇湘馆、缀锦阁、藕香榭、秋爽斋、牡丹亭、芍药圃、木香棚、蘅芜院、紫菱洲、凹晶馆、凸碧山庄、晓翠堂、含芳阁、暖香

[1] 陆子常传世作品有《陆子常画谱》，民国三年（1914）绍兴育新书局石印；《最新式时装百美图》，民国四年（1915）上海才记书局石印。

坞、蔷薇院等景点。图 1-3-2 和图 1-3-3 分别为朱印和墨印本，图像景点基本相同，全图绘有省亲别墅、大观园、议事厅、怡红院、潇湘馆、缀锦阁、藕香榭、稻香村、秋爽斋、牡丹亭、木香棚、蘅芜院、凹晶馆、凸碧山庄、晓翠堂、碧荷池、含芳阁、暖香坞、蔷薇院等景点。

清光绪三十二年（1906）桐荫轩石印本《增评加批金玉缘图说》，也有《大观园图》（图 1-3-4）一幅，朱印，33.3cm×25.2cm，构图与陆子常两种绘本不同，全图绘有省亲别墅、大观楼、议事厅、怡红院、潇湘馆、缀锦阁、牡丹亭、稻香村、芍药圃、蘅芜院、紫菱洲、凹晶馆、凸碧山庄、晓翠堂、含芳阁等景点。

以上四种《大观园图》都采用斜右侧俯视视角，所绘景点虽略有不同，但是园中总体布局大致相同。与此不同，国图藏民国间铅印本《精校全图足本铅印金玉缘》中《大观园图》（1-3-5）则采用正面俯视视角构图，该图尺幅 34cm×25.3cm，所绘景点较陆子常图更多，包括省亲别墅、大观楼、议事厅、怡红院、潇湘馆、梨香院、缀锦阁、藕香榭、稻香村、花溆、芭蕉坞、芍药园、木香棚、凸碧山庄、晓翠轩、嘉荫堂、榆荫堂、含芳阁、暖香坞、素竹洲、栊翠庵、达摩庵、玉皇庙、蔷薇院等景点。与陆子常所绘图相比较有很多不同之处，首先是增加了多处景点，扩充了东边一带包括栊翠庵、达摩庵、玉皇庙在内的景致。其次，还将稻田、水路、山洞、聚锦门、东角门等细微景点方位标示出来。此外，图中景点与陆绘本景点在方位上的差别，如陆本潇湘馆皆位于园子东侧，而此本则位于西侧等。关于大观园的结构，如园中景致具体方位及其建筑样式、园景图比例是否适当等问题，许多红学家都曾发表过见解，此处不再赘述[1]。

[1] 相关研究可参见徐恭时：《芳苑应赐大观园——〈红楼梦〉大观园新语》，《红楼梦研究集刊》，上海古籍出版社，1980 年版。顾平旦：《大观园风景建筑名录》，《红楼梦学刊》1990 年第 3 辑。周善毅：《大观园十议》，《红楼梦学刊》1993 年第 1 辑。

图1-3

大觀園
獻書人吳
捐贈
紫菱洲
凸碧山莊
曉香塢

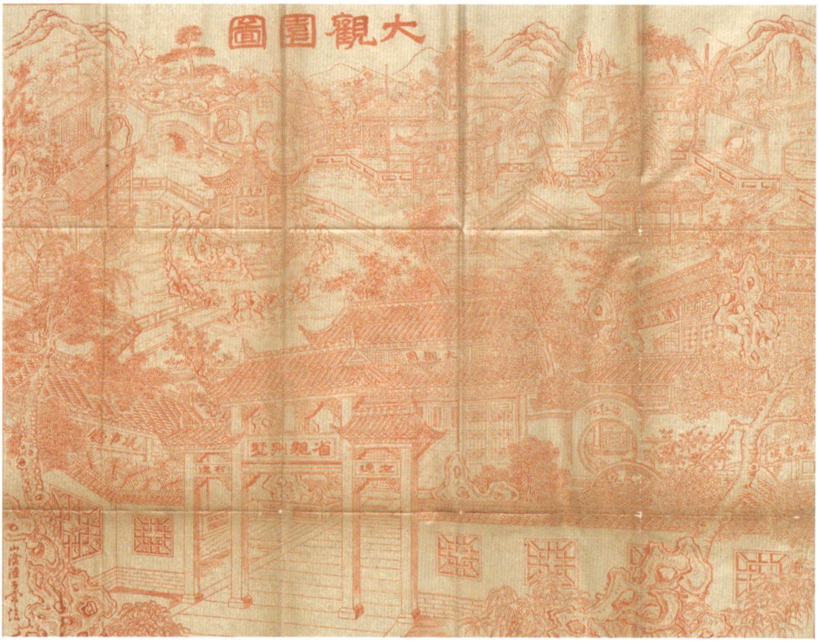

图 1–3–2

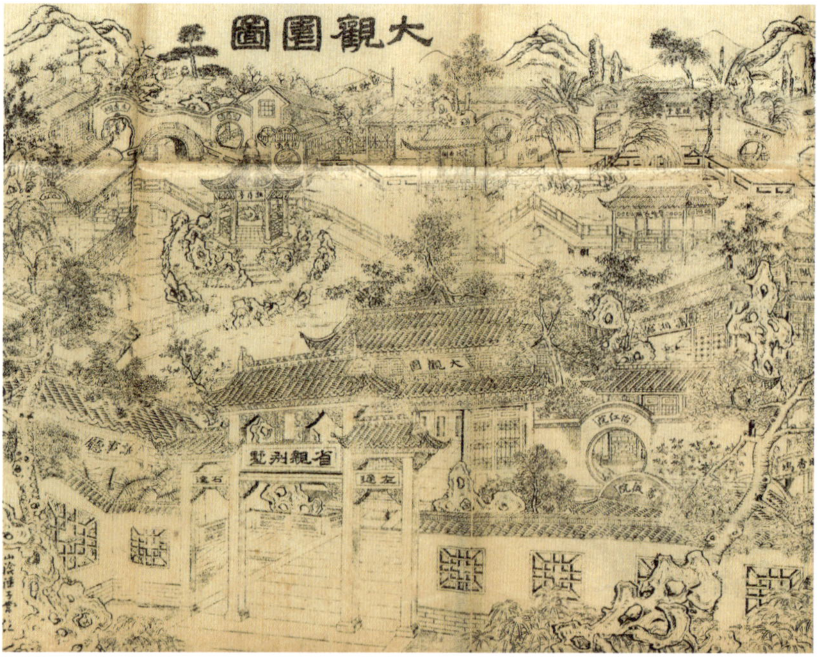

图 1–3–3

图 1-3-4

图 1-3-5

图 1–3–6

以上五种都是单纯的景观画，纯粹描绘大观园园景。国图藏清光绪十五年(1889)上海石印本《增评补像全图金玉缘》和清光绪十八年(1892)上海石印本《增评补像全图金玉缘》中《大观园图》则有所不同，它们将人物收入图中，构成了具有人物活动的一幅园景图。两幅图尺幅略有不同，前者 21.2cm×16cm，后者（图 1-3-6）8.4cm×12.4cm，所绘内容一致，将不同时间段的人物事件加以剪裁整合作共时性处理，几组人物群体共置于同一画面中。所绘人物场景主要有扶栏观鱼、弹琴唱曲、赏花、下棋等等。

在小说刊本中，为配合文本叙述，《大观园图》多以上述园景图的形式出现，不过在这之外，还曾经出现过很多其他图形样式以及物质载体。如清嘉庆年间，范锴[1]曾经撰写过一部《痴人说梦》(国家图书馆藏)，在为《红楼梦》人物编年、考订之外，还在此书最后专门绘制了《大观园图》平面图（图 1-3-7）。

伴随《红楼梦》文本的流传，《红楼梦》的受众群体亦不断扩大，《红楼梦》生产的物质载体形态不断扩展，《大观园图》也跨越刊本的局限开始以多样形态在社会中传播，画谱、壁画、年画、屏风等很多媒材都成为《大观园图》视觉展示的平台。较为有名的大观园彩绘图有以下几种，国图藏朱印本《红楼梦游戏大观园全图》（图 1-3-8）为民间掷骰游戏，将大观园所在金陵府城相关景致一并绘制在游戏图像中，以宝玉、宝钗、妙玉、黛玉、凤姐、香菱作为游戏主角，囊括大观园中蘅芜院、怡红院、缀锦阁、紫菱洲等各色建筑。

---

[1]范锴(1765—1844)，原名范音，字声山，号白舫，别号苕溪渔隐、苕溪渔叟，乌程(今浙江湖州)人，贡生，工诗词。

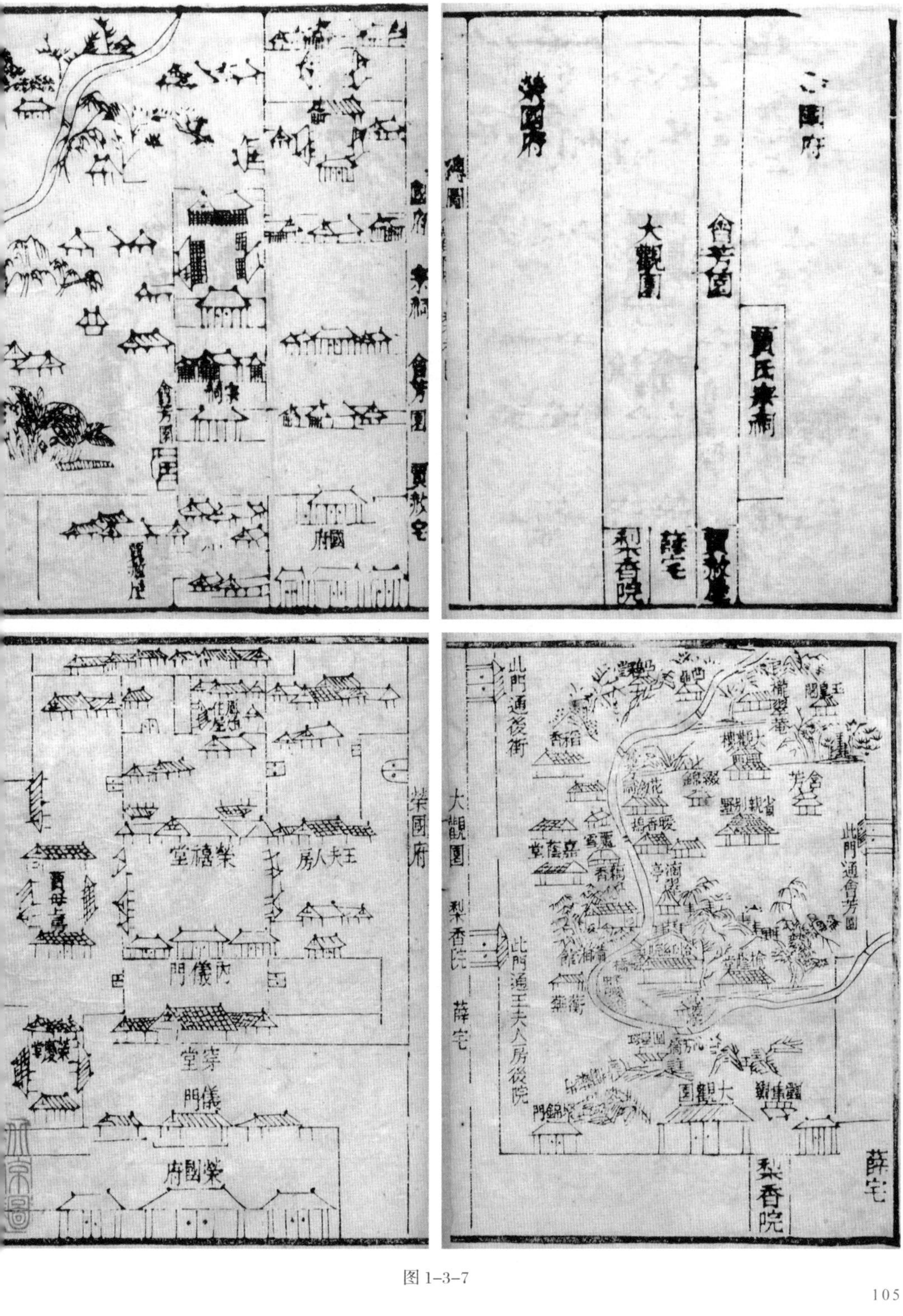
榮國府
大觀園
會芳園
賈氏宗祠
賈赦宅
薛宅
梨香院
榮禧堂
王夫人房
内儀門
穿堂
儀門
此門通後街
此門通會芳園
此門通王夫人房後院
省親別墅
大觀樓
蘅蕪苑
大觀園
梨香院
薛宅

图 1-3-7

大觀園全圖
此用骰子一個按六人所擲點數以占名
如擲一即使寶玉二使寶釵三妙玉四黛
玉五鳳姐六香
菱自金陵城起
馬擲幾點
走幾步凡
請安拈香
問好等事
均送礼一
俗共存於
太虛幻境處
先至者分一
半次至者分一半末至者輸凡受賀者
歸本人自得如俱至迷津時則另行起馬
太虛幻境
至此者贏

图 1-3-8

图 1-3-9

国家博物馆藏《大观园图》（图 1-3-9），纸本设色，尺幅达 362cm×137cm。此图是清北京王府招纳民间画工绘制，所绘景点不多，主要有蘅芜苑、凹晶馆、凸碧山庄、蓼凤轩、牡丹亭，所绘人物多达 173 人。依凭建筑景点，图绘内容主要包括秋爽斋偶结海棠社、蘅芜苑夜拟菊花题、林潇湘魁夺菊花诗，薛蘅芜讽和螃蟹咏、占旺相四美钓游鱼、憨湘云醉眠芍药裀、凸碧堂中秋赏月。

现藏于旅顺博物馆由清代画家孙温绘制《全本红楼梦》为大幅绢本工笔彩绘画册，画幅 76.5cm×43.3cm，共有图二百三十幅，表现了三千多人物形象及各类场景。其中，首图是正向鸟瞰构图的大观园全景图（图 1-3-10），园中诸多景致悉数入画，笔法精细，设色浓丽。

除上述园景图或平面图以外，还有一些大观园图是选取园中局部建筑和相关人物进行绘制的，如孙温绘本中部分图绘，如描绘第十七回《大观园试才题对额》贾政游览大观园景（图 1-3-11），北京故宫长春宫四围廊壁亦绘有《大观园图》十八幅[1]等。再如国家博物馆

[1] 关于故宫壁画，可参见吴美渌：《记故宫〈红楼梦〉壁画》，《红楼梦研究集刊》第三辑，上海古籍出版社，1980 年版。

图 1-3-10

图 1-3-11

图 1-3-12

所藏《红楼梦怡红夜宴图》，画幅 233.5cm×87cm，以第六十三回《寿怡红群芳开夜宴》故事为依据，以半开放式的方式展示了怡红院室内外的空间环境（图 1-3-12）。类似的构图具有代表性的还有清改琦绘制的画谱《红楼梦图咏》，虽然是以描摹人物为主，但很多时候是将其置于与之相关的大观园场景中，如《宝琴》图（图 1-3-13）就取自第五十回宝琴踏雪寻梅之事，图中寥寥几笔，通过树、石以及留白的借用，将文中“粉妆银砌”的雪景生动再现出来，难怪淮浦居士在序言中称誉其“人物之工丽、布景之精雅，可与六如、章侯抗行”。清末流行的杨柳青年画特别钟情于《红楼梦》题材，留存至今的很多作品都是以大观园为背景进行创作的，如《大观园元春省亲》《潇湘馆林黛玉抚琴》《牡丹亭艳曲警芳心》等。现藏于俄罗斯国立东方艺术博物馆的《史湘云醉卧芍药裀》图（图 1-3-14）创作于清光绪年间，画幅 105.5cm×61cm，采用木板套印技术，色彩浓艳，构图井然，是不可多得的年画珍品[1]。

[1] 有关大观园的年画作品，可参见李福清编著：《苏联藏中国民间木版年画珍品集》，人民美术出版社，1990 年版。王树村：《中国年画史》，北京工艺美术出版社，2002 年版。《中国木版年画集成》，中华书局，2009 年版。

图 1-3-13

图 1-3-14

第二章　图像与文本

第一节　绘形命意：红楼世界中的家族文化

插图本作为《红楼梦》诸多版本形态中的一种形式，对促进《红楼梦》的传播曾经产生过重要作用。从文本到插图，经历了一个从接受到创作的过程，构成了《红楼梦》传播过程中一种独特的解读现象。孙逊在《红楼梦绣像：文学和绘画的结缘》一文中提出三大系统：一是《红楼梦》流行的初期，以程甲本、程乙本为代表，一直绵延至同治初年；二是《红楼梦》流传中期，以道光十二年（1832）双清仙馆本为代表，一直延续到光绪初年；三是以光绪年间上海广百宋斋铅印本和同文书局石印本为代表，主要流行于清末民初[1]。其中，“程本系统”的插图作为初创期的插图，意义是非同寻常的，以其自身特有的呈像方式和叙事风格向读者展示了一个众生云集的红楼世界，这种展示并非对小说文本内容的简单再现，而是融入了插图创作者自身的领悟，特别是在反映小说主题方面具有特殊意味。

《红楼梦》小说文本的开放性赋予了主题阐释的复杂性与多样性，自清代以来，有关《红楼梦》的主题就众说纷纭，家族说、爱情说、婚

[1] 孙逊：《红楼梦绣像：文学和绘画的结缘》，第360—363页。

姻说、社会说等等不一而足，从程本系统到双清仙馆本系统再到广百宋斋本系统，插图对小说主题的诠释出现了一个变化过程。程本系统的插图在图像的遴选、人物次序的安排、首尾插图的设置上充分反映出插图对家族主题的浓厚兴趣；双清仙馆本系统插图主要从女性角度反映了爱情主题；广百宋斋本系统插图繁杂的人物群体构成则主要反映了社会主题。本节聚焦于程本系统，通过对插图的解析，深入了解家族主题中所内含的家族构成、家族制度、家族价值理想等一系列相关问题。

程本系统插图基本位于卷首，赞语单独占据一页，前图后赞。系统内各刊本基本以程甲本插图为模板，同时互有承袭，只是在插图的数量和画面上略有出入。有些刊本如藤花榭本、三让堂本，画面造型虽然与程甲本不尽相同，但是画面主体内容依旧本于程甲本插图，因此也将其划归这一系统。各刊本插图详细内容见下表（表 2-1）：

表 2-1　程本系统各刊本绣像统计表

刊本	插图数（幅）	插图内容（依照次序）
程甲本、程乙本、本衙藏本、东观阁本、抱青阁本、善因楼本	二十四	石头、宝玉、贾氏宗祠、史太君、贾政王夫人、元春、迎春、探春、惜春、李纨贾兰附、王熙凤、巧姐、秦氏、薛宝钗、林黛玉、史湘云、妙玉、薛宝琴、李纹李绮邢岫烟、尤三姐、香菱袭人、晴雯、女乐、僧道
卧云山馆本	二十	石头、宝玉、太君、元春、迎春、探春、惜春、李纨、王熙凤、巧姐、秦可卿、宝钗、林黛玉、史湘云、妙玉、薛宝琴、尤三姐、香菱袭人、晴雯、僧道
宝兴堂本	十六	石头、宝玉秦可卿、史太君、王夫人李纨贾兰附、元春、迎春探春、惜春、王熙凤巧姐、薛宝钗、林黛玉、史湘云妙玉、薛宝琴李纹李绮邢岫烟、尤三姐、晴雯香菱袭人、女乐、僧道
藤花榭本、凝翠草堂本、五云楼本、耘香阁本、同文堂本、纬文堂本、经纶堂本、务本堂本、三让堂本、翰选楼本、登秀堂本、三元堂本、忠信堂本、连元阁本、文元堂本、会锦堂本、聚和堂本	十五	石头、宝玉、元春、迎春、探春、惜春、李纨、王熙凤、巧姐、秦可卿、宝钗、林黛玉、史湘云、妙玉、僧道

我们探讨插图与小说主题之间的关系，一方面通过把握图像叙事的特质，可以让我们认识到插图的重要意义和价值；另一方面，通过插图与主题之间的勾连，可以让我们从一个新的观照角度拓展与深化小说文本文学与文化意义的阐释。总体来看，程本系统的插图在整体结构上有着特殊的艺术安排，每一幅插图都有其独立的意义，这样一组插图联合起来为我们展示了封建贵族“家族”的特殊景观。

一、插图的遴选

学界对“家族”的界定虽然论说不一，但是无论哪种界说，都强调两种属性，一是生物血缘性，二是社会组织性。就前者而言，首先突出表现在插图对人物的遴选上。在《红楼梦》刻画的几百个人物当中，选择十几个或二十几个作为人物绣像的代表，取舍存留颇为不易，程本系统插图精挑细选的结果表现出插图创作者对家族构成因素的解读。

按照中国传统的家族文化，女子出嫁从夫，妻子即算作丈夫一家成员。那么统计贾氏家族成员在全部人物中所占的比例（出现于一幅插图中的几个人物属于同一类别，计作一人），二十四幅本占 11/21，二十幅本占 10/18，十六幅本占 8/14，十五幅本占 9/13，贾氏家族人物均占到了二分之一强。在人物序列中，与双清仙馆本系统以警幻起始、广百宋斋本起始人物不固定相比较，程本系统各刊本插图均以贾宝玉作为起始人物，表明小说的叙述以贾氏家族为核心，继而辐射其他相关内容，宝玉又是核心中的核心。以二十四幅插图本为例，在以宝玉为中心的前提下，所选人物有指向性地展示了家族内各种亲缘关系，包括祖母史太君、父母贾政王夫人、同辈姊妹“四春”、嫂子李纨、王熙凤、秦氏、晚辈侄女巧姐，以及非直系亲属黛玉、湘云，丫环袭人、晴雯等。从辈分来看，四代同堂；从亲属关系来看，囊括了“五伦”中的重要人伦关系，包括父（母）子（女）、夫妻、兄（姊）弟（妹）；从身份来看，主仆各异。从家族类型上看，这是由多个核心家庭组成的联合式仕宦大族[1]。在这个家族内部，一众亲缘关系就是通过以贾姓即父姓血统为轴心而串联起来的。

小说第五回相当于全篇总纲，这一回中警幻转述宁荣二公之嘱，希望宝玉秉承家业：

> 吾家自国朝定鼎以来，功名奕世，富贵传流，虽历百年，奈运终数尽，不可挽回者。故遗之子孙虽多，竟无可以继业。其中惟嫡孙宝玉一人，禀性乖张，性情怪谲，虽聪明灵慧，略可望成，无奈吾家运数合终，恐无人规引入正。幸仙姑偶来，万望先以情欲声色等事警其痴顽，或能使彼跳出迷人圈子，然后入于正路，亦吾兄弟之幸矣。

这里，特别提到宝玉“嫡孙”的血统性与其“聪明灵慧”，可以说插图中宝玉的领起位置恰恰与此相印证，一方面标示了宝玉的主人公性质，另一方面也提示读者关注其身份与才智之间的对应关系，这二者在宝玉身上既相辅相成又相悖对立，矛盾所在正是导致宝玉个人与整个家族之间冲突的重要原因。

除了人物遴选外，在程本系统的插图中，程甲本中的“贾氏宗祠”（图2-1-1）尤其值得注意。在以人物绣像为主的插图中，它显得十分突兀。但细细品味，“宗祠”的入选及其出现的位置都别具深意。在中国传统文化中，祠堂与宗法制度息息相关。宗法制度作为封建社会的核心精神，以血缘作为维系各种社会关系的纽带，严格区分长幼、尊卑、嫡庶，并通过族权、政权、皇权加以层层控制。

从文本来看，祭祖的情节出现于五十三回“宁国府除夕祭宗祠，荣

[1] 联合家庭指两个以上的兄弟各自的核心家庭组合在一起，见余新忠：《中国家庭史》卷四，广东人民出版社，2007年版，第2页。

图 2-1-1

国府元宵开夜宴”，位于全部篇幅的中间位置。插图特意将这一段拈出，紧随小说主人公宝玉之后，图像序列实际上打破了文本的情节序列，插图的着力渲染意在暗示我们宗法制在各种家族制度中的首要性，是家族存在的根本。无论是德高望重的史太君、精明算计的王熙凤，抑或是才思敏捷的小姐、身份卑微的丫环，只要迈进“家族”这个门槛，就必须遵守宗法制下的种种约束。

祠堂作为宗法制外化的表现形式，成为制约家族成员行为规范的标尺。从祠堂的功能来看，它“不仅仅是祭祖的场所，同时是家族组织的代称”[1]。在家族外部，它显示了宗族势力在社会上的权威和影响；在家族内部，反映了尊卑贵贱的层级关系。

在这个祭祀的场景中，图像偏偏没有着意刻画祭祀的场面，而是将视角转移到祠堂之外，画面上端的整体构图疏朗开阔、端正严肃，那约略可见的祠堂内部空间，环绕四周的苍松翠柏，门前的巨型石狮和八抬大轿，表现出贾家不同寻常的贵族气派。与之相对照，画面左下角则是等待在祠堂之外下人和马匹的拥挤不堪。画面上方虽然一人未现，但是两相比较，无论是人物身份还是整体构图都形成了鲜明的反差，衬托出贾府的显赫尊贵。对于下人而言，那些他们完全看不到的发生在宗祠内最神圣、最严肃的祭祀，无疑构成了最大的悬念，保存了一种神秘感。

当小说为我们揭开这层面纱时，我们看到贾府祠堂有先皇御笔题词，祭祖之前须进宫朝贺，祭祀过程中按品级着官服，依昭穆次第排序。整个祭祀过程，所有供给，一应俱全，仪式过场，挨次列班，皆不可差。窥一斑而知全豹，贾家作为一个“窗口”，让我们看到了仕宦之家的荣耀以及家族成员在仪式上对宗法制度的严格恪守。

从亲缘关系的串联和宗祠的特殊性质来看，以父权为表征的宗法制在家族内占据支配地位，但是十分有趣的是我们遍观插图，除宝玉外，却找不到任何男性，即便是贾政也只是徒有其名、不见其人，在后来

[1]冯尔康：《18世纪以来中国家族的现代转向》，上海人民出版社，2005年版，第31页。

的二十幅本、十六幅本、十五幅本中则彻底被取消。贾氏宗祠祭祀过程虽然以男性为主，但是插图却不见贾氏一人。占据程本插图主体内容的乃是一众女性，插图的这种安排是否自相矛盾？我们应该如何看待这种现象？

结合小说文本中的女儿世界和男性世界的对立，我们不难找到答案。小说第一回就言明："忽念及当日所有之女子，一一细考较去，觉其行止见识，皆出于我之上。" 第二回，冷子兴引贾宝玉之语："我见了女儿，我便清爽；见了男子，便觉浊臭逼人。"可以说曹雪芹是带着一种女性崇拜的眼光来描绘一个充满朝气与美德的女儿世界的。

与女儿的"清爽"相反，男性世界却是"浊臭"的。除了贾宝玉以外，我们在贾氏家族里几乎找不到什么像样的男人。贾敬追求长生的迷狂和荒唐，置贾府一切事务于不顾；贾赦的骄奢淫逸是连下人都看不下去的；贾政看似稳重端正，实则深受八股戕害，迂腐无趣。所谓上梁不正下梁歪，在这样一群长辈的影响下，贾府年轻一辈纨绔子弟的堕落腐败是可以想见的，而且这种趋势是不可逆转的。也正是在这种对比中，突出了贾宝玉的可贵之处，它不苟同于"文死谏，武死战"的模式，也不认同滥情的淫逸生活。《红楼梦》第三回《西江月》有关于贾宝玉的判词曰："无故寻愁觅恨，有时似傻如狂。纵然生得好皮囊，腹内原来草莽。潦倒不通世务，愚顽怕读文章。行为偏僻性乖张，那管世人诽谤！"而他这些看似"偏僻""乖张"的认识正是女儿世界熏陶塑造的结果。从这个角度而言，插图中男性的不在场不仅仅是对男性的鞭挞，对女性的认同，这一特殊设置如一股无形的力量，造成了对父权文化的消解，表面上固若金汤的宗法制实际上已经在内部发生了变化。

在家族这个范畴内，进入插图表现对象的人物为我们阅读文本提供了正面的阐释意义，未进入插图表现范畴的人物以其沉潜在图像背后的不确定性，同样为我们的解读提供了线索。这两者之间或正向或逆向的叙事策略体现出图像表征的双重意旨，对这两方面的解析，有助于我们更加全面地认识小说的家族主题。

二、插图对人物次序的排列

如果说人物的遴选是插图构成“家族”的第一步，那么对所选人物先后次序的排列方式则反映了家族内部各个因子的轻重地位。正是这种有选择、有次序的组合使插图形成了一个有机整体。就人物出场的次序而言，主要遵循以下几个原则（首尾插图在结构功能上具有特殊意义，我们在下一节详细论述）。

1. 父姓血统优先原则

儒家文化中的父权文化有很多层面的意义，其中亲亲原则是以生物血缘属性规定家族亲疏远近的关系。按照这一规定，以父姓血统为轴心，家族内部各个成员以不同的离心力吸附在家族这个庞大的力场之上。在这个由不同力矩构成的家族圈之中，首先区分开来的就是直系血亲和非直系血亲的差别。宝玉作为贾家血脉的延续，与宝玉有直系血缘关系的祖母、父母、姊妹在插图中最先亮相。以王熙凤为代表的媳妇群体，尽管身兼管理家族事务的重要职责，却因为没有血缘关系只能屈居于后。但是按照中国古代出嫁从夫的规矩，媳妇与贾氏家族的关系虽然不及少爷、小姐，但是却比宝钗、黛玉、湘云等姑表亲或姨表亲近了一层。正是依据这种约定俗成的规矩，媳妇反倒排在了宝、黛、湘等非直系血亲之前。

2. 长幼尊卑原则

家族成员除了依靠血缘关系、亲缘关系联系在一起以外，伦理秩序对身处于家族这个范畴内的各成员也有严格的规定。插图人物次序的排列就体现出长幼有序、尊卑有等这一原则。首先从贾氏家族成员的整体安排来看，以宝玉为中心，从贾母到王夫人到“四春”到巧姐，构成了祖辈—父辈—同辈—晚辈逐级递减的层级序列。具体到每个序列当中，插图也依然贯彻着这一原则。据“金陵十二钗正册”所录，十二钗的顺序为林薛（不分前后）、元春、探春、湘云、妙玉、迎春、惜春、王熙凤、巧姐、李纨、秦可卿，与此不同，插图的排列顺序有两处明显改动。

第一，插图中“四春”出现顺序为元迎探惜。按照警幻所言，“正册”乃是“十二冠首”之女子，其汰择标准是“择其紧要者录”，而所谓“紧要”主要侧重于才情品貌方面。小说中探春虽系庶出，然其“才自精明志自高”与迎春的怯懦、惜春的冷漠相比，反而成为一枝独秀。可以说，无涉于家族秩序的才性，为元探迎惜与其他女子相间排列作出了最好的注脚。与小说叙述相区别，插图依据血缘关系将“四春”紧密相连并且依年龄从大到小排列，明显表现出长幼有序的制度规约。

第二，插图中李纨在前、王熙凤在后，与“正册”中凤前纨后的排列顺序相反。小说当中，王熙凤的“此生才”是众人“爱慕”所不及的，以王熙凤理家为线索，基本构成了和宝、黛、钗爱情并重的另一条主线，其在小说中的重要地位绝非李纨可比。但是从长幼有序原则的角度衡量，身份地位并不因才智高低而改变，无论王熙凤多么精明，只要她作为媳妇的身份不变，她就必须遵循家族秩序，依照次第排在大儿媳李纨之后。

晴雯、袭人虽然未及十二钗正册诸女子才情高妙，但是自有其可爱可贵之处，列于副册之首。然程本插图却基本将其安置于整组图像的末尾，到十五幅图本甚至完全取消，这种安排主要是出于尊卑有等、贵贱有别之考量。袭人、晴雯等丫环属于奴仆，按身份排位自然不能与老爷夫人、少爷小姐这一系列人物相比。低贱的身份决定了她们命运的无奈与可悲，她们永远无法成为自己的主人，生杀予夺均掌握在别人手中，袭人般委曲求全、顺从忍耐是她们生存的守则，一旦如晴雯般绽放出炫目的个性色彩，就很难避免被驱逐或死亡的厄运。而以女乐为代表的优伶群体甚至还不及丫环。从身世背景来看，很多丫环都是迫于生计被送到大户人家的，有眼力的丫环尚可得到主子的赏识和保护。而优伶们不但缺少可靠的主人的庇护，很多更是被转卖多次，早已不记得或找不到自己的父母兄弟了。插图的这种安排，不仅反映出家族内部伦理秩序的规约，而且折射出不同人物群体由于年龄、身份、职业的差别在社会上的等级地位以及各自不同的人生际遇。

长幼尊卑作为插图排列人物次序的标准之一，从文本阅读角度而言，不仅给予我们认识家族秩序的正面提示，而且也暗示我们从反面思考这一命题的意义，认清小说中家族成员之间潜在的复杂关系。区分长幼尊卑的目的就是要强调“长”“尊”的权威性，具体到行为规范与道德情感层面，就是儒家所强调的父慈子孝、兄友弟恭、夫义妇顺等一系列命题。中国自古就倡导“家和万事兴”，这些道德标准正是维系家族稳定和睦的必要条件。然而这种看似和谐对等的亲缘关系实际上是建立在区别长幼、尊卑、贵贱的前提之下，差异的存在意味着对立的滋生，意味着和谐背后势必沉潜着某种不和谐的声音。宝玉对贾政的惧怕、反抗与叛逆，贾赦、贾瑞等人的花天酒地、骄奢淫逸无不反映出家族内部所酝酿的代际冲突与两性冲突。正如向楷先生所言，“《红楼梦》一书写出了一个真实的家族中所发生的真实的一切，写出了一个家族中的各种各样‘真的人物’，‘并无讳饰’”[1]。这个“真实”既包括对家族制度仪式性的恪守，也包括现实中言行举止与内心情感的变质与异化，而从家族内部产生的变异无疑是对家族伦理秩序最为致命的冲击。

3. 家族利益优先原则

红学家向来津津乐道于宝黛钗的爱情故事，对钗黛二人的轩轾，也形成了泾渭分明的拥林派和拥薛派。评红者一般都是从二人性格因素予以评判，如王希廉云：“黛玉一味痴情，心地褊窄，德固不美，只有文

[1] 向楷：《世情小说史》，浙江古籍出版社，1998年版，第279页。

墨之才；宝钗却是有德有才，虽寿不可知，而福薄已见。”[1]冥飞云：“宝钗阴险狠毒，以黛玉之稚气，当然不是对手。盖黛玉多心，乃无手段；宝钗多心，手段又辣故也。”[2]这些都是见仁见智的评价。

插图所显示出的家族意识为我们探讨这一问题提供了一个可资借鉴的观照角度。从封建家族利益的考虑来看，历代家族最重视的无外乎两点：一是家族血脉的延续，一是家族势力的稳定和壮大。贾家与一般仕宦家族的不同在于不但祖上有军功，而且是皇亲国戚。这种特殊的家族背景使长孙宝玉身上肩负的责任极为重大，一方面他要延续贾家香火，另一方面他既要传承过去祖辈的荣耀，又要巩固贾家现有的势力。这种重担和责任也同时会落到宝玉妻子的身上。

程本插图无一例外地作出了先薛后林的安排，表明了在宝玉妻子人选上的立场。从妻子承担职责的能力来看，薛宝钗的确较林黛玉胜出一筹。就传宗接代而言，黛玉体弱多病，远不及体质健康的宝钗，贾母就不讳言这点：“况且林丫头这样虚弱，恐不是有寿的，只有宝丫头最妥。”就家族背景而言，林黛玉父母双亡，只身投靠贾母，她能给予宝玉的除了那脆弱得不堪一击的爱情外，其实一无所有，这样的条件，对贾家这样一个正处于岌岌可危之中的家族而言，谈不上什么吸引力；而薛家则不同，在四大家族中以钱财之富著称，与这样的家族联姻，在维持家族势力的稳定性上无疑是雪中送炭之举，对贾家而言，薛宝钗当然具有更大的诱惑力。可见，插图先薛后林的排列顺序基本上是从家族利益的角度来考量，而未顾及宝黛钗个人的情感因素。

以上我们总结了插图对人物次序的排列原则。按照父权家长制度，辈分层级的排列应当为祖父—父亲—少爷—小厮，但是真正出现在插图中的却是以女性为主体构成的序列：祖母—母亲—小姐—媳妇—丫环、优伶。在无形间以女性序列置换了男性序列，恰好与我们在第一部分中提到的男性不在场相呼应。

[1]［清］王希廉：《红楼梦总评》，见朱一玄编《红楼梦资料汇编》，第540页。

[2]［清］冥飞：《古今小说评林》，见朱一玄编《红楼梦资料汇编》，第900页。

就插图的这种安排来看，与男权文化下男性对女性的制约与束缚相反，女性担当了家族的主要角色。史太君以母亲、诰命夫人的身份成为贾家权威与道德的表征，熙凤、探春先后成为家族事务真正的执掌者。这种性别序列的替换并不是从根本上否定父权家长制，女性主体地位的实现是以父权、男权执行者的形象获得的。然而这毕竟在很大程度上展现了女性的魅力与能力，同时贬斥了男性的堕落与腐败，可以说女性是以理想的情感与道德的载体出现在插图当中的，这不能不说是对父权文化又一次悄无声息的消解。

从贾政、宝玉所代表的父子序列来看，插图呈现的实际上是一种有子无父的状态（贾政只有其名，并无形象）（图 2-1-2），这种现象意味着贾家不但缺少成功的父辈榜样，而且父子之间存在着紧张的代际冲突。对年轻一辈的成长而言，父辈象征着家族制度的威慑，但是当这种威慑趋于僵化甚至腐朽时，子一辈便期望冲破束缚，在无父的规约下自然成长。宝玉挨打前对贾政“像个避猫鼠儿一样”，尤为惧怕，而挨打后在贾母的庇护下“只不曾拆毁了怡红院……凡世上所无之事都玩耍出来”，完全无视父亲的存在。这种叛逆并不意味着对父权的彻底背离，宝玉最后与僧道离开红尘前不还是对父亲深深一揖吗？这就证明了子辈并未彻底抛弃父辈，这种抛弃是以父辈的堕落腐化为前提的，在背离之后是对一种新的父子关系的渴望与呼唤。

苏珊·朗格将“艺术品”定义为“一件表现性的形式”，而“形式”则是指“形成整体的某种排列方式”[1]。总体看来，插图中女性序列为主的人物排列方式，凸显了传统家族中的各种规约，男性序列的缺失造成了对男权文化的些许质疑和批判。从家族这个角度出发，插图的双向诠释可谓抓住了小说的精髓。

[1] [美] 苏珊·朗格：《艺术问题》，滕守尧译，南京出版社，2006 年版，第 18—19 页。

图 2-1-2

三、首尾插图的设置

中国古代传统的文章学将“文”作为一个有机整体来看待，文章的起结又是谋篇布局的首要原则。中国古代小说继承了传统文章学这一结构章法，评点家们就曾多次感叹小说首尾的考究，如毛宗岗在《读三国志法》中总结“巧收幻结”“首尾大照应”[1]，金圣叹称赞《水浒》的楔子为“奇楔”[2]。《红楼梦》作为中国古典小说的经典之作，其首尾的安排也十分巧妙，受到诸多赞誉。如清姚燮在最后一回回评云：“甄士隐于草庵中一夕话，奥理妙谛，吞吐隐约，结束全部大旨。末段即作自跋，与开卷一气回环。”[3]可以说这一文章观已经成为一种约定俗成的思维方式，注入到文人的创作之中。插图的作者也明显受这种思维机制影响，注意到首尾插图的重要作用，在这两个位置做了特殊安排，与小说叙事相适应，表现出其对文本意义的体悟，同时也反映出插图作者自觉地将众多插图作为一个完整自足的有机整体进行创作。

与双清仙馆本系统插图以人物绣像贯穿始终和广百宋斋本系统首末插图人物不固定不同，程甲本插图在首页位置安排了“石头”(图2-1-3)，这与其后以人物绣像为主体的系列图像造成了视觉上的反差效果，而这种反差恰好对读者阅读起到了很强的暗示作用。它提醒读者思考：一部波澜壮阔的家族史诗，何以石头占据了如此醒目而关键的位置？

画面中远处群山起伏，近处一棵古松下矗立着一块石头，周遭点缀着零星野草。此石正是女娲当初在“大荒山无稽崖”炼成的“高经十二丈，方经二十四丈”被遗弃的补天顽石，如今独自守在“青埂峰”下。画面视野开阔，山之高与石之小形成了鲜明的反差，让人一见而感石头的孤独，这孤独来自补天的遗憾与孤身一人的寂寞。这些情绪让我们不

[1][清]毛宗岗：《读三国志法》，陈曦钟等辑校《三国演义》会评本，北京大学出版社，1986年版，第9、17页。

[2][清]金圣叹，陈曦钟等辑校《水浒传》会评本，北京大学出版社，1987年版，第39页。

[3][清]姚燮：《红楼梦》第百二十回回评，见朱一玄编《红楼梦资料汇编》，第681页。

由自主地联想到小说主人公贾宝玉。他厌恶功名仕途、官场俗套，自言“我见了女儿，我便清爽；见了男子，便觉浊臭逼人”。他的这些想法都与当时社会的道德标准行为规范格格不入，他成为众人眼中“行为偏僻性乖张”的异类，“世人诽谤”的众矢之的。在这个宗法制制约的贵族之家，他注定补天不成、救世无方，注定了孤独与寂寞。然而石头不是宝玉，他对宝玉之心的况味怎能如此之深？插图是怎样将画面意境与小说文本联系起来的？这又提醒我们思考另一个问题，石头在全书的叙事进程中承担了何种角色，起到了什么作用？

原来，这块巨石是由下凡的神瑛侍者所夹带，幻形入世，而神瑛侍者正是宝玉的前身，这样一来，石头便可以名正言顺地跟随宝玉，近距离感受他的内心世界，为我们记录发生在贾氏家族的重要事件。石头一方面与小说主人公个性特征密切相关，一方面充当小说叙述者，足见其关键地位，将之置于首图，名副其实且意义深远。

插图在次第展现这个故事的讲述者以及家族中诸位重要人物后，以“僧道”（图 2-1-4）收束全组插图。石头是经僧道“袖了”，才得以在“温柔富贵乡去安身乐业”。因此说，僧道不仅是解释故事缘起，而且是促使故事发生的关键人物。小说结尾，僧道带着了结尘缘的宝玉重归本处，使小说在首尾相关上达成完满。可以说，插图的安排不仅暗合了文本前后照应的结构章法，而且使插图自身成为一个独立自足的有机整体。

石头、僧道以及相关的女娲、神瑛侍者等所代表的红尘之外与贾家所处的红尘之中构成了两个不同的世界。插图由石头到贾府，最后归结于僧道，完成了一个由出世、入世，再到出世的历程，那么小说的叙事又是怎样实现这一循环过程的呢？

首先，这两个世界的交替既包括时间上的延展性，也包括空间上的变换性，神话原型的注入极大地拓展了家族的叙事时空，为红尘俗世的现实世界镀上了一层神秘浪漫的色彩。就家族故事发生的起点来看，石头入世即宝玉出生之时，贾府已经“萧索了”，但仍然维持着“气象不同”的排场；家族故事的终点即宝玉随僧道出世之时，贾府已经历了被

图 2-1-3

图 2–1–4

弹劾查抄的厄运。可以说石头一行经历了贾府从盛到衰的全过程，家族兴亡的主旨就在交织的时空中随着首尾插图的结构功能暗暗传递出来。它提醒我们关注在家族这个大主题中所裹挟着的盛衰更迭的小主题。贾府兴盛之际，不乏大观园赋诗结社、宗祠祭祀之盛事，然衰败之日只落得个“家业凋零”“金钱散尽”的颓势，这一盛一衰，从叙事风格上构成了冷热两种极端；与这个红尘俗世的炎凉世态相比，石头、僧道所代表的世界是一切皆空的，两者同样呈现出风格上的反差。

在古代小说评点家眼中，“冷热相间”是中国古典小说特有的叙事模式。如毛宗岗评点《三国志通俗演义》有“寒冰破热、凉风扫尘”之妙[1]，张竹坡评《金瓶梅》“一部言冷言热，何啻如花如火”[2]。《红楼梦》冷热交迭的叙事机制正是对这种叙事传统的继承和运用，王希廉赞曰：“祸福倚伏，吉凶互兆，错综变化，如线穿珠，如珠走盘，不板不乱。”[3]插图作者可谓蕙质兰心，利用首尾插图完美地融合了这种叙事风格，使整组插图在呈现家族故事的时空结构时，在意境氛围上营造出两种不同风格。

中国绘画向来讲求虚实相生，明代李日华提出“目力虽穷，而情脉不断处是也”[4]，清代蒋和也云：“大抵实处之妙皆因虚处而生。”[5]虚实互用，追求言外之意，这与中国古代诗学的韵外之致、味外之旨颇为相通。如果说插图体物写貌的描绘属于直观式展示，读者可以一目了然；那么对人物的遴选以及排列组合的方式则可以视作其传递寓意的暗示性手段。无论是首尾照应的设置，还是两极风格的营造，都是为了实

[1]［清］毛宗岗：《读三国志法》，陈曦钟等辑校《三国演义》会评本，第 14 页。

[2]［清］张竹坡：《冷热金针》，黄霖编《金瓶梅资料汇编》卷二，中华书局，1987 年版，第 65 页。

[3]［清］王希廉：《红楼梦总评》，见朱一玄编《红楼梦资料汇编》，第 537 页。

[4]［明］李日华：《竹嬾论画》，见俞剑华编《中国画论类编》，人民美术出版社，2007 年版，第 131 页。

[5]［清］蒋和：《学画杂论》，见俞剑华编《中国画论类编》，第 278 页。

现某种特殊意味做出的努力。对读者而言，可见的虽然只有拟态的图像，但是通过推断和想象，可以感知并补充图像原来表现对象所隐匿的部分，达到对小说主题的认知和解读。可见，图像与文学虽然分属不同的艺术门类，但是在追求艺术作品的终极美感上，二者在表现方式和创作思维上是有共通性的。

综上所述，程本插图对“家族”主题的诠释主要涉及以下三个方面：一、家族的构成因素。从插图的表现对象来看，家族作为一个联合型世家大族，血缘亲属关系、非血缘的人伦关系、主仆关系等等都是家族存在的基本形态。二、家族制度。从插图对人物的排列顺序来看，父权宗法是家族的根本制度，同时涵盖着长幼尊卑等诸种伦理秩序的制约和规范。三、家族的价值理想。插图在这一点上的表现最具隐蔽性，主要通过没有在插图中直接表现的男性序列来体现，揭示了封建宗法制家族存在的弊端，以及对理想家族模式探索的愿望。

从插图对家族主题的反映来看还是具有一定的广度和深度意义的，一方面，插图的呈像手段与叙事策略提醒我们关注家族在小说中的重要地位；另一方面，当我们以家族主题透视插图，也可以使我们对插图的物象选择、序列设置等问题有更深的体会。当然插图对家族主题的侧重并非意味着对其他方面没有关注，单从人物绣像来看，很多插图在神态刻画、环境设置上都独具匠心，只是这种关注来得没有家族意识这样强烈，尤其是当我们将插图作为一组有机整体加以考察，这种侧重就显得更为突出和鲜明。德国哲学家伽达默尔（Hans-Georg Gadamer）在《真理与方法》中提到“艺术作品的独特存在方式就是存在达到了表现”[1]，插图就是对小说解读的一种独特表现方式。不可否认，与文字共同构成的版本形式中，文字居于主体地位，文本是图像存在的基础。但是，我们也必须承认，插图以其有限的图幅，包容并再塑了文本意义，进而在

[1]［德］汉斯—格奥尔格·伽达默尔：《真理与方法》，洪汉鼎译，上海译文出版社，2004 年版，第 210 页。

视觉表现形式和内涵意蕴上促进了小说的传播。

从视觉形式而言，插图以流畅的线条、丰富的形象带给我们阅读上的审美愉悦；从功能上来看，插图以显性或隐性的叙事策略，传达自身对小说主题的解读；从版本意义来看，程本系统的插图作为《红楼梦》传播过程中早期的插图版式，在人物造型、环境营造、构图方式等方面对此后各刊本的插图具有重要的示范和启迪意义。正是这些多样的美感形式和文化意义确认和体现了插图的优势和价值，这种优势和价值反过来又帮助我们重新解读和开掘经典的魅力所在。

第二节　传神写照：闺阁空间中的女儿情缘

《红楼梦》第一回概括此书“立书本旨”：所记之人为“当日所有之女子”，意在“敷演出一段故事来，亦可使闺阁昭传，复可悦世之目，破人愁闷”，开门见山地点明了作品以“闺阁女子”为主体人物，以“闺阁故事”为主要内容，可以说《红楼梦》展示的是一个实实在在的“闺阁空间”。“闺阁空间”隶属于“女性空间”，而“女性空间”又是中国传统绘画的重要母题，著名的艺术史家巫鸿将其定义为：“一个空间性的统一体——一个由山水、花草、建筑、空气、氛围、色彩、香味、光线、声音，以及被选中而得以居住在这里的女性和她们的活动所构成的人造世界。”[1]在《红楼梦》的“闺阁空间”中，“女性人物”特指作品中出现的女子，而仕宦家族中的女子显然是构成“闺阁空间”的主体人物，也是插图最主要的表现对象。从各刊本插图的表现模式来看，

[1]［美］巫鸿：《重屏：中国绘画中的媒材与再现》，文丹译，上海人民出版社，2009年版，第184页。

既有对传统绘画女性题材的借鉴，也有突破传统绘画纲目，自成一格的创意。前者体现出文学古籍插图与传统绘画间的承袭关系，后者则体现出小说插图对传统绘画的挑战，也体现出各刊本插图间的互动关系，而这恰恰正是构成不同刊本独有特色以及展现不同刊本创作理念的优势所在。

在《红楼梦》形式多样的插图中，绣像对“闺阁空间”的表现显然是一条重要线索，闺阁女子被画家从文本中单独提取出来，如果将每种刊本的插图视作一个完整的图像系统的话，那么每个女子则成为这个系统的一个图像段落，这些段落联合起来以共通的表现模式和图像意义构成了插图的“闺阁空间”。具体而言，以下两种表现模式最具代表性：一是综合式，一是并置式。

一、综合式：闺阁女子心绪的写照

综合式构图模式是对人物、静物、花鸟、山水等绘画因素的综合，呈现在观者面前的是一幅以人物为主，多种绘图因素自然交融的场景。这里要特别提到现存《红楼梦》的首部插图刊本——程甲本，其对“闺阁女子”的描摹是富有个性气质特征的，被阿英赞为“在传统的中国小说插图里，是别具风格的”[1]，其图像不仅是综合式构图模式的典型，而且图像在很多方面的构建成为后世刊本临摹的典范。而就在此本行世不长时间后，改琦的《红楼梦图咏》（以下简称“改琦本”）问世。改琦（1773—1828），字伯韫，号玉壶外史、又号七芗，松江（今属上海）人，是清代著名画家。《红楼梦图咏》乃其生平杰作，其“人物之工丽，布景之精雅”被誉为“可与六如、章侯抗行”，此本以画册单行本的形式发行，其图像的精到之处绝不仅仅只在于“工丽”与“精雅”，

[1] 阿英：《漫谈〈红楼梦〉的插图和画册——纪念曹雪芹逝世二百周年》，第105页。

画家的许多创意都体现出对既有《红楼梦》题材插图和绘画艺术窠臼的突破。

从单幅插图内容来看，尽管有文本固定故事情节的规定，但是这些图像对“闺阁空间”的刻画却呈现出一个共同特征，即由叙事性到抒情性的转变。换言之，插图即便是对某个故事情节的描绘，但是图像的主要意图却不在于再现该故事情节，而在于以此情境表现人物当下的心理和情绪。那么这种视觉到心理的感知转换是如何呈现出来的呢？我们看到，画家在创作中表现出对人物与环境之间关联性的浓厚兴趣，阿英在评价程甲本插图时就特别肯定“画家逐幅的刻画了人物及其环境”[1]。不同插图在环境刻画中运用不同的图像语汇，如程甲本和改琦本图“林黛玉”（图 2-2-1、图 2-2-2），就以具有象征性的意象来渲染意境氛围。插图表现第三十五回事：

> 黛玉便令将架摘下来，另挂在月洞窗外的钩上，于是进了屋子，在月洞窗内坐了。吃毕药，只见窗外竹影映入纱来，满屋内阴阴翠润，几簟生凉。黛玉无可释闷，便隔着纱窗调逗鹦哥作戏，又将素日所喜的诗词也教与他念。

鹦鹉和翠竹一方面以其美好的形象映衬闺阁女子的美人形象，另一方面又以其“比德”意义隐喻人物内在的性格特征。程甲本林黛玉图赞云：“人间天上总情痴，湘馆啼痕空染枝。鹦鹉不知侬意绪，喃喃犹诵葬花诗。”插图表面上是对“戏鹦鹉”情节的再现，而鹦鹉的“不知侬意绪”恰恰暗示出黛玉寄人篱下、无处排解的忧愁。幽幽翠竹不但是她高傲孤僻气质的象征，而且也暗暗传递了她之所以选择这种排解方式的性格原因。

[1] 阿英：《漫谈〈红楼梦〉的插图和画册——纪念曹雪芹逝世二百周年》，第 105 页。

图 2-2-1

图 2-2-2

从图像对文本的再现来看，程甲本图基本是对文字内容的规则性再现，人物动作、图像布局依照文字叙述显示出一定的叙事性。然改琦本图则完全摆脱了情节的束缚，人物从室内转移到室外，人物和鹦鹉之间也没有任何交流，绘画要素彻底从叙事性中解放出来，鹦鹉和翠竹都成为强化闺阁女子形象的相关指涉意象。鹦鹉仿佛不是人为刻意安排在这里，而是原本就存在于这片竹林中，黛玉就从其中施施然走来，驻足……凝视……，眼底是说不尽的心事。如果说程甲本图中的黛玉尚保留着少女的些许闲适和梦想，那么改琦本图中呈现的则全然是少女的孤寂和苦闷，除了愁绪外再无希望可言。

两幅插图咏叹的都是闺阁女子心事“谁识”的主题，程甲本赞语中“鹦鹉不知侬意绪”正暗暗点出了心事无人识的无奈悲伤，漱厂孙坤为改琦本图所作赞语则直接切题点明“谁识”主题，正是“长日虽邀掌上怜，西风谁识心中事”。而“谁识”主题意义的生成则有赖于人物和环境之间的关联，人物因为此情此景而陷入沉思，此情此景又成为人物内心世界的表征，画家在二者之间注入了强烈的映射关系。这一关系的形成不但为观者带来更多的想象和思考，同时使画面的时间理念凸显出来。图像描绘的虽然是一个空间场景，但是伴随着人物行为由图 2-2-1 中窗下的“坐”“戏”转变为图 2-2-2 中林下的“驻足”“凝视”，凝结在一个瞬间的时间也拉伸为具有延续性的时间。对观者而言，不仅可以清晰地感受到人物久久地沉醉在自己的心事中，而且在感悟人物心事的过程中，加强了关于绘画意义和文本意义的思考。与此同时，观者自身也陷入到思考的时间流中，所思所感有了更多的沉淀与回味。

再来看“妙玉”一图（图 2-2-3），正如洪振快对此图的解释，“所绘当非取意具体情节，仅略摩妙玉在栊翠庵事而已”[1]，既然不是来自具体情节的规定，那么图像创作的意图何在、灵感何来呢？礼佛参拜应当是修行的日常课业，然则妙玉背对观音的姿态明显地无意于正襟危

[1] 洪振快编：《红楼梦古画录》，人民文学出版社，2007 年版，第 19 页。

坐的观音，观音像赫然成为一具庵内的摆设。观音的低眉慈目、屋角的苍苍松柏都暗示着庵内本应庄重肃穆的氛围，然而妙玉倚栏凭思的形象却与之格格不入。人物的这一形象设计并非凭空臆造，而是饱含着传统文学的象征意义的。

倚栏凭思的形象经常被代入诗人与词人的笔下，所谓“闺中少妇不曾愁，春日凝妆上翠楼。忽见陌头杨柳色，悔教夫婿觅封侯”[1]，再如“梳洗罢，独倚望江楼。过尽千帆皆不是，斜晖脉脉水悠悠。肠断白苹洲”[2]，又如“昨夜西风凋碧树。独上高楼，望尽天涯路”[3]等等，表现的多是闺怨主旨。从这个意义上看，妙玉虽自命“槛外人”，但“倚栏凭思”的姿态却已泄露了她对庵外世界的渴望与探求的心理，实际上仍然不脱闺阁女子所思所想的内心真实，从该图所配赞语来看：

清寒孤冷，云景（影）月华心性，抚前轩。得意忘言处，无情有恨间。红梅栊翠寺，白雪稻香村。不信维摩室，有昆仑。

——调寄《女冠子》

这真实即“无情有恨”，是斩断情丝与内心悸动、理性与感性之间的纠结和矛盾。与前面“黛玉”图不同，插图真实再现了人物所处环境的一草一木，意象在这里并非图像意义表达的主体要素，而人物的造型，更确切地说是人物的动作行为与环境的反差成为图像意图表达的关键。

[1]［唐］王昌龄：《闺怨》，《全唐诗》卷一四三，中华书局，1999 年版，第 1446 页。

[2]［唐］温庭筠：《梦江南》，刘学锴校注《温庭筠全集校注》卷十，中华书局，2007 年版，第 1018 页。

[3]［宋］晏殊：《鹊踏枝》，朱德才主编《增订注释全宋词》卷一，文化艺术出版社，1997 年版，第 80 页。

图 2-2-3

图 2-2-4

再如程甲本“尤三姐”图（图 2-2-4）。这里，在实景与虚景相互交融中营造的意境氛围，成了插图构图的主导因素。图像所绘虽然是尤三姐魂魄梦中见柳湘莲事，然在若隐若现的屋宇、四处弥漫的烟霭中，观者捕捉到的仿佛并不是某一个确定的情节，反而只有一个手持宝剑、茕茕独立的女性形象。明明是虚幻情境中的种种意象与布局，但却令观者对人物的感知如此真实。同样是对女子痴情的描绘，但是与传统闺怨主题不同，尤三姐的表现却一扫痴女怨妇的柔弱形象。笔直向上的宝剑、飘动的衣襟有力地塑造了其果断刚烈的形象，而这种毅然决然的姿态透露出在这场爱情中女子的主动性，尽管主动的代价是如此沉重，但正因如此，才更加令人为之动容。

二、并置式：闺阁女子精神的隐喻

并置式指插图中每种人物配以《西厢记》曲文一句和一种花，版式上前人后花，人赞同面，呈现出人、花、赞并置的形式效果。该图式以道光十二年（1832）双清仙馆刻本为代表，此后光绪二年（1876）京都聚珍堂活字本、光绪二十六年（1900）石印本插图均袭用这一形式，只是并置的内容或组合方式略有变化

道光十二年（1832）双清仙馆本六十四幅人物绣像中，除第二幅宝玉为男性外，其余皆为女性，插图基本将作品中有代表性的女子囊括其中，可以说这是一个饱满而充实的“闺阁空间”的展现。在人、花、赞这种并置形式中，实际上《西厢记》曲文和花是共同作为人物的相关指涉物存在的，二者在与人物的关联上具有同等地位和作用，区别在于不同的指涉意义，而这一指涉意义画家并未以直接明了的形式体现，而是选择了间接隐喻的方式来传达。

在这两组指涉对象中，我们首先看到的是两部文学作品的勾连。洪振快在介绍这组插图时引用清代倪鸿的《桐阴清话》，“尝于珠江画舫

中，见一女郎，手持湘妃竹淡金面折叠扇一柄，蝇头细书《红楼梦》人名，下合《西厢记》曲一句，词意酷肖，真雅致也……虽属游戏，颇具匠心”[1]。尽管尚不能断定二者联结的最初源头，但是从倪鸿的记录中可以发现这种结合不但为下层歌女所喜爱，并且赢得了文人的赞誉，这至少说明了二者在意义接榫上的可能性。如果说出现在“画舫”中的折扇更多地体现的是文人的闲情雅致，那么作为本文结构重要组成部分出现的插图，这一并置形式就绝对不仅仅限于“游戏”之作，而是包含着特定的绘画意图。

花意象在《红楼梦》文本中就与人物密切相关，很多女子都有特定的花意象作为表征，插图将这种表征从文本中提取出来并将其普及，使每个女子拥有了属于自己的代言花。插图中有一些人物与花的关联在文本中十分明显，如秦可卿——海棠，薛宝琴——梅花，不过很多人物所配之花乃是出于画家的重新安排，这种刻意的安排并非随意拼接，而恰恰体现出画家对于不同女子精神世界的认知和解读。于是，在这些图像中，人物、花是以何种形象加以展示的仿佛变得不重要了，而人物到底与哪种花相并列转而变得重要起来，因为这才是图像内涵的关键所在。

花意象的出现除了文本的艺术来源外，还与中国文学乃至文化传统密切相关，从屈原香草美人的比兴手法到唐宋诗词中的花草意象，从先秦散文中的比德之说到民间广泛流传的“双清”“岁寒三友”之谓，花意象不仅深入到文人创作的肌理中，而且也成为整个民族文化情结的一部分。花意象作为《红楼梦》插图的一部分，尤其是当其与早于《红楼梦》问世的《西厢记》同时进入画家视野时，我们轻而易举地就可以感知到画家已经把插图纳入到既有的文学传统之中。因此，我们对花意象的解读不可能也不应该脱离其生长的文学土壤，这就如法国批评家丹纳（Hippolyte A.Taine）所言：“所有的作品上印着一个共同特征的艺术，

[1] 洪振快编：《红楼梦古画录》，第 31 页。

是整个民族的出品；所以与民族的生活相连，生根在民族性里面。”[1]而当我们如实地将其还原到传统文学文化语境中时，就会发现其所包容的丰富内涵和无穷意味。与此同时，当我们将特定花意象与人物相关联时，同样不能忽视其与《西厢记》曲文之间的意义关联，这二者共同作为人物形象精神世界的注解，却出现了或正向或逆向的两种逻辑关系。

花赞之间的正向关系指花意象与赞语分别以两种不同的艺术媒介形式对人物形象进行解释时，表达的意义基本相同。以图“尤三姐”为例（图2-2-5），对持剑的尤三姐形象而言，赞语“斩钉截铁”可谓切中肯綮，一语道出了她面对爱情已逝时的果断和决绝，人物、赞语间的配合不仅画出了文中相关情节，而且说明了人物的主体个性特征。

在花意象的设置中，画家选择了“虞美人”，追溯其文学来源，可以还原到项羽虞姬的故事中。据《虞美人草》记载，“香魂夜逐剑光飞，青血化为原上草”，又其诗题注云，“项王亡灭，虞姬自刎，其墓上草，人呼为美人草”，后世往往用其指代像虞姬一样对爱情忠贞的美人形象。

画家用虞美人指涉尤三姐，在标示其“尤物”般的美丽相貌外，也喻示其“斩钉截铁”的主题——爱情。在对爱情的期待中，她可以坚守等待的寂寞，但是当爱情无望时，她和虞姬一样选择了最激烈的殉情方式。然在如此激烈的行为背后，是女子对于爱情深切的悲伤。元代诗人贯云石《别离情》云：“佳人阁泪弃英雄，剑血不销原草碧。何物谓之别离情，肝肠剥剥如铜声。不如斫其竹剪其草，免使人生为情老。”[2]道尽了美人心中的百转愁肠。

了解了“虞美人”的来历，也就知晓了尤三姐刚烈性格背后不为人知的凄楚与无奈。如果说赞语道出了人物的主体个性，那么花意象则使这个性格注解背后的多重意义显示出来。插图中类似的花赞配合还有不

[1]［法］丹纳：《艺术哲学》，傅雷译，天津社会科学院出版社，2007年版，第112页。

[2]以上三条引文见张哲俊：《日本谣曲〈项羽〉：虞美人草与爱情、英雄》，《东疆学刊》2005年4月第2期。

少，然与那些有文本依据的图例不同，如以牡丹的富贵显示元春的尊贵身份，图“尤三姐”的“虞美人”在文本中并无相关暗示，画家对这个意象的选用恰恰体现出其对作品人物精神的理解及其对花意象内涵的心领神会。从程甲本（见图 2-2-4）到双清仙馆本（图 2-2-5），人物的基本造型并无过多变化，变化的是构图形式和构图要素，在把握住人物主体精神的同时，画家在构图策略上略动脑筋，在使图像面貌一新外，也使人物形象变得更为丰满起来。

花赞的逆向关系指花意象与赞语对人物形象的解释意义相反，形成了一种相互背离甚至相互挑战的关系，典型的如“妙玉”一图（图 2-2-6）。妙玉生活在遍植红梅的栊翠庵，然画家却舍弃梅花选择水仙作为其代言花，其匠心颇耐寻味。中国古代关于水仙有一个源远流长的文学传统，其花之形、花之香均成为历代文人争相吟咏的对象，水仙被拟人化为高洁、素雅等形象的表征[1]。从这个意义上看，画家选择水仙无疑是要塑造妙玉清雅脱俗、质洁淡雅的品格和心性，水仙在此处的意象内涵与传统文学是一脉相承的。

然而有意思的是，所配《西厢记》赞语却无视于花意象对人物的溢美之意，“真假”似是发出疑问，又似是作出评断，短短两字，在语气的徘徊间否定了水仙意象所树立起来的美好形象。同样是对人物的解释，花意象与赞语的意义却背道而驰，这岂不是自相矛盾？事实上，这也正是插图设计的巧妙之处。在《西厢记》中，莺莺面对张生而隐瞒真心，红娘称其矫饰举止为“真假”。从文本出处来看，“真假”恰恰是对妙玉饰“真心”现“假意”的揭示，而这“真心”正是与莺莺相同的对于情的期盼。可以说，《西厢记》曲文的借用不啻为对水仙表征意义的一种质疑和叩问，特别是在水仙意象象征贞洁操守之意上，这种质疑和叩

[1] 相关论文参见郭远庆：《水仙诗话》，《中国花卉园艺》2001 年第 2 期。高峰：《论中国古代的水仙文学》，《南京师大学报》2008 年第 1 期。王晓娇：《中国古代文学中水仙的人格象征初探》，《青年文学家》2009 年第 21 期。

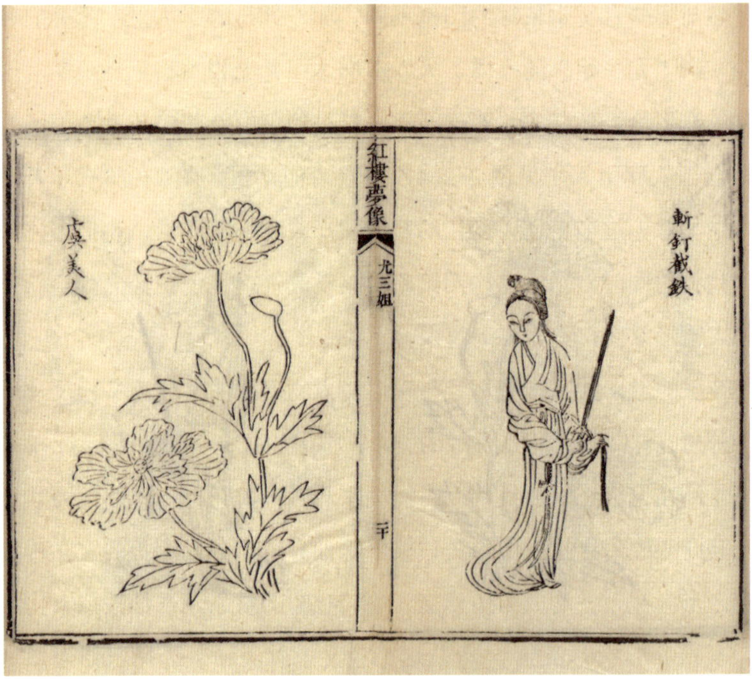

图 2-2-5

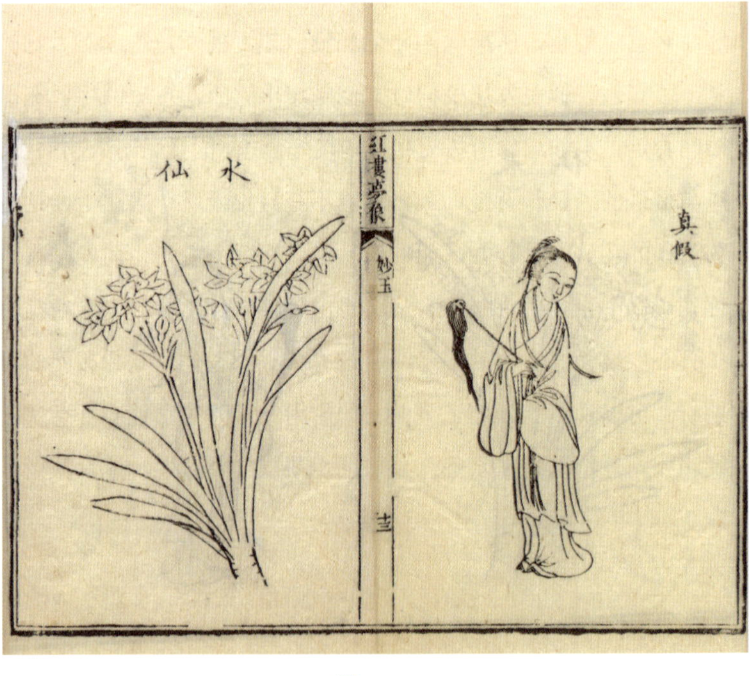

图 2-2-6

问又与《红楼梦》第五回妙玉的判词“欲洁何曾洁，云空未必空。可怜金玉质，终陷淖泥中”暗暗呼应。花赞意义的悖逆，不但没有影响图像意义的传达，反而恰为读者阅读开启了一道思考的缝隙，有效地刺激了读者的阅读兴趣和期待心理。

以上我们以具体图例分析了人、花、赞之间的意义关联，如果将这种关联拓展到所有插图中，不难发现这个由花意象和《西厢记》曲文共建的“闺阁空间”所具有的一些共性特征：首先，从花意象的基本表征意义来看，它意味着这个弥漫着花的闺阁世界主体形象的美好性，所谓“千红”“万艳”，正是“闺阁空间”主人公美好形象的指代。其次，从《西厢记》与《红楼梦》两部作品的勾连看，意味着二者在主题上的相通性，这是一个有“情”的“闺阁空间”，情起情灭，情笃情薄，这里出现的人，发生的事，无不与“情”息息相关。此外，从花意象与《西厢记》所承载的文学文化意义来看，二者与红楼女子的匹配，无疑是将“闺阁空间”放置于一个既有的文学文化的传统坐标中，这意味着这个“闺阁空间”与传统文学文化之间密切的亲缘关系。从这个意义上看，“闺阁空间”是浓缩着多重叠加的历史文化意蕴的，解读插图也就意味着解析图像语汇所包含的相关历史文化密码。这些密码不但带给图像丰富多元的信息，而且也借由着密码所生成的神秘性带给读者更多的启示和想象。

三、人物形象的背向处理

本节我们要针对插图中的一种艺术手法专门展开论述，即人物的背向处理。从中国传统人物画对女子的表现来看，如顾恺之的《洛神赋图》、周昉的《簪花仕女图》等杰出画作基本上都是以人物正面或侧面展示为主，而《红楼梦》的某些插图却反其道而行，将人物形象作背向处理，这类插图虽然数量不多，但其特殊的艺术手法却不能不引起我们的注意。

深入分析就会发现，人物的背向处理，不仅是画家独特艺术匠心的体现，而且反映出不同刊本插图之间的传承互动关系，反过来，这一互动关系又证明了图像表现方式的差异以及其中蕴含的不同绘画理念。

“元春”作为“四春”之首，皇室妃子，许多刊本都以其为中心人物绘制了绣像。值得注意的是，插图展示出了两种截然不同的再现方式，以程甲本（见图 1-1-11）和改琦本为例（图 2-2-7）。很明显，两幅插图中人物最大的区别在于正向与背向的呈现方式。中国传统绘画对宫廷女子的表现，无论是雍正的《十二美女屏风》，抑或是专门为皇室嫔妃绘制的肖像“容”，前者将“孤寂的宫廷女子和富有美丽的美妓融合在一起”，后者则以展示“人物的种族和政治身份”为目的[1]，二者都是以人物的正面展示为主。小说插图以再现文本故事为主要议题，在人物绣像的呈现中基本上与传统绘画的正面展示方式相同，正因如此，图 2-2-7 的背向处理才显得如此醒目，引人深思。

眼睛是心灵的窗户，面对正向的人物，观者根据惯常的观赏习惯自然会借由绘图者所展现的肖像特征来判断人物的内心活动。然则，观者面对转过身去的元春，看不到其表情，无法触及的表情只能通过画面其他方面进行揣度，这样就极大地刺激了观者对图像的参与程度。图 1-1-11 中元春端坐上位，周围丫鬟、太监次第有序，显示出身份的尊贵以及强烈的地位等差；而图 2-2-7 中没有其他人物的参照，没有华丽屋宇的映衬，元春只是独自一人处于画面下方，人物身份虽然依旧，但是身份地位的差别却被消弭淡化。此外，图 1-1-11 以归省为主题，展示的是元春在众人簇拥下的公共空间，众目睽睽下元春展现的是与皇室嫔妃相配合的喜悦表情，图像处理无可厚非；然在图 2-2-7 中，这个只属于元春一个人的私人空间，她可以不受影响无所顾忌地沉浸在自己的心事当中，而这只可意会不可言传的深宫内院的孤苦全部隐藏在这一转之后的掩饰中，其表情虽不可见，但绝不会是图 1-1-11 中的笑容可掬。

[1]［美］巫鸿：《重屏：中国绘画中的媒材与再现》，第 186—187 页。

图 2-2-7

从两图的构图意象和形式来看，图 2-2-7 删除了具有贵族象征性的庄园和具有皇室象征的随从，改为具有文学审美意味的梅花，大片的“留白”取代了满格式的线条，构图要素和布局形式的改变使得画面立即呈现出一股冷清氛围。众人簇拥与形单影只的鲜明对比，热闹与孤寂的绘画主题不言即明。那悄然绽放的梅花始终只是“凌寒独自开”，而此时耀眼的绽放又能抵得住寒风多久的摧残？与其说元春看到的是鲜艳绽放的梅花，毋宁说是宫闱内自身的影像。梅花意象隐喻着正值豆蔻年华的美好青春却不得不消磨在深宫内院，即便是姹紫嫣红，总归为茕茕独立。人物背向的展示方式自然促使观者捕捉人物视线，发现与揣摩人物的视域与思维，从中感悟画面意境与意义。与人物正向展示方式相比，这一逆向处理方式对人物内心的展示更具暗示性，而且更能刺激观者的兴趣和思考。如果说图 1-1-11 的创作以再现文本内容为基本意图，其插图是指向文本的；那么图 2-2-7 的设计很明显是考虑到潜在读者的观看视线的，其创作是指向读者的。创作意图的自觉转变，充分体现出画家对既有插图的挑战意识，并且成功地再次创造了元春的艺术形象。

元春的描绘，由于人物身份的特殊性，正面展示传达出的是作为皇室嫔妃的尊贵身份以及由此带来的盛景与权威，背向展示传达出的则是同样作为嫔妃所需要忍受的孤独和冷清。而无论盛景也好，冷清也罢，都深深烙上了政治意味。正如元春像后周绮所题诗：

椒房更比碧天深，春不常留恨不禁。
修到红颜非薄命，此生又缺女儿心。

其实，并非元春真的缺少“女儿心”，只是身在这个特殊环境，带着这样一个特殊身份，她身上的权力、家族、利益等一系列重担远比她的“女儿心”来得更被人重视，而作为这重重利害关系的枢纽，她的“女儿心”再真再深，最终也无人倾诉、无人问津。

分析及此，插图中“闺阁空间”的主体面貌已经基本显露在我们面前，为了达到对这个空间的艺术再现，画家融入了多种构图要素，有效地运用了多种艺术手法，使这个空间的主体人物、主要环境以及潜在时间、隐含意义交织融合在一起。在这个“闺阁空间”中，我们看到与感到的不仅是画家以娴熟的图像语汇对《红楼梦》的个性解读，以及不同刊本插图间相互传承转换的互动关系，还有沉潜在图像之中悠久的绘画传统和文学文化传统。

第三节　状物抒情：甘苦人生中的生命境遇

进入光绪年间，石印铅印本开始大量出版问世，其中的故事图的大量涌现为我们从图像的角度深入到《红楼梦》的情节世界中提供了便利。回目画以其百余幅的洋洋巨制展示了《红楼梦》的多样人物和复杂世界。这个世界中，有美好的青春、有意想不到的死亡、有超脱现实的虚幻，其背后则暗示着现实人生中可遇不可求的爱情、跌宕起伏的人生，以及人性中的善与恶，它们共同构成了《红楼梦》的故事世界，通过那些鲜活的人物、惟妙惟肖的园景以及特有的图式，详尽细致地展示出来。

一、青春的美好与怅惘

如果要选取《红楼梦》欢喜场景的话，第三十七回《秋爽斋偶结海棠社　蘅芜苑夜拟菊花题》（图 2-3-1）和第三十八回《林潇湘魁夺菊花诗　薛蘅芜讽和螃蟹咏》（图 2-3-2）可算得上突出的一个。一众小儿女在美丽的大观园中赏花吟诗，书写了青春的美好和理想。第三十七到三十八回的海棠诗社是大观园中首次起社，大观园众位姑娘们在最美好的少年时光纵情绽放自身才华，她们互评互赏，何等欣喜与快慰。文字是线性叙事，插图作共时性处理，将这个欢乐时光中的人与事展示出来。首图呈现出来的是在秋爽斋中，宝玉、黛玉、宝钗、探春等人围坐桌前，案上备着纸笔，正是要结社作诗。屋外侍女们正将盆景送来，而这正是探春起社的引子。第二图是在蘅芜苑中，宝钗、湘云在灯下计议设东拟题，宝钗一旁念，湘云执笔写。第三图便是第二日众人相聚藕香榭中，亭外桂花开得正好，亭下流水潺潺，左右有曲廊相连，正是一派好风光。宝玉、宝钗等围着一张大圆桌，对着绾在墙上的诗题作诗。第四图则聚焦作诗场景，展示了宝玉和众姐妹围坐的作诗评诗。连续四幅插图，不仅将主要人物绘制出来，而且通过定格人物动作的不同瞬间展示不同场景。作诗是很风雅的事情，因此，在环境刻画上也极为用心。亭台楼榭的不同样貌、周遭假山树木的交相映衬、古雅的窗格栏杆、精巧的纹饰珠帘，都得到了惟妙惟肖的刻画，尽善尽美地呈现出这座精雕细刻的大观园的美丽精致，以及这些富有青春浪漫气息的美好人物。

具象呈现的图像中，隐去了诗作的具体内容，我们知道，《红楼梦》中的诗作往往是具有暗示性的，也因此仅从画面来看，反而消弭了诗社背后的隐含意义，也就使得画面的展示更加简单而没有画外之音，图像人物的性格塑造也就更加率真而单纯。特别是在这四幅插图中，我们可以发现人物和人物之间目光往往是有交集的，自然的凝视和注目使人物之间的关系显得自然亲密，与此同时，欢乐时光也得到了延长。

同样是对欢乐时光的刻画，《滴翠亭宝钗戏彩蝶》在不同插图中出现了不同的修辞方式，以光绪三十四年（1908）求不负斋石印本和光绪十八年（1892）本图为例（图 2-3-3、2-3-4）。“蝴蝶”在古代文学作品中有其特定的象征内涵，巫鸿教授就指出陈洪绶所作《西厢记》插图以“象征浪漫爱情的一对翩翩蝴蝶”，“传达了对难以言传的讯息的

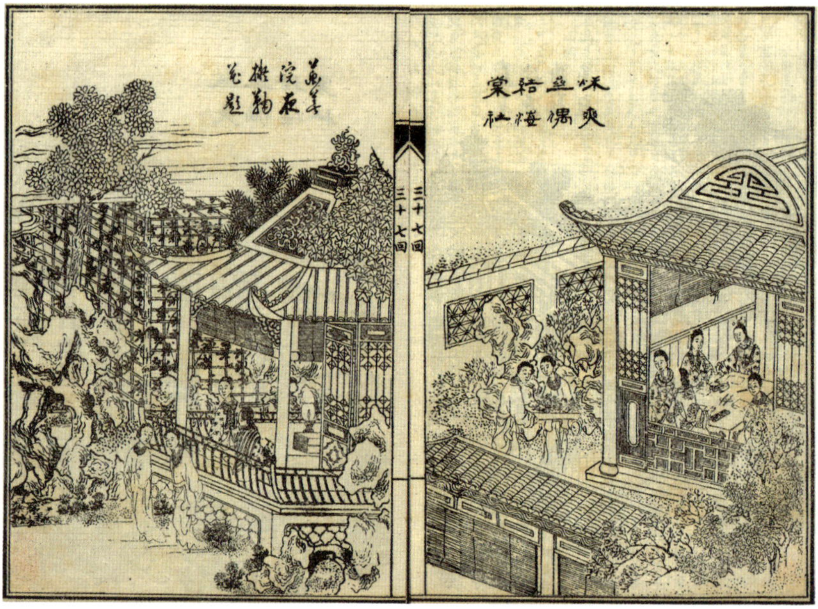

图 2-3-1

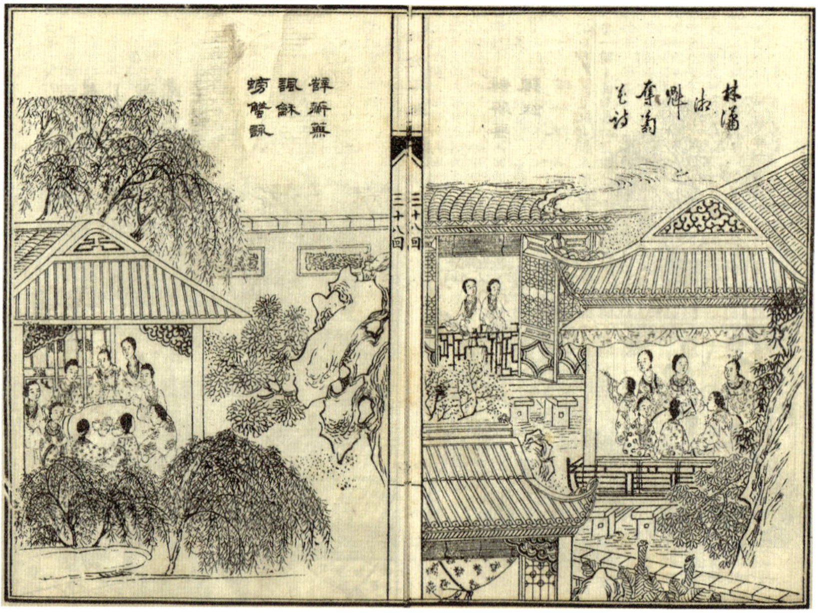

图 2-3-2

象征性暗示”[1]。“蝴蝶”在这里具有相似的隐喻之意，宝钗扑蝶行为发生时周围没有其他视线的注视，象征了她在无人触及的内心深处对青春、爱情的渴求，扑蝶实质上捕捉的是属于个人最真的本心。可以想见，在这个无人注目的环境中，真实地被美景打动，追求这一瞬间的美丽景象是多么令人陶醉。然而从人物性格出发，将这样一种天真的冲动和愉悦一览无余地呈现在观者眼前又似乎不符合人物自身的道德言行准则。小说中薛宝钗作为温柔贤良女性的表率，封闭了一颗年轻悸动的心，自觉遵守并践行着封建礼教的规约。于是背向处理在这里发挥了特殊功效，依旧是扑蝶，但是留给观者的却只有一个背影，人物的表情被完全屏蔽掉，即便是欢愉也没有正面直接的表达，这就在很大程度上掩饰了人物内心世界的真实再现，观者只能通过情节、意象的暗示性来猜度人物此时的心境。

从绘画形式上看，宝钗的背向处理和前文提到的元春具有相似性，但是在绘画主题和意义上却各有不同。如果说图 2-3-3 中宝钗的正向处理是为展示青春少女在花园中的怡然景象，那么图 2-3-4 中薛宝钗的背向或许还有另一层深意，即对青春少女内心不可见的心绪的揣摩和猜疑，隐藏的是她此刻心底真实的感情释放，美好风光中的这个背影实际上暗示出了薛宝钗身上强烈的伦理矛盾，这矛盾正是坚守封建礼教规约与追求纯真感情之间的冲击和碰撞。而只有在受到春景中蝴蝶的蛊惑和召唤、在无人注视的环境中，她才有勇气去追求内心的真实愿望，只此一刻的摆脱束缚在时间与空间的限制中更加凸显出伦理桎梏的无处不在。

与同样背向处理的元春形象相比较，尽管少女宝钗和元春此时的容颜不可见，但二者视线追逐对象的隐喻性却有共通之处。朵朵梅花倒映在元春眼中是无尽等待中的落寞，等待的对象虽然并未现身，但却可以猜想得到乃是帝王的垂青，画面展现的正是中国古代不断被咏叹的宫廷闺怨主题。宝钗追逐的蝴蝶作为美好爱情的象征，表现的正是宝钗对于

[1]［美］巫鸿：《重屏：中国绘画中的媒材与再现》，第 229 页。

图2-3-3

图 2-3-4

异性男子的思慕之情。两幅插图中虽然都无男性形象，但是我们有理由推断，缺席的男子正是女子想象中的主人公。女子看似是画面的主角，实际上与未出场的男子相比较，反而处在从属被动的位置。这种背向形象的塑造与创作，展示的不仅仅是女子的身份性格和生存状态，还有女性与男性之间关系的不平衡以及女子对两性和谐关系的渴求。

二、虚幻与现实人生的交错展示

小说文本的思想内涵往往是作家对于历史、生命、文化等命题的思考，在这些宏观的命题下又派生出各种各样的具体主题，在图文兼顾的版本形态中，文学的使命感就会自然而然地赋予图像以主题意味。我们在许多造型艺术中都可以看到富有主题意义的线形纹饰，小说插图对于某些主题的表现也以具有清晰符码意义的线图式加以呈现，线图式与主题的固定搭配可以理解为人类对某个主题在理性思考后转化为更易把握的直觉式的线形图式。最具典范意义的当属梦境的表现，图《甄士隐梦幻识通灵》（见图 1-1-28、1-1-32）它模仿烟气上升的形状从一个螺旋曲线开始由下而上或由上而下切割出一片空白空间代表梦境虚拟时空，这个线形图式以极富表现力的形式将现实空间与虚拟空间结合在一起，确定而清晰的形式在梦境主题的表现中具有了特定时间和空间的标示意义。

同样出以该图式的还有第五回《贾宝玉神游太虚境　警幻仙曲演红楼梦》写贾宝玉梦游太虚环境所见所闻（图 2-3-5），现实中的“珠帘秀幕、画栋雕檐”分不清是现实还是环境。尚且处在孩提间的宝玉、一片愚拙，跟随着身姿婀娜的秦氏悠悠荡荡中见识了幻境中的一众女儿，画面流动的烟云，螺旋弯曲的曲线，将实景和虚景混合在一起，不辨人间。

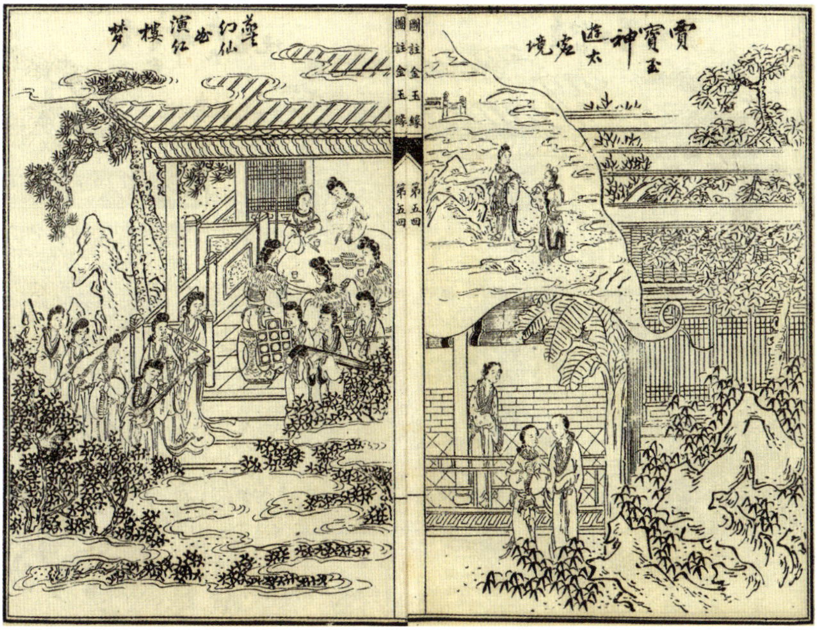

图 2-3-5

事实上，这一图式正是对古代小说戏曲插图既定图式的借鉴和沿用，很多作品插图中就已经出现了这一图式，如明末郁郁堂刊本《忠义水浒传》第四十一回图《宋公明神遇九天玄女》（图 2-3-6）、明刊本《情邮传奇》第三十出图《梦因》（图 2-3-7）。梦境主题的线性表现虽然也依托于文本的具体情节，实际上也代表着人类对客观世界进行的主观思考和判断，只是这种思考最终没有以形而上的哲学语言来表达，而是转换为人类认知系统中更加形象化的图像语言。从主题与图式的对应性上看，梦境主题与线图式的固定搭配其实在一定程度上掩盖了该形式所富含的主观意识，因为图式在长期的固定运用后就会显得单一化、模式化。在面对该图式时人们会自然地将其与梦境主题相结合，而很难对其产生新的好奇和思考。可见，既能保持线性图式持久的生命力又能表现主题意味主观感悟力的历久弥新，线性与主题意味的表现存在着一个拿捏度的问题。正如贡布里希所说，“事实上，我们已经看到摹写别人作品的艺术家总是难免要用自己已能掌握的图式去组成物象”[1]。在艺术的创作中，形式和意义之间总是有着难以逾越般的吊诡关系，或许正是这种关系才使艺术变得更富魅力，也成为各个门类艺术大家们孜孜以求的最终目的。

图 2-3-6

[1]［英］E.H. 贡布里希：《艺术与错觉——图画再现的心理学研究》，林夕、李本正、范景中译，浙江摄影出版社，1987 年版，第 443 页。

图 2-3-7

对于《红楼梦》而言，插图显然是借鉴了既有木刻画中的图式经验，但我们也看到，在使用螺旋曲线分割空间的图式来表现太虚环境的同时，插图还使用流云在上下位置标示这个梦幻空间中正在上演的人和事，虚和实在一个画面中完美地结合起来，并得到了时空的区隔。

三、死亡悲剧下的善与恶

容纳着爱恨情仇的生活本身就是多元而复杂的，更何况文学创作还包含着想象和虚构，暴力、杀戮、冲突、死亡既是人类历史长河中的主旋律之一，也是小主题中的重要成员。与之相对应，这类事件中身体的视觉表述也有其独特性及其表征意义。《红楼梦》描绘的是一个悲剧故事，其中很多人物都是以悲剧结局的，导向悲剧结局的有很多种形式，其中有一种是最为突出的——死亡。

在《红楼梦》的文本中，死亡的形态也是多种多样的，有如尤二姐的吞金、尤三姐的自刎。图像对死亡通过身体行为展示了向死的艺术，广百宋斋本对尤二姐死亡的刻画尤为到位（图 2-3-8），插图展示的是第六十九回《觉大限吞生金自逝》的情节，图中已然吞金死去的尤二姐平静地躺在床上，而所谓的这份平静还得益于她自己尚在死前“赶忙将衣服首饰穿戴整齐，上炕躺下了”。静态的尸体刻画后是生前孤独死去的无限悲凉。床边掩面大哭的男子正是曾经让尤氏倾心的贾琏，然而现在的哭泣已经无法挽救逝去的生命。旁边正是这场悲剧的酿造者凤姐，也在假意哭泣中。二人的哭与尤二姐一动不动的静形成了鲜明的对照。真正背负厄运的人已经解脱，而制造悲剧的人反而好似悲伤不止，两相对照，讽刺意味十足。另外，图像对尤二姐所居的建筑进行了相当细致的刻画，界笔绘制房屋，建筑和山石、树木巧妙融合在一起，凸显了园景的富贵奢华。然而在这座高大华美的生活居所中，尤二姐区区一介女子的生命如浮萍般不堪一击。在这座繁华奢靡的大观园中，不仅仅容纳

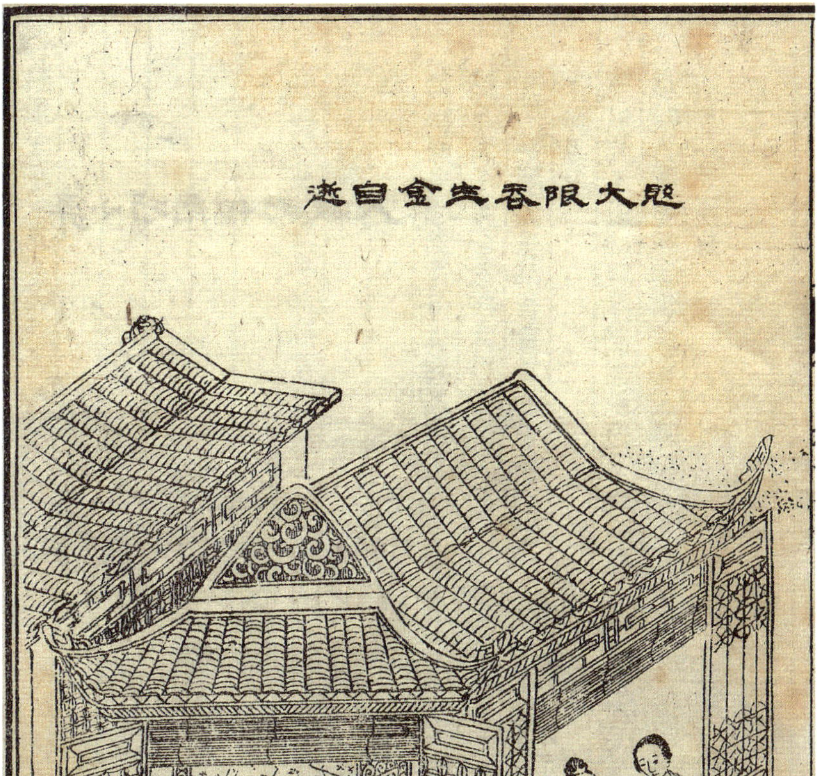

图 2-3-8

图 2-3-9

着各色人物，其中也隐藏着重重杀机。

另一段凸显死亡主题的刻画是第六十六回《情小妹耻情归地府 冷二郎一冷入空门》（图 2-3-9）。尤三姐的死是令人意想不到的，从图中可以看到，尤三姐是在众人注视下死去的，死在亲人面前，死在所爱之人面前，没有一丝犹豫。从文中描述可知“一面泪如雨下，左手将剑并鞘送与湘莲，右手回肘只往项上一横”，尤三姐是自愿死在柳湘莲剑下的，既然不能得到，那便让你永生难忘。即便再刚烈果决，到底是心灰意冷下最为绝望的选择。周遭虽然围着一众惊吓慌张、急救不迭之人看似伸出了援手，可正是这些人所构成的社会关系令尤三姐生前染上了不洁的骂名，她的自尽实则是在以生命的代价表达出了女子对爱情的绝望，对舆论的呐喊和抗争。

与尤二姐平静向死相比，尤三姐的死更加激烈，二人同样是对美好的爱情怀有最为纯真的向往，然而无论哪般情境，最终都没有逃避得开悲剧的结局。贾府就像一座巨大的网，这里面有美轮美奂的建筑、有率真至情的人物，但也有卑鄙无耻的嘴脸、财色酒气的欲望，上演着一段段人生的世态炎凉。

其实，死亡主题的绘画和插图在明清以来的小说中就可以看到，如明世德堂刊本《新锲重订出像附释标注惊鸿记》第二十七出《马嵬杀妃》（图 2-3-10）。杨玉环是中国古代四大美女之一，历代歌咏其美色、爱情及悲剧结局的文学作品层出不穷，著名的有如杜甫的《哀江头》诗：“明眸皓齿今何在，血污游魂归不得。清渭东流剑阁深，去住彼此无消息。人生有情泪沾臆，江水江花岂终极！”白居易长篇叙事诗《长恨歌》，咏叹其绝色“回眸一笑百媚生，六宫粉黛无颜色”。小说中有唐代传奇小说《长恨歌传》，宋代文言小说有《杨太真外传》，戏曲中有《唐明皇秋夜梧桐雨》《彩毫记》《长生殿》等作品，在中国文学史上这是一个常盛不衰的歌咏题材。

除了戏曲以外，小说刊本中也不少见，特别是在历史演义和英雄传奇题材当中，早期上图下文的建本小说就热衷于这类主题的展示，如明万历天启间建邑刻本《详情公案》图《天道昭昭 党恶难逃》（图 2-3-11）在杀戮、处决的情境中，施暴者持刀的决绝，受害者示众的首级，让观者切身感受着生命对生命的迫害，生命消亡的状态、个体施加暴力的残忍程度、肉体受到损害的破坏程度，都不加掩饰直观式地呈现出来。明万历三十三年（1605）詹秀闽刻本《两汉开国中兴传志》图《周奇投镬死忠》（图 2-3-12）对烹人刑具的“镬”的描绘，无不令人对受害者将要遭到的惩处不寒而栗，更不用说周奇投镬所需要多大的决心和勇气。图像在具象描画中为观者制造了无限的想象空间来切身感受死亡艺术中的残忍和伤痛。

图 2-3-10

图 2–3–11

图 2–3–12

在这些多种多样的表现死亡的图像中，我们清晰地意识到历来小说戏曲无论是文字还是其插图都是不畏惧表现死亡的，尽管其中蕴含着无限的痛苦，但它也给读者带来无限的想象空间。《红楼梦》也是如此，从其文本自身看，它展示了人物的性格特征，而从历时的脉络来看，死亡场景的表现，在承袭文学和图像历史上下文的同时，体现了我们民族对于死亡的思考和态度。死亡事件中承受者和施予者站在不同立场的不同表现，有虚伪、有伤心、有痛苦、有决绝、有解脱、有放弃，各种情绪和心理都在这个具有极强戏剧冲突的场景中昭然若揭，图像展示的人物行为和衬托背景实际上隐喻着人性中的善和恶、欲和念。

第三章　图像与绘画

第一节　流转含蓄：造型·时空·情感的艺术表现

点线是中国古代木刻版画的基本构成单位，点线图式是木刻版画结构的主要程式。中国古代小说插图在经历了宋元的雏形、明代的辉煌阶段之后，清代可以说是最后的繁盛时期，《红楼梦》刊本插图因其刊印时间的延续性以及作品的精彩程度成为这一时期插图的代表。特别是在清季，在从传统木刻到近代石印、铅印等技术引入的过程中一直得以沿用。从线艺术发展脉络的历史来看，《红楼梦》插图的问世实际上是建立在相当悠久的艺术积淀之上的。从艺术发展的历史语境来看，这个源远流长的艺术传统不仅包括插图自身丰富的图像语汇，而且可以追溯到原始壁画、青铜器、陶器、瓷器、绘画等艺术形式。这些艺术样式为木刻版画提供了多姿多彩的线形图式与灵感经验。可以说，《红楼梦》插图的笔线图案是建立在一个相当成熟的线体系机制之上的。《红楼梦》作为古代重要的经典文本，其刊本插图作为古代典籍文献的重要组成部分，凝结了先人在文学、绘画、印刷等多个领域中的智慧。《红楼梦》插图线艺术的解读是我们对传统文化进行现代阐释必不可少的重要环节。带着这些思考，本文将深入《红楼梦》刊本插图，探索和发现点线之间存储的重要艺术元素信息，及其对中国古代线艺术精髓的秉承和弘扬，以及在此过程中彰显的独特艺术魅力。

一、线形：造型的基本功能

线的集合首先体现为造型的功用。从造型艺术的传统来看，世界各地表现原始艺术和土著艺术的岩壁画就已经出现了以线造型的基本功能，这些岩壁画的主题往往是对人类耕作狩猎等日常生活中各种实物或情境的抽象再现，线条的集合呈现出简练和形象的特性。特别值得肯定的是，这些线形虽然精简却并不乏味，涵括了人类认识和掌握自然秩序的丰富想象力。正如艺术史家简·布洛克所云："写实性并不是从蹒跚起步开始的漫长、痛苦的道路的最后一站，这种风格事实上可以发生在任何艺术类型的历史中的任何一个阶段上，人们对它的需要这一问题比技巧发展程度问题更为重要。同样具有指导意义的是它告诉人们，原始艺术家缺乏技巧这种假设是站不住脚的。通过对艺术传统和常规的把握，艺术可以产生于人类发展过程中的任何阶段上。"[1]

从原始艺术与其所凭借的创作来源来看，岩壁画的创作从写实性出发，以颇富表现力的线条成像造型，是一个从实到虚的艺术过程。以写实为主要特征的原始艺术在人类艺术的发生阶段提供了以几何图案为主要形式的线形图式，这一图式在先秦两汉出现了极为繁盛的境况。皮道坚教授谈到战国时期的帛画线形图式与两汉人物画发展之间的关系："战国帛画向我们透露的一个十分重要的信息是，中国传统绘画以线条为主要造型手段的艺术特征此时已经明确形成，线条的运用也

[1]［美］简·布洛克：《原始艺术哲学》，沈波、张安平译，上海人民出版社，1991年版，第225页。

已达到相当高的水平……更重要的是这些圆转流畅，飘逸潇洒的墨线本身已具有极浓的形式意味，它们与创作者所要传达的意图完全吻合，因而获得了丰富的表现力。战国绘画的这一新进展，为两汉及魏晋时期的人物画发展创造了条件。”[1]

降及明代，中国画的线描不仅具有丰富的勾勒方法，而且出现了理论性的系统总结。汪砢玉在《珊瑚网论画》中归纳了“十八描”：高古游丝描、琴弦描、铁线描、行云流水描、马蝗描、钉头鼠尾描、混描、撅头描、曹衣描、折芦描、橄榄描、枣核描、柳叶描、竹叶描、战笔水纹描、减笔描、柴笔描、蚯蚓描[2]。线艺术的发展历史向我们展示了不同艺术形式之间的紧密关系，而且告诉我们诞生于清代的《红楼梦》各刊本插图之所以能够塑造和体现出风格多样的形象和意境，正是建立在这一源远流长的线艺术传统之上的。

当然，每种艺术形式都具有自身与众不同的艺术特质，小说插图集文学性与艺术性于一体，其形象造型不仅关系到审美水平的高低，而且关系到文本再现的真实程度。小说插图中线形的成像造型实际上是将文本虚构内容实体化的过程，一方面，线条的运用和集成要借由想象将文字描绘中的形象具象化，使其成为读者以现实逻辑作为判断依据可以接受的形象；另一方面，文学作品来源于生活却又高于生活，形象写实性的勾勒又必须富有唤起读者联想的功能，成功的线条造型要同时兼具文学和艺术两方面的表现力。

《红楼梦》初刻本程甲本的首图《石头》（见图 2-1-3）就非常具有代表性，该图描绘的是大荒山无稽崖上的风景，以线形为主要造型手段的特征基本延续着传统木刻的造型程式，以简笔勾勒山、松、石、草四种主要形象。以近景松之高直凸显远景山之高远，以远景山之渺茫凸显近景石之孤立。值得关注的是，图中石头旁边草形象的引入。小说文

[1] 皮道坚：《楚艺术史》，湖北教育出版社，1995 年版，第 273 页。

[2] [明] 汪砢玉：《珊瑚网论画》，见俞剑华编《中国古代画论类编》，第 142—143 页。

本中，石头和绛珠草虽然都出现在第一回，但其叙述并不连续，插图的有意匹配则属匠心之举，二者的结合，不仅昭示出《红楼梦》开篇的神话原型意象，而且于首图的醒目位置暗示了文中贾宝玉、林黛玉之间的密切关系。插图构图笔线虽精简，但却不失意蕴，其间饱含着绘图者对文本的解读和领悟。

或许正是这一解读的深得人心，这一构图程式成为此后诸多刊本插图的首选，如光绪间悼红轩石印本、光绪十四年（1888）上海同文书局本、光绪二十六年（1900）石印本等都将石头和绛珠仙草结合冠于卷首首图。在线形成像造型这一点上，小说插图与原始艺术同样富有丰富的想象性，不同的是，小说插图中线形定型的想象过程是一个从虚到实的过程，这与原始艺术展开想象的过程恰好是一个相逆的过程。《红楼梦》插图线条的经营恰好向我们展示了既从现实原型和艺术传统中汲取力量，同时也通过图像语汇的调动最大限度地发挥创作者的想象力。

古代木刻版画的线条到清代已经形成了较为成熟的法式规范。这首先体现在线形的丰富与集成上。中国古代线条的发展在历经曹衣出水、吴带当风、白描、减笔这一系列绘画线条的变迁后已经不仅仅局限于几何图案的变化，而是集合着传统的绘画技巧、审美趣味、文化观念，逐渐形成了富有东方意味的独特艺术。《红楼梦》不同刊本的插图就在最大程度上展示了线形的丰富及其造型的多元风格。

清嘉庆二十三年（1818）藤花榭本插图以程甲本为底本翻刻，其十五幅绣像虽别出新意，但却被评为“用笔简略，较为粗糙。其类似于‘程甲本’者无足观”[1]。从审美角度而言，藤花榭本或许难以跻身上乘佳作。但是该本插图中有一处细节却被评者忽略掉了，即该本在线形采用上充分利用折线，如图《宝钗》（见图 1-1-15），人物服饰与背景山石均出以简短有力的折线，这一造型方式与《红楼梦》其他刊本运用流畅的曲线造型截然不同，其线形的组织运用可谓独树一帜。

[1] 洪振快编：《红楼梦古画录》，第 27 页。

追溯线图式的发展历史就会发现折线有其自身的发展脉络，张正明先生分析战国时期楚国的丝绸纹饰："最受楚人偏爱的几何形纹是菱形纹……这些菱形纹变化多端，或有曲折，或有继续，或相套，或相错，或呈杯形，或与三角形纹、六角形纹、S 形纹、Z 形纹、十字纹、工字纹、八字纹、圆圈形纹、塔形纹、弓形纹以及其他不可名状的几何形纹相配，虽奇诡如迷宫，而由菱形统摄，似乎楚人有意要把折线之美表现到无以复加的程度"[1]。这些富于变化的线再经过组合、叠加、重复，不但构成了线形图式的运用法则，而且使图像呈现出多变的风格，同时也因为载体的不同属性带来独有的装饰效果。

具体到小说插图中，藤花榭本则是直承明代著名画家陈洪绶的《水浒叶子》，方拐折线是该系列人物造型的独有标志，其利用折线短促顿挫的质感体现《水浒传》人物抑郁深沉之气质。值得注意的是，《红楼梦》闺阁人物和《水浒传》英雄人物在性别上的差异，将男性造型线形运用于女性造型，在跨越性别的基础上，藤花榭本提供了艺术实践别样的参考样式，其折线的尝试是十分富有探索意识的，只是由于绘刻的"粗糙"，降低了插图的美感。不过，这一尝试使我们意识到线形的运用和集合与形象的定型息息相关，线条作为插图的结构单位，凭借细节的力量，可以成为决定人物气质、插图风格的关键因素。

要之，《红楼梦》插图可以视作是对上古以来线艺术的接续和发展，其线形艺术的集合和发展建立在一个相当厚实的基座之上，线艺术中第一层次的功用——造型，在这个传统中汲取了丰富的经验。尽管不同领域的造型艺术在诞生过程中所依凭的基础、所导向的造型图式各有不同，但是正是以线造型的这一核心本质构成了线艺术不断发展的动力，并促成了《红楼梦》插图多姿多彩的线形程式及其风格类型。

[1] 张正明：《楚文化史》，上海人民出版社，1987 年版，第 173—174 页。

二、线性：时空秩序的表现

如果说线形是从最为直观的视觉感性角度进行成像造型，那么线性体现的则是从精神理性层面对线条运筹调动，这个过程不仅显示了绘刻者形式构建的能动性，同时也是绘刻者心灵图像的具象化。在中国古代传统绘事语境中，线从来就不是单纯为造型的基本单位，它在定型过程中也同时携带并蕴含着某种意义——无论这种意义是否能够清晰地得到读解，这种富有特定含义的线就是写性的线。这一点在中国古代山水画中得到了最为经典的体现，自宋代起，山水画所特有的审美特征就与文人的理性情思获得了最为完美的结合。

小说刊本插图体系的逐渐成熟使得插图中的山水图式“愈来愈有突破刻板样式而更接近绘画的倾向”[1]，于是山水画传神写意的内在理性也便顺其自然地转移到小说插图中。不过，尽管两种图像形式在精神理性意味传递的方式上存在相似之处，但在具体内涵上仍有很大差别，无论是在参与图像绘制的主要角色上还是在图像精神理性的含义上。山水画是画家以自身手笔表达个人理念，小说插图则是绘刻者以刀笔传达小说创作者之思想。就后者而言，这个过程实际上又至少内含两个阶段，第一阶段是对文本的理解，第二阶段才是刀笔的从容绘刻。在这个意义上，我们对插图线性的阐释既包括线图式规范的剖析，同时也包含线图式对文本主题再现的解读。

写性的线首先蕴含着人类对于自然秩序和宇宙人生规律的认识，这是透过线形集合的表象而展示出的人类理性的理解和思考。艺术家通过抽象、定型、修改等一系列工作，使其创作出的富有形式感的线成为蕴含某种人类共通性的经验图式。叙事是小说的本质特征，以再现文本故事内容为第一目的的插图从诞生之初也就携带了叙事的因子，而对故事

[1] [美]高居翰：《气势撼人：十七世纪中国绘画中的自然与风格》，生活·读书·新知三联书店，2009年版，第37页。

情境的呈现首要的就是要展示出时空特性，于是线图式的时间性和空间性就成为线性的第一要义。与现实人生的物理时空不同，小说文本中还包括了人类想象中的前生来世、仙班冥府等多种虚拟时空，插图线性时空的涵盖面是相当宽广的，图像对不同种类空间的表现实际上代表了人类对于自身生存环境的认识以及对于理想空间的构想。小说插图以黑白两色图画文本内容，这与中国传统水墨画有异曲同工之妙，画家通过黑白两极化色调的布控实现了对真实世界以及冥想世界的勾勒。

程甲本插图在图像叙事时空呈现上有独特风格，它通过眼神的捕捉和定位制造出特定空间中时间的变化。以《黛玉》图为例（见图 2-2-1），黛玉的全部身心都投在了鹦鹉身上，何以她对鹦鹉会产生如此强烈的专注神情？读者浏览到此势必会提出疑问，阅读的注意就会自然停顿在人物的注意视线上，时间就在这个时刻凝滞下来。图像中繁复铺散的线条不但没有冲散读者的注意焦点，反而成功地制造了时间的片刻停顿，以启发读者对此情境和人物性格进行深入思考。

再如图《元春》（见图 2-2-7），与黛玉一个人的专注有所不同，图像中的人物没有共同的注视焦点，人物视线借由各自注意方向分散开来，仿佛每个人都拥有各自的言说对象并正在进行交流中。尽管有些注意对象并未出现在图像中，但是人物的表情和视线的方向都确定无疑地肯定了他们的存在。无声的线条营造出一个有声的热闹世界，在这个无形的喧哗世界中，读者可以充分感到时间的延续和流荡。艺术史家贡布里希在谈到绘画艺术时讲道，“绘画像说话一样，都含蓄地要求人们注意它”[1]。小说插图之所以能够引起注意就在于构成画面的各种线条是承载着寓意的，这些具有直接意义或间接暗示意义的线条以其特有的表意形式引发读者的注意和思考，从而延续了阅览时间。

[1]［英］E.H. 贡布里希：《秩序感——装饰艺术的心理学研究》，范景中等译，湖南科学技术出版社，1999 年版， 第 130 页。

三、线意：神韵情感的传达与反映

在中国传统绘画中，山水画在宋代以后越过对自然山川的纯粹模仿，成为人类心性的精神意象，山水画因之被称为写意山水，“意”也就成为包含描绘对象与创作主体二者之间关系的写照。小说插图中写意的线借用山水写意之说，探究的亦是在越过基本造型成为文学意象的表达后，包含了哪些意义并引起了怎样的情感反映。宋代王微在《叙画》中提到，“本乎形者融，灵而动者变。心止灵亡见，故所托不动，目有所极，故所见不周”[1]，揭示了从线形、线性再到线意这个渐次深入的审美过程。

放眼中外艺术，很多优秀作品的诞生都体现了这样一种创作法式，如唐代书法家孙过庭在《书谱》中分析王羲之挥毫泼墨时的情思：“羲之写《乐毅》则情多怫郁，书《画赞》则意涉瑰奇、《黄庭经》则怡怿虚无，《太师箴》又纵横争折。暨乎兰亭兴集，思逸神超；私门诫誓，情拘志惨。所谓涉乐方笑，言哀已叹。”[2]罗丹赞美拉斐尔的素描：“人们叹赏拉斐尔的素描，那是应该的，但足以叹赏的并非素描本身，并非几条巧妙地勾勒均衡的线条，而是它所包含的意义，是拉斐尔眼里所看到、手中所表现出的柔美的精神，是从心底流出的对于自然的爱。”[3]

小说插图在问世之后，还要接受读者的考验与评价，因此线条的写意性不像文人绘画那样只考虑创作者情感的彰显，还要顾虑到读者阅读中的情感期待，这无疑为线条写意性的发挥增添了更多复杂因素。

中国古代早期岩壁画上的宗教人物如佛祖、菩萨、飞天等形象均饱含着人类对于宗教虔诚的信仰和崇拜，尽管不同时期这些画像在造型上

[1] ［宋］王微：《叙画》，见王伯敏、任道斌主编《画学集成》，河北美术出版社，2002年版，第15页。

[2] ［唐］孙过庭：《书谱》，明刻《百川学海》本。

[3] ［法］保罗·葛赛尔：《罗丹艺术论》，傅雷译，中国社会科学出版社，1999年版，第97页。

有不同变化，但是其线条的集合程式恒定不变地表达着以外在形体表现宗教人物内在神圣精神的意图，具有严肃的仪式感。

小说插图中亦不乏宗教人物，然而插图展示这类形象的手法及目的都出现了重要转变。小说中的宗教人物作为叙事情节中的人物，是构成人际关系的重要一方，如《红楼梦》中的茫茫大士、渺渺真人（图 3-1-1、图 3-1-2）等。角色的设定意味着宗教人物功能的转换和改变，他们从原始祭坛上的神性中走出来，成为与人间苍生密切相关的关键人物，他们在感受和参与人间悲欢离合的过程中，其一举一动也随之附带上了日常百姓的思维方式和喜怒哀乐。于是，我们看到《红楼梦》插图“疯僧”“跛道”的刻画，其造型不再是神圣不可侵犯的结跏趺坐的佛道形象，其神情与动作不再那般端正严肃、高高在上，而是变得更加随性，富有人情味，这一变化正是为了传达小说文本中叙事的前因后果以及内在的逻辑关系。清代郑绩在《梦幻居画学简明·论肖品》中云：“凡写故实，须细思其人其事，始末如何，如身入其境，目击耳闻一般。”[1]《红楼梦》插图中呈现的宗教人物的样貌和状态正是给了读者“思其人其事”的机会，如果说宗教壁画中的线条轮廓勾勒出的是抒情性人物，借以唤起人类心中虔诚的火种；那么《红楼梦》插图中的线描绘的则是叙事性人物，意图引发读者对其在文本中上下文情境的推测和思考。

贡布里希谈及形式和风格之间的关系：“风格跟手段一样，也创造了一种心理定向，使艺术家在四周的景色中寻找一些他能够描绘的方面。”[2]小说插图中，线条运用法式的差异也会导致图像整体风格的变迁。覆印覆刻是中国古代小说刊刻的普遍现象，但是与文本内容的重复出现不同，很多插图本都在覆刻覆印时重新绘刻插图，这些基于同一主题内容而展现的插图对于我们了解小说插图的发展历程以及不同绘刻者的创作理念具有重要作用。

[1]［清］郑绩：《梦幻居画学简明》卷二，清同治三年（1864）刻本。

[2]［英］E·H·贡布里希：《艺术与错觉——图画再现的心理学研究》，第 101 页。

图 3-1-1

图 3–1–2

道光十二年(1832)双清仙馆刻本可谓《红楼梦》经典构图体式之一，其图以人物绣像配《西厢记》题句和花形象，人物造型以小巧精致为尚。如果我们将其与光绪二十六年（1900）石印本相比较就会有特别的发现。从插图结构而言，二者属同一系统刊本，但是在线形的选取上却出以两种不同倾向，由此导致了两种截然不同的造型风格。以《袭人》图为例（图3-1-3、图3-1-4），聚珍堂本（据双清仙馆本翻刻）图线条简洁舒缓、垂顺流畅，绝少转折，呈现了质朴小巧的纤弱之美，而光绪本图线条繁复，多圆转折曲，营造出华丽慵懒的丰腴之美。此外，在背景的设置上，图3-1-3中彻底的留白和图3-1-4中室内装饰的精细描绘也都体现了不同人物气质的刻画。

再如对警幻仙子的刻画（图3-1-5、图3-1-6），聚珍堂本与光绪二十六年（1900）本在人物动作、面容上并无重大改变，但是在头饰、服饰上却多有改变，图3-1-6中警幻仙子流动飘逸的裙摆、纤细柔媚的身姿已经附有清代流行的时装仕女形象的风格，这些改变使我们意识到覆刻覆印本给予插图的关注，插图绝非刊本中可有可无的陪衬，线程式的形成及其风格的倾向既有刊本之间的承袭，同时也渗透着时代风尚的影响。英国画家、雕塑家威廉·霍格思就曾评说：“形式的复杂……其实就是组成该形式的线条的复杂。这种复杂的特点导致眼睛在追逐图案时可以任意扫视。由于这种形式能赋予心灵以快感，我们便称之为美的形式。”[1]在以上两组插图的对比中，可以看到线形、风格之间的密切关系，这之中又渗透着时代审美风尚的影响。在多种复杂因素制约下诞生的线，从线形到风格孕育着某种弹性和张力，这种弹性与张力恰恰制造出了使读者趣味盎然的形式意味和神韵，并有力地牵引出读者潜在的情感体验。

[1]［英］E.H. 贡布里希：《秩序感——装饰艺术的心理学研究》，第110页。

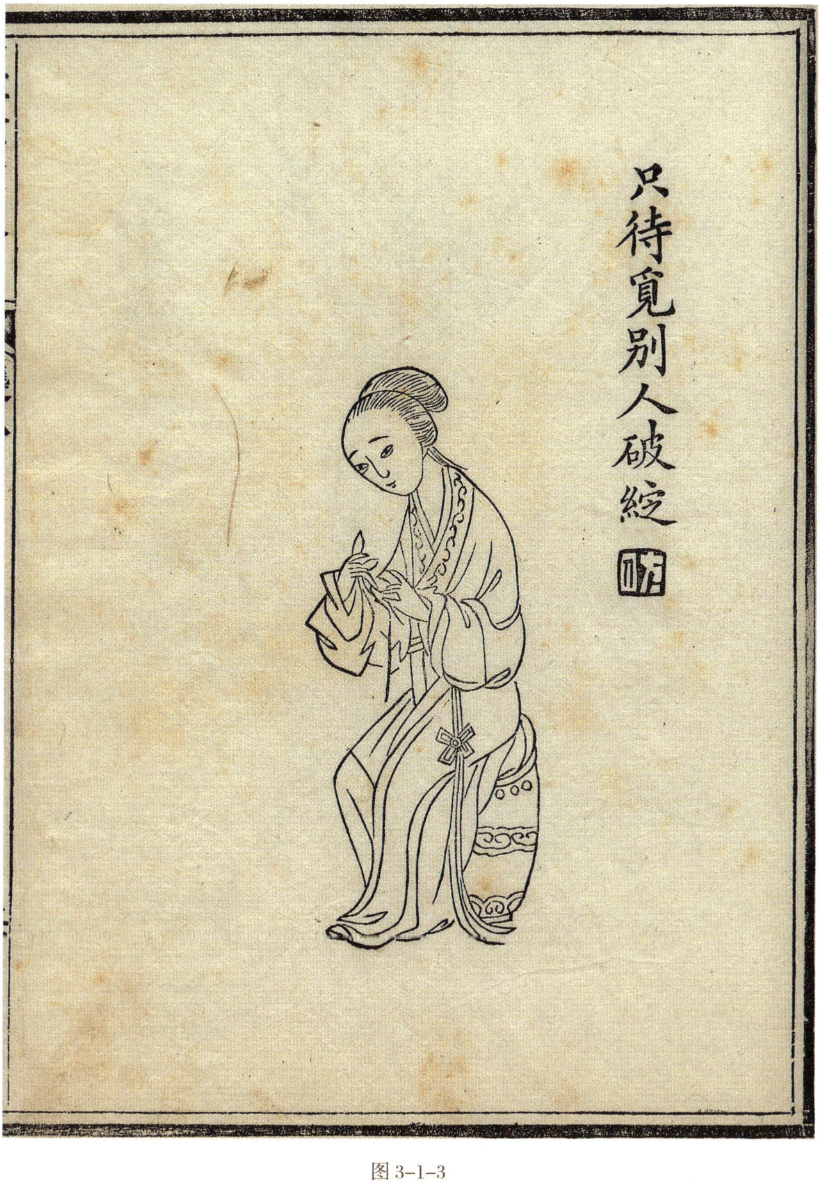

图 3-1-3

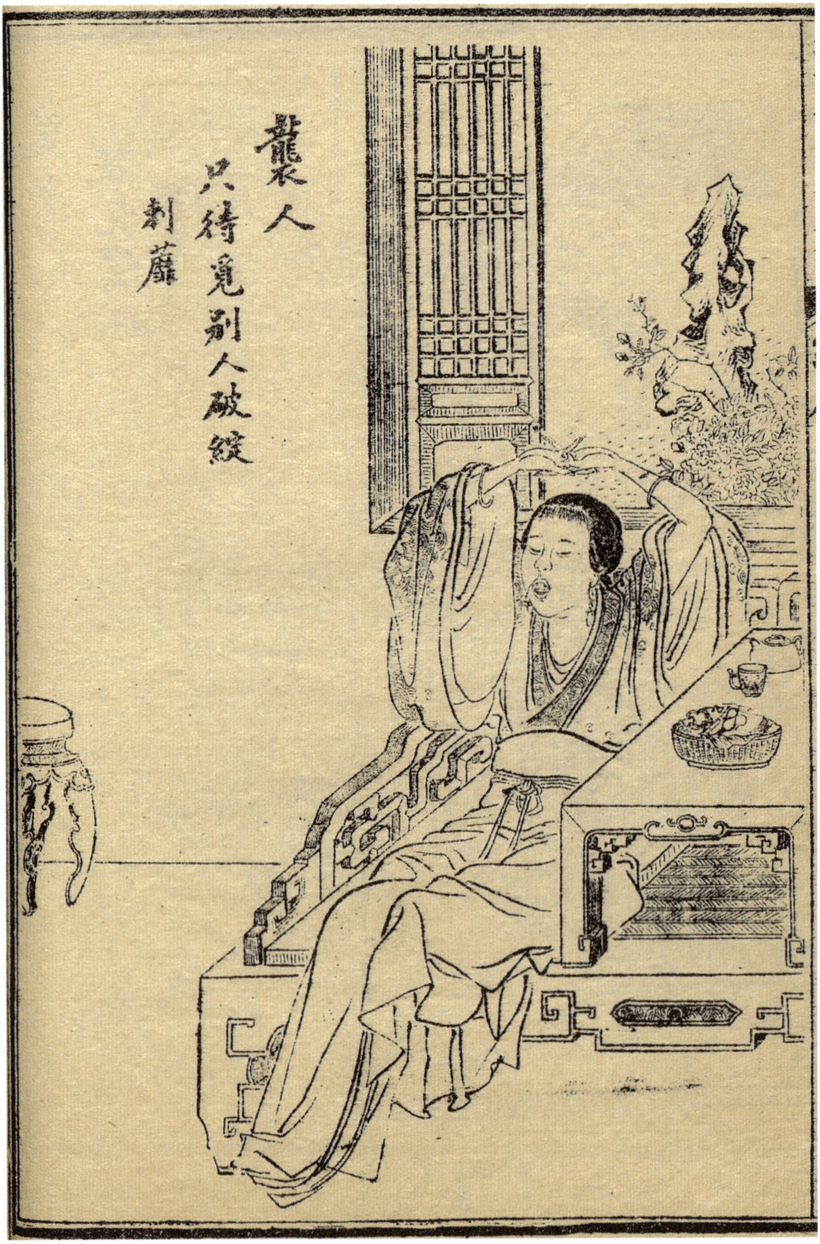

图 3-1-4

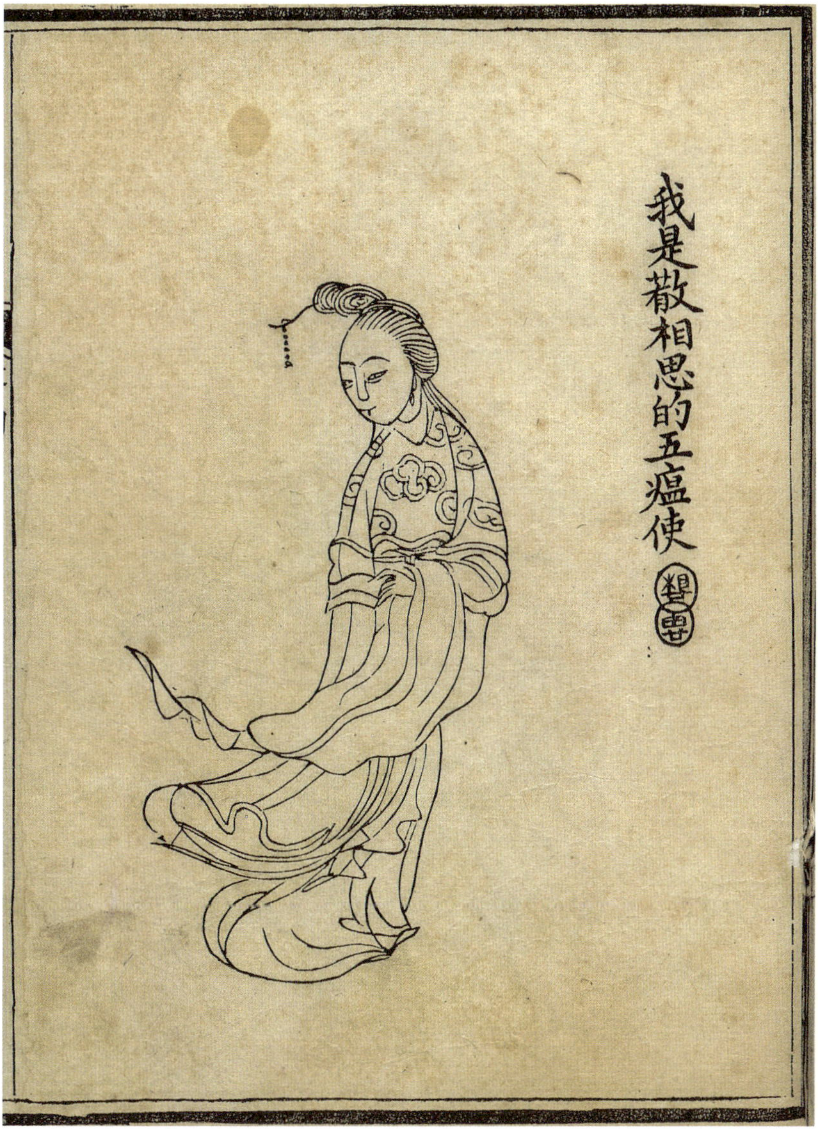

图 3-1-5

图 3-1-6

清代画家沈宗骞在《芥舟学画编·传神总论》中云："画法门类至多，而传神写照由来最古，盖以能传古圣先贤之神垂诸后世也。不曰形，曰貌，而曰神者，以天下之人形同者有之，貌类者有之，至于神则有不能相同者矣。作者若但求之形似，则方圆肥瘦，即数十人之中，且有相似者矣，乌得谓之传神？今有一人焉，前肥而后瘦，前白而后苍，前无须髭而后多髯，乍见之或不能相识，即而视之，必恍然曰：此即某某也，盖形虽变而神不变也。故形或小失，犹之可也，若神有少乖，则竟非其人矣。然所以为神之故，则又不离乎形。"[1]"形神"论是中国古代画论的核心问题，"以形写神"是古代文人绘画追求的终极审美体验。小说插图中写意的线从本质上看是对形神论在不同艺术领域的运用和体现，不同的是因为图像所依附的媒材性质的转变——小说文本的叙事性和雅俗共赏性，使得小说插图的写意性在传神体性的方式和目的上出现了变通，其写意的线在体现文本意象精神的同时也裹挟了更多的民间文化因子，反映出图像背后文化观念和社会意义的价值和影响。

综上而言，中国古代线的发展有着悠久的历史和丰富的表现形态，《红楼梦》插图的线对这个传统的吸收和借鉴体现出了插图绘刻者对于艺术传统的审慎态度，既信任既有的图式经验，也不武断地生搬硬套，而是随类赋形，使其从线形、线性到线意，在形成自身独有气质和品格的同时，也极大地丰富了线艺术的表现形式和意义内涵。

[1]［清］沈宗骞：《芥舟学画编》，见俞剑华编《中国古代画论类编》，第512页。

第二节 工丽雅致：如画之园的再现及其图像效应

在中国古代说部文学中，像《红楼梦》这样在文学、艺术、社会生活等各个方面显示出巨大包容力的作品实属罕见，在有观止之叹的人物和故事的吸引下，一大批画家、画工被卷入到《红楼梦》绘画作品、印刷作品、工艺制品的制作热潮中，数量庞大的绣像和故事画以小说刊本、单行图谱、工艺品、建筑等物质为载体进入到从图像生产到图像观赏的活动中，可以说它的问世为已见式微的小说戏曲插图注入了一股活力，清代视觉文化出现了一道独特的风景，即一种题材视觉材料的极大丰富，它直接证明了《红楼梦》在制造视觉热点上的优势，“再现”话语领域呈现出将文本虚拟空间转变为具象艺术空间的极大热忱。

最能突显空间和地点属性的莫过于那座人间仙境“大观园”，这座大观园是《红楼梦》儿女最主要的居住空间和文化生活场所，是贾府兴衰的见证，也是清代贵族家园的缩影。文本中不仅详细描摹了这座园子的样貌和布局，而且通过惜春作画一节讲述了《大观园图》的绘制过程。大观园静态的庭园场景以及动态的绘图活动使它从自然景观到与艺术世界的联系中享有特殊地位，它所唤起的一方面是“这园子却是像画儿一般”所具有的视觉观赏效果，另一方面是绘事活动中联结的图像经验所裹挟的艺术史传统。

一、《行乐图》的追仿和再现

《红楼梦》第四十二回关于惜春作画有详细的描述，从画什么、怎样画都有具体讨论，历来被认为是体现作家绘画功力的关键段落。其中，有这样一段文字：

> 黛玉忙拉他笑道：“我且问你，还是单画这园子呢，还是连我们众人都画在上头呢？”惜春道：“原说只画这园子的，昨儿老太太又说，单画了园子成个房样子了，叫连人都画上，就像‘行乐’似的才好。我又不会这工细楼台，又不会画人物，又不好驳回，正为这个为难呢。”

通过黛玉和惜春的对话，可以了解到大观园图并非一个原生观念，它的诞生虽然是以作者笔下的故事为原型，但是真正具象艺术的创作却是有着往昔绘画传统的依凭和借鉴，包括“工细楼台”和“人物”在内的“行乐图”就是最重要的图像经验来源。既然如此，我们当然要探寻二者之间的关系，大观园图是如何体认并传承既往的视觉经验，它的创作又与我们分享了怎样的审美感受？其中又包含了怎样的视觉文化语境？

行乐图，中国画像史到明代发展出来的新兴画种，为个人画像冠上行乐此一语汇，又为图面的像主植入愉悦情境下的悠闲神貌[1]。明清

[1] 毛文芳：《盛世画廊：由〈李煦行乐图〉到〈读画斋偶辑〉的画像文本》，《曹雪芹研究》2015 年第 2 期。

时期最负盛名的行乐图要数帝王行乐图，明清几代帝王都有行乐图传世，如《明宣宗宫中行乐图卷》《胤禛行乐图轴》《雍正行乐图轴册》《弘历宫中行乐图》等，这些行乐图“生活气息更浓，形象也较生动。其内容主要描绘皇家的日常生活，或在宫中娱乐、赏景、过节，或外出游览、围猎、野宴。作品在炫耀帝王豪华高贵气派的同时，也流露出家庭生活的欢悦之情”[1]。《红楼梦》作品中贾家独特的政治身份及其与皇族特殊的关系让我们十分自然地将惜春口中的“行乐”图与历史上的帝王行乐图勾连在一起，大观园作为元春省亲的政治功用性也坐实了其皇家廷苑的本质。艺术史研究者巫鸿先生看到了《红楼梦》建筑空间与皇族宫室之间的密切关联，指出“存放十二钗档案的天宫与太和殿之间的联系有助于重建《红楼梦》的历史阅读”，并说明采用的方法是“探讨小说中的建筑景观与18世纪某种特殊建筑类型之间的相似性和矛盾性”。[2]巫鸿所说的“天宫”是想象空间中的那座太虚幻境，而它对应的现实标本正是人间这座集牌坊、院落、门殿于一体的大观园。

“连人都画上”的大观园图对古代行乐图的追仿包括这样两个方面：首先，在景观层面，通过按图索骥的方式为自然之境提供客观标记，以绘事的形式标示空间景致及其相互之间的方位关系，体现了现实自然与想象绘画之间的辩证关系。如第一章第三节中的图1-3-1、1-3-5、1-3-10，它首先为观者提供了园景的空间结构，将文本中的亭台水榭、画栋雕檐、奇花异草转化为视觉现实。其次，在风景名胜或江山林苑之间注入人的行为和活动，为自然之境提供情感依存，以人类记忆的力量造成历史空间感性气息的流传。这两种诉求要求大观园图的绘制一方面要采用写实的风格重现园林景致的处所和建筑样式，另一方面则要考量如何筛选叙事时间，从而将典型人物事件置于既定的空间画面中。如果说前者作为

[1] 单国强：《明清绘画的社会文化内涵刍议》，《美术研究》1995年第3期。

[2] [美]巫鸿：《时空中的美术》，梅枚等译，生活·读书·新知三联书店，2009年版，第260—263页。

客观再现框定了自然描绘的界限，后者则体现了小说插图图像创作的独特性，视觉感受恰恰在此发生了转化，体现出绘图者将线性时间和叙事进程进行交叉处理的能动功能。

在这片园景中留下哪些驻足的痕迹，其实意味着通过视觉展示为读者提供怎样的园景印象，“连人都画上”的大观园图实际上完成了一次情境重构的过程，它将原本以时间线条散落在文本叙事进程中的人物重新整合，将不同时间段做共时性处理。绘图者仿佛潜在的园中主人，邀请他所选定的各色人物在约定的时间来到园中。在《大观园图概说》一节图 1-3-6 中，海棠诗社发生在第三十七回，四美垂钓发生在第八十一回，黛玉抚琴发生在第八十六回。图 1-3-9 中则是结集了第三十七回海棠诗社、第七十五回凸碧堂中秋赏月、第八十一回四美钓鱼、第八十回卧眠芍药裀几组场景。分割来看，每一个局部都可还原到文本中，综合来看，却是对不同时空的有序重组。

不同时间段落的剪截和拼接在此形成了摆脱时间局限的便利，在视线所及的这一个大观园场域内，不必执着于每个人物、每个事件发生的时间序列，而她们正在做什么及其事件的象征意义反而突显出来。我们注意到，绘图者所选取的吟诗、弹琴、写画、弈棋、赏月、观花等活动虽然是《红楼梦》文本的叙事内容，但同时也是行乐图常见的中心主题，如意大利传教士、宫廷画家郎世宁曾绘有《弘历观画图》（图 3-2-1）、《乾隆帝写字像轴》（图 3-2-2），而在宫廷画家陈枚笔下的《月曼清游图册》中也有一众贵妃赏月、观花、画像等活动（图 3-2-3、图 3-2-4、图 3-2-5）。这些相同类型的绘画所分享的相同主题首先使我们意识到《大观园图》在展示贵族生活上的视觉可信性，这个空间除了满足读者对大观园图是什么样子、贾府姊妹在园中怎样生活的定型化图像需求外，通过具有程式化的生活场景和文化活动为我们呈现了清代贵族的生存图景。

图 3-2-1

图 3-2-2

图 3-2-3

图 3-2-4

图 3-2-5

《大观园图》因为涵纳着表现传统图像议题的艺术惯例，让我们意识到它与另一种传统题材——雅集图有着密切关联。所谓雅集图，指以文人或官员为绘画主体，主要描绘其聚会时的各种活动，从中渲染盛会气氛并抒写雅致情趣。明代学者汪循提及文人雅集情形：

佳辰美景，皓月清风，设旨酒具山殽（肴），良朋玉立，益友清谈，投壶雅歌，吹笙鼓瑟，或登高远眺，或徐步郊园，坐茂树、

图 3-2-6

临清泉、友鱼虾、偶麋鹿，忘机垂钓，寓意奕（弈）棋，心旷神怡，陶然自乐，恍疑身在清虚境界，初不自知其为尘世中人也。[1]

历史上著名画家仇英绘《西园雅集图》（图 3-2-6）就是对这一主题的描摹，饮酒赋诗、议论学问、琴棋书画是构成文雅定义最富代表性的活动，是与自然时序相契合的理想的文人仕宦生活。在雅集图画风格定型的过程中，其所展示的文化行为也变得富有仪式表征性，而发生在大观园中游赏、书画、题咏、品茗等文化行为则呈现出与雅集图同构性的绘图风格，在与自然呼应的同时渗透出雅致化的追求和讲究。我们对大观园的认识，其依据不仅仅是具有中国传统古建样式和装饰风格的院墙、曲径、山石、亭台这样一些静态元素，同时也依靠对生活在这个空间内人物活动的动态考察。从这个意义上来看，大观园图描绘的人物事件具有了超文本性，它的视觉描绘在一定程度上使图像从文本再现中解脱出来，通过对雅集主题的历史指涉构成了具有互文性的视觉传统。图像中的人物事件除了具有《红楼梦》文本原本的个体叙事因子外，还携带上了传统艺术中具有共性的群体体验，通过提供具有反复咏叹的经典主题意象使其和不断以各种视觉形式呈现的传统图像议题相衔接，从而有力地激活了大观园图所蕴含的文化内涵。

值得注意的是，与传统雅集图不同的是画面主体身份的性别转换，《大观园图》在追仿文人雅集这一理想生存情境的同时置换了画像主体，其呈现的效果是女性空间的生成，巫鸿先生定义女性空间为“一个空间性的统一体——一个由山水、花草、建筑、空气、氛围、色彩、香味、光线、声音，以及被选中而得以居住在这里的女性和她们的活动所构成的人造世界”[2]。在图 1-3-6、1-3-9、1-3-14 中，众姊妹的动态活动

[1]［明］郑履准撰：《山居日辑·序》，见［清］黄宗羲《明文海》卷二百二十六，清涵芬楼抄本。

[2]［美］巫鸿：《重屏：中国绘画中的媒材与再现》，第 184 页。

营造了画面的喧嚣声感，呈现出来的是一幅欢喜园景，生长于此间的宝玉也同样分享着温柔乡中的这份怡然和快意。不过，“或读书，或写字，或弹琴下棋，作画吟诗，以至描鸾刺凤，斗草簪花，低吟悄唱，拆字猜枚”的“雅集”主题让我们在联想比较中意识到大观园图潜在的危机，与传统雅集图中男性自发活动不同，贾宝玉的快乐是由包裹着他的所有姊妹丫鬟创建的女性空间所营造的，也就是说是以丧失男性空间为代价而换来的。再者，作为大观园真正的女主人元春尚且受到各种仪式性的惯例局限，除了省亲之日短暂逗留外，从未酣畅淋漓地享受过人伦之情、姊妹之乐。这也难怪清代画家改琦在绘制元春像时并未选择大观园作为背景，反而选择宫墙禁苑，展示其作为宫廷女子的孤寂落寞。这中间的反差，细思恐极。

二、从媒介动力到图像效应：《大观园图》与清代视觉文化

英国学者柯律格借用“图像环路”（iconic circuits）这一概念来研究具象艺术体系中某一类特定图像在涉及图绘的不同媒介之间的流通[1]，其视角主要集中在明代这一时段内，探寻同一时代不同媒介领域里分享相同主题的图像是怎样进行图像交换、移动和传播的。图像环路的研究方式既指向图像内部的语汇、风格等修辞手法，同时也指向图像外部的社会关系。图像环路倾向共时性分析和处理，从而发现和解释同主题图像在若干视觉领域内的流动。《大观园图》在清代的视觉呈现恰好表现出跨媒材传播现象，图像环路的研究思路具有方法论的启示意义。

[1]［英］柯律格：《明代的图像与视觉性》，黄晓鹃译，北京大学出版社，2011 年版，第 50 页。

回顾《大观园图》的流传实际上经历了两个阶段，第一个阶段是从无到有的问世阶段。《大观园图》最初之所以能够出现有赖于《红楼梦》文本的传播，而早期《红楼梦》版籍的刻印恰好赶上明清易代之际木刻事业的衰落期，因此这部中国古代的经典著作最早的插图本是以缺少故事画、数量有限的绣像本形态传播的，如清乾隆五十六年（1791）萃文书屋排印本绣像仅二十四幅，清道光十二年（1832）双清仙馆本绣像六十四幅，而这两种刊本系统内的各个刊本都没有《大观园图》。究其原因，木刻事业式微的整体格局固然是造成这一事实的直接原因，木版印刷工艺的高成本造成的书籍价格昂贵亦是一个重要的因素。《大观园图》的绘制不同于一般人物绣像或故事画，它的构图要素更加密集、开本更加扩大，这些对于衰落期的木刻印刷来讲殊非易事。

转机出现在清光绪间石印技术的引进推广，在前文列举的各类大观园图像中，图 1-3-1 至 1-3-6 皆采用石印技术。这种技术“但将原本一照于石，数千百本咄嗟立办，而浓淡深浅，着手成春，此固中华开辟以来之第一巧法也”[1]。石印之术省却了木刻印刷中的刻工环节，克服了数量大、开本广、构图繁复等诸多困难。中外学者都曾给予高度评价，德国学者本雅明指出：“石版印刷术是视觉再现技术中的一个分水岭，因为它能够廉价、高速地大批复印图像。由于这项技术能够提供和水墨线描分毫不差的摹本，而水墨线描是中国传统绘画和插图的主要风格之一，所以石版印刷术在当时的中国格外具有优势，特别适合复制图文并茂的出版物。”[2]潘建国先生从晚清小说文献入手，认为西洋照相石印技术在中国古典小说图像本的近代复兴上具有重大作用：“对中国近代文学和文化产生重要影响的，主要是照相石印术，而非普通石印术。照相石印术在晚清时期的传入，恰好填补了因木刻版画衰落而造成的技

[1]《申报》1878 年 12 月 31 日登载点石斋“楹联出售”广告。

[2] 转引自 [美] 巫鸿：《废墟的故事：中国美术和视觉文化的“在场”与“缺席”》，肖铁译，人民出版社，2012 年版，第 133 页。

术空缺，从而引发种种图像类书刊（包括书画碑帖、画谱、年画以及新兴的新闻画报等类）的出版臻于繁盛，小说图像本亦借此重新焕发出晚明的光彩。”[1]《大观园图》正是借此东风，在画师精巧的布局匠心之下，在越过刻工一环后，以超出小说刊本固有的开本、以多次折叠的形态走进了书籍装帧之中。

第二个阶段，大观园图像的流传跨越了小说刊本的局限，扩展到多种视觉领域，如上文提到的画册、年画、壁画等等。在不同视觉领域登场的《大观园图》见证了该主题备受推崇的程度，流动性成为《大观园图》获得鲜活生命力的关键因素。从历史坐标的纵轴来看，《大观园图》图像内容的规范过程受到行乐图、雅集图的影响；从历史的横截面来看，《大观园图》的绘制则是借鉴了清代以来的实景图的视觉经验。引起我们注意的是阿英对程甲本《红楼梦》绣像的一段评论：“其风格，显然已受当时画院木刻（如焦秉贞、冷枚等耕织图）影响（图 3-2-7），迥然不同于明代木刻。”[2]针对程甲本插图的这条论述实际点明了《红楼梦》图像绘制的一个本质特征，即绘图风格的转化，它与宫廷画师笔下的廷苑图具有密切关联。就《大观园图》而言，则直接受到出自内廷画院冷枚之手的《避暑山庄图》和唐岱等绘《御制圆明园四十景图咏》（图 3-2-8）的影响。两图皆采用焦点透视布局，从俯视鸟瞰的角度将园景内包括山区、湖泊、院落等各种景致和庭园建筑，按照方位、大小一一精细绘出。在《大观园图概说》中，图 1-3-1、1-3-5、1-3-10 的构图方式和绘图风格在主体建筑上采用与冷枚、唐岱相似的界画线描用笔，呈现了工笔严谨、造型精准的画面风格，极尽精工细腻，不仅增添了富丽堂皇的气氛，而且增加了画面的立体质感。

[1] 潘建国：《西洋照相石印术与中国古典小说图像本的近代复兴》，《学术研究》2013 年第 6 期。

[2] 阿英：《漫谈〈红楼梦〉的插图和画册——纪念曹雪芹逝世二百周年》，第 119 页。

图 3-2-7

图 3-2-8

绘画的任务是“表达”，《大观园图》在从无到有实现视觉表达的任务过程中，共享着传统绘画中丰富的视觉资源，同时也在利用线条、形状、结构等视觉修辞手段逐渐形成自身独立的图像品格。在《大观园图》视觉题材不断发展的过程中，其所构成的图像环路实际上分化出来两个环路。一者是属于私人的，由贵族、商人、文人等精英阶层掌管的，仅在有限空间内为特定人群所欣赏，如故宫长春宫中的四围壁画、北京王府聘请画师绘制的只陈列在王府内的绘画。一者是公共的，可在民间普罗大众中传阅保存，如民间广为流传的年画等等。这两个图像环路虽然具有不同的受众群体，但却以共同的主题为纽带得以沟通。正如学者何惠鉴所言：“一旦这些图像的权威性通过‘约定俗成’这一社会文化过程得到确立，如果巧妙地操作，有效地实行，仅仅提到某人或某地就会立刻唤起一种难以抗拒的抒情性共鸣，指向所示空间和时间，并通过人事结合起来。”[1]图像主题的同质性制造了共同的注意焦点，预示着在图像生产和消费领域不同阶层的受众群体在《大观园图》题材上产生了共同的“拟态式联想”，这一情感共鸣促使大众对《大观园图》报以巨大热情并将其投射到实用、阅读、装饰等社会生活各个层面。视觉需求的利用和满足使其摆脱了对《红楼梦》文本的依赖，《大观园图》开始指向作品之外广阔空间中数量众多的画本史料，从而关涉这些图像题材所依存的不同视觉空间场域及其交织而成的社会关系。

2017 年 7 月至 8 月，北京恭王府举办了主题为“京华何处大观园”的系列讲座，这是继 1962 年上海《文汇报》发表吴柳先生《京华何处大观园》后的又一次讨论热潮。今天大观园的探讨并未过时，仍然是备受期待的研究热点，依然具有巨大的发掘空间，《大观园图》的研究正属题中之义。笔者试图通过探讨它的图像环路来勾勒其对历史上相关图像经验的处理方式及其在清代视觉领域的整体轮廓。传统绘画资源的文献支撑和印刷手段进步的技术支撑在《大观园图》问世和流传的过程中起到了关键作用。一幅图像尚且如此，那么拥有绣像和故事画配置的《红楼梦》插图又将如何？它的传播过程是否和《大观园图》具有相同频率的契合性，抑或是具有更加广泛的社会振幅和波及面，关涉着人类活动和历史文化的探讨从来都不简单，是值得我们进一步深入思考的问题。

[1] 何惠鉴：“The Literary Concepts of ‘Picture Like’”，p.366。见 [英] 柯律格《明代的图像与视觉性》，第 47 页。

第三节　妙笔绝伦：画谱写真的诗意造像

清代嘉庆至道光时期，正是《红楼梦》刻本盛行之际，就在程高本、藤花榭本、双清仙馆诸本插图也随之风行的时候，活跃在江南地区的一位职业画家——改琦，在此时创作了一套《红楼梦图》，这部画谱的问世从此改变了《红楼梦》图谱的历史走向和时代格局，在《红楼梦》图像史上写下了浓墨重彩的一笔。

一、改琦和《红楼梦图》的创作

改琦（1773—1828），回族人，字伯蕴，号香白，又号七芗，别号玉壶山人、玉壶外史、玉壶仙叟、横泖渔夫、听雨词人、雪巷生、那伽定侍者等，松江（今属上海）人。祖上几代都曾做过清廷武官。有关改琦家世和生平事迹可参看何延喆撰《清代仕女画家改琦生平考》[1]。

[1] 何延喆：《清代侍女画家改琦生平考》，《故宫博物院院刊》1986年第1期。

改琦没有像他的先人那样走上科举仕宦之路，反而寄情艺苑，成为名扬海内的大画家。他生长于松江地区，自小被这里的艺坛耳濡目染，逐渐在书画上显露出过人的才华。故宫博物院收藏有他的人物图《元机诗意图》，该图有沈吾跋语，他盛赞改琦："玉壶山人妙绘绝伦，与钱松壶参军并称'二壶'，而山人于士女尤擅名海内，得之者比诸仇、唐遗迹。"足见改琦在绘画上成就之高、声名之远。

改琦最负盛名的绘画是人物画，其中仕女画又最负盛名，这也是得到了画坛公认的。清蒋宝龄在《墨林今话》中评价他的绘画："君于人物、佛象、士女，出入龙眠、松雪、六如、老莲诸家，愈拙愈媚，跌宕入古，允称脱尽凡蹊。"[1]这段评价实际道出了改琦艺术创作的根底，即对历代代表画家的追仿，这条画家脉络中有宋代李公麟、元代赵孟頫、明代唐寅和陈洪绶，而这几位画家的共性都是线条的运用超凡脱俗、流转自如，而改琦恰恰在这一点上继承了传统绘画的优势，而又能有独创，故能摆脱前人圭臬，发展出"媚"的风格，又因为取法古人，故而能在"媚"中见"拙"，现出古意。

《红楼梦图》的创作其实也脱胎于这一整体风格中，当然又有其特殊独特之处。

清光绪五年（1879），改琦创作的《红楼梦图》被刊刻出版。在刻本中，有一篇题名为"淮浦居士"所作的序言，交代了《红楼梦图咏》从改琦创作到付梓问世的过程：

> 华亭改七芗先生琦，字伯韫，号玉壶外史，天姿英敏，诗词书画并臻绝诣。来上海，下榻于李筍香光禄吾园。时光禄为风雅主盟，东南明宿咸来止之，文谯之盛，几同平津东阁。先生在李氏所作卷册中，惟《红楼梦图》为生平杰作，其人物之工丽，布景之精雅，可与六如、章侯抗行。光禄珍秘特甚，每

[1]［清］蒋宝龄：《墨林今话》卷十一，清咸丰二年（1852）刻本。

图倩名流题咏。当时即拟刻以传世，而光禄旋归道山，图册遂传于外，前年冬予从豫章归里，购得此册，急付手民以传之。时光绪己卯夏六月，淮浦居士记。

改琦的弟子顾春福在《红楼梦题咏》中的一段话佐证了淮浦居士的记述：

红楼梦画像四册，先师玉壶外史醉心悦魄之作，筍（笋）香李光禄所藏。光禄好客如仲举，凡名下士诣海上者，无不延纳焉。忆丁亥岁，薄游沪渎，访光禄于绿波池上。先师亦打桨由泖东来，题衿问字，颇极师友之欢。暇日曾假是册，快读数十周。越一年，先师、光禄相继归道山。今墓木将拱，图画易主，重获展对，漫吟成句，感时伤逝，凄过山阳闻笛矣。

综合并梳理这两段记载，我们可以还原改琦绘制《红楼梦图》的经过。李筠嘉（1766-1828），字修林，号筍香，一号吾园、近翁，松江（今属上海）人，官光禄寺典簿，是上海地区有名的藏书家，建有别业“吾园”，延纳四方名士。改琦就是其中名士之一，且曾为李筠嘉创作过多种作品，《红楼梦图》就是其中的“醉心悦魄之作”，也正是改琦下榻“吾园”时所创作的。李对这部作品十分珍爱，故又延请当时名流为之题咏。从现存刻本中，我们可以知道，题咏之人有张问陶、袁桐、顾春福、徐渭仁、顾恒等人，皆是当时江南地区的名人。这些题咏大多在嘉庆间，其中张问陶卒于嘉庆十九年（1814），故可推测，改琦的《红楼梦图》在此之前应该已经创作出来了。在题咏的加持下，改琦《红楼梦图》的艺术性继续增值，于是，这部《红楼梦图》从单纯的画作摇身一变为画诗兼有的《红楼梦图咏》。

从顾春福的记载中可知，在刻本出现之前，改琦的《红楼梦图》最初由李筠嘉珍秘收藏，并不外传，顾春福欲一览其貌，也只能趁着访“吾园”的机会才能得见。尽管李筠嘉当时就已经有将其“刻以传世”的想法。遗憾的是，改琦和李皆先后逝世，故刻梓一事一直未能实现。后来，在改琦辞世五十二年之后，也就是光绪三年（1877），淮浦居士重新见到改琦原图，购得此册，并在光绪五年（1879）将其刻板行世，这部《红楼梦图咏》才得以从小范围的传阅中获得了更加广阔的传播空间。

二、改琦《红楼梦图》的匠心独运和美学旨趣

与一般的绘画创作有所不同，《红楼梦图》是有文本约束的。换言之，这部绘画作品的创作会受到来自两方面因素的影响。第一，是《红楼梦》文本自身，绘画的创作不能脱离文本天马行空，否则就会失去原作的精神；第二，是已然在社会上出现和传播的《红楼梦》各种图像素材，绘画的创作要跳出既有图像图式的窠臼，否则就会落入俗套，无法自成一格。

改琦创作的《红楼梦图》很好地平衡了绘画和文本之间的关系，因此能够在众多《红楼梦》插图和画册中脱颖而出，成为独具匠心的杰出之作。那么，这部获得交口称颂并且流芳百世的作品到底有哪些过人之处呢？

1. 构图策略的巧思和独到

《红楼梦图》共计 50 幅，绘人物 55 人，又通灵宝石绛珠仙草 1 幅，附有题词 74 篇。最具特色的就是这 55 组人像的绘制。整体来看，首先，这些人物的创作基本采取了平视的视角，而且多正面展示人物形象。观看这些人物，读者仿佛和画中的人物是平等的，就仿佛身临其境般注视着画中人物的一举一动。这种平视视角和很多刊本中绣像的绘制非常相似，它的优点在于将人物直接展示在读者面前，给读者最大的权限和空间贴近人物形象。

以王熙凤图为例，改琦笔下的王熙凤以正向坐姿形象示人（图3-3-1）。王熙凤在《红楼梦》中有几次出场都着意加以刻画，首次出场是第三回黛玉初到贾府那日，王熙凤是在“一群媳妇丫鬟围拥着”出来的，而且她的打扮“彩绣辉煌，恍若神妃仙子。头上戴着金丝八宝攒珠髻，绾着朝阳五凤挂珠钗；项上带着赤金盘螭璎珞圈；裙边系着豆绿宫绦双衡比目玫瑰佩；身上穿着缕金百蝶穿花大红洋缎窄褃袄，外罩五彩刻丝石青银鼠褂；下着翡翠撒花洋绉裙”。可以说，王熙凤的出场就定下了珠光宝气、华贵尊荣的调子。后来迎接刘姥姥时也有一段描写：“家常带着秋板貂鼠昭君套，围着攒珠勒子，穿着桃红撒花袄，石青刻丝灰鼠披风，大红洋绉银鼠皮裙，粉光脂艳，端端正正坐在那里。”这段冬装的描写也尽显富贵之气。

改琦笔下的王熙凤，仅仅一人独坐，摒弃了周遭媳妇丫鬟的环伺，服饰以冬装为主，更近于见刘姥姥时的装扮，细腻流畅的线条凸显了一丝不苟、尊贵气派的贵妇之气，右手持杯，身姿端正，是尽显其持家威严的。

从仕女画题材的角度来看，仕女画在古代传统绘画中有着悠久的历史，一般来说明代文人笔下的仕女多以姿态优美、飘逸高雅的风格见长，清代的仕女画则陷于“风靡纤弱”之习气，往往被斥为“病态美”。工笔画家刘凌仓对此进行过深入剖析：“仕女画的风格陷入了风靡纤弱之习，仕女形象，身材苗条，搔首弄姿，又因受晚清士大夫文人吟风弄月颓废文风的影响，使其失去了唐、宋时代仕女画健康舒展的画风。”[1]而改琦笔下的人物却取法富有古意又以流畅变化见长的游丝线描，自然飘逸、精致细腻的线条使人物造型脱去了孱弱的形象，更多的是娴静婉丽、从容自处。这在《王熙凤》一图中尤其具有代表性。当观者以平视的视角站在人物前面时，近距离的直观视角尤其能够感受到人物所彰显出来的这样一种平和、镇静和雍容的气度。

[1] 黄均：《仕女画的研究·序》，北京市工艺美术研究所，1980年版。

图 3-3-1

另一处值得我们注意的是，虽然作为观者能够直视画中人物，但是当我们注目人物时，却发现我们无法和画中人物进行直接的视线交流。改琦笔下的人物目光往往是下垂或旁视的。黛玉的头是低垂的，宝钗的视线是追随蝴蝶的，元春的背向是无法看到她的目光的，探春的视线是注视下人的，惜春作画是盯着桌案的，卧眠芍药裀的湘云是闭目的，打坐中的妙玉目光是向下的，迎春是看着书的，即便是正向面对的王熙凤，也无法看进那双丹凤眼中。换言之，作为观者，只能以第三者的身份旁观画里的人物，而无法参与其中，无法和人物进行任何包括语言、眼神在内的交流和沟通。用现在流行的说法，就好像我们穿越到了《红楼梦》的世界中，在她们未注意到的近距离的地方观察她们的一言一行、一颦一笑，但也仅仅是观察而已，我们无权打扰和干预她们生活的世界。

从这个角度说，改琦的笔是带有主观性的。首先，他作为画中人物的创作者，他是在揣摩《红楼梦》中人物的文学形象的前提下提笔作画的，而在他确定人物的性格特征、成长背景，并以具象手段呈现出来后，他允许其他读者跟随他的视角去观摩他眼中的《红楼梦》人物和景象，但是，他却拒绝其他读者通过触及人物目光而深入到更深一层次的《红楼梦》世界中。你可以认为改琦是固执的，这一构图策略是出于充分尊重《红楼梦》文本的意图，他给《红楼梦》世界树立起一道屏障，这个世界中的人物是自足自任的，其他任何人包括他自己也无法穿越屏障去改变和干扰《红楼梦》的社会；你也可以认为改琦又是浪漫的，因为这道屏障是透明的，你可以在仅仅一步之遥的地方，用最直接的平视视角来体味那个独有的、虚幻中的世界和生活在其中的人物到底是什么样子的。《红楼梦图》所设定的读者与画中人的距离，充分体现出改琦是自有其胸中丘壑的。

如果想进一步感受这种视角的特色，我们不妨引入小说戏曲等刊本插图中常常运用到的俯视视角来对比一下。光绪十五年（1889）石印本第十三回《王熙凤协理宁国府》一图（图 3-3-2），描绘了这个场景中

图 3-3-2

图 3-3-3

的众多人物，读者的第一观感是故事图中的事件描绘，关注的焦点是发生了什么事情，图中的各色人物正在做什么。另一位清代著名画家孙温则将这个场景更加放大（图 3-3-3），俯视视角下空间分割出来两个空间，宁国府的气派一览无余，一众小心伺候的众人分男女列于屋外小心守候，王熙凤在室内问话查看，将“制度分明、上下井然有序”的场景淋漓尽致地展示出来。大角度俯视视角以最大广度覆盖了正在发生的事件的全貌，力图展示同一时空中各种人物及其相互之间的社会关系。不同视觉修辞手段带来了不同的图像效应，在这样的大空间中，很难将目光集中到某一个人身上，去体会个人形象的风情韵致，而这正是平视视角所能带来的独有观感。

2. 独具个性的美人形象

描绘美人形象一直是中国古代绘画中一个常见的主题，《红楼梦》创造的独有的大观园世界为美人形象的绘制提供了最为直接并富有幻想的素材。《红楼梦》通过贾宝玉直白地阐释了大观园中的女儿世界："女儿是水作的骨肉，男人是泥作的骨肉。我见了女儿，我便清爽；见了男子，便觉浊臭逼人。"水虽柔，但毕竟是"骨肉"，那便是柔中带了刚的；令人清爽者则是多种多样的，而不论哪种，也必定是美好的、美丽的。

改琦笔下的女儿形象是有生命的，昭示生命气息的途径是多样的，首先是由人物所附带的各种文化活动显现的。《红楼梦》中的女儿是多才多艺的，不凡的气度和才华是特定社会阶层的贵族世家培养出来的，因而，这些美人画面不仅仅停留在样貌服饰的单一展示上，而往往是处在特有情境中的，如惜春作画、迎春读书、李纹李绮吟诗、平儿对镜、香菱斗草等等。这些富有"十分快意"的活动既来源于《红楼梦》文本，也同时来源于传统美人图的图像经验。

图 3-3-4

清代焦秉贞《仕女图》就为我们展示了一组皇家贵族女性生活情境。这组图册对女性的描绘工整细致，每组女性形象都有精巧布局的环境与之相搭配。巫鸿认为这种包括庭院、房间、衣饰在内的所有事先安排好的元素以及定型化的表情和姿态共同构成了美人的特征，并且为这样的群体活动增添了一些温和的戏剧效果[1]。这些富有戏剧性的美人活动如图 3-3-4 中的开卷与改琦笔下李纹李琦吟诗（图 3-3-5）是有

[1] ［美］巫鸿：《时空中的美术》，第 269、274 页。

异曲同工之处的。这样的构图、笔致以及人物活动可以说都为改琦的创作提供了经验和灵感。在某种程度上，改琦的美人与焦秉贞的美人在造型、衣着乃至背景的样式和风格上都有相似之处。王熙凤室内环境的设置和图 3-3-6 是十分相似的。身处绘画传统的滋养中，改琦的绘画是承袭和借鉴了既有图式的。

当然，改琦的创作并没有完全停留在宫廷仕女的层面上，他的《红楼梦》女子形象是表现出了画家个人见解的，也因此能够和以焦秉贞为

图 3-3-5

图 3-3-6

图3-3-7

代表的宫廷仕女图的风格区分开来。首先，《红楼梦图》中的人物是以个体形象展示出来的，不再以群体形象示人，放大了每一个人物个体的属性，当然，有一些图也附有陪衬的一个人物。但是这与焦秉贞笔下快乐的群体仕女有了极大差别，也和程甲本中多人绣像是不同的。改琦笔下的美人形象不以展示场景为宗旨，个体的唯一性让我们更加关注“这一个”人物自身所秉持的身份和个性。

从群体到个体，画面的整个氛围也随之一变，在群像美人图中，渲染的往往是快乐欢喜，赏花、读书、对弈、弹琴等活动是以娱情娱心为宗旨的，表现出的是贵族女子令人向往的闲居生活。而改琦笔下从群体中独立出来的女子，都是单独活动，基本不与其他人发生关联的，黛玉、惜春、史湘云、王熙凤、巧姐、秦氏、岫烟、尤三姐等都是以个体形象示人的，而在程甲本中，像黛玉、惜春、史湘云、王熙凤、巧姐、秦氏、岫烟这些人物都不是以个体形象出现的，而是都有相关联的几个人物一同出现。

特别是像王熙凤这样的人物，常规的想法必然是要以复杂的场景和复杂的人物表现她多面的性格，这也正是程甲本取景周瑞家的送珠花情境的意图，这一个场景能够将王熙凤、周瑞家的、平儿等几个人物的性格特征都表现出来。而改琦笔下的王熙凤隔绝了其他人物，孤身一人独处室内，威严自然尚在，但是也不难从中品出一丝落寞和孤独。而这种孤独感正是改琦在刻意隔绝人物交往中营造出来的。

王熙凤当然是泼辣能干、八面玲珑的，在很多时候也是受人喜欢和追捧的，但是她最亲近的丈夫天性风流，同样身为媳妇甚至是亲戚的王夫人不理解她，出身四大世家的她纵然心比天高也有很多她无法把控的无奈，尤二姐在她的精心设局下死去了，然而终是改变不了贾琏三心二意、风流多情背叛妻子的事实。这些意难平只能打落牙齿和血吞，只有她自己才能体味，即便身份地位再高，作为一个女人、一个妻子，她也有无法排遣的痛苦和不平。也正是在这个意义上看，她性格中也是有孤独一面的。改琦正是将这一点放大出来，将其骄傲、端庄、威严、贵气但同时又孤独的一面集中展示出来。

在《红楼梦》文本中，惜春作画时众姐妹都在，而且提出了很多建设性意见；湘云卧眠芍药裀时，是被众人发现了的；黛玉戏鹦鹉时身边还有紫鹃；平儿对镜理妆时宝宝在侧，这些情境已经成为凸显人物性格的典型环境，很多插图和绘本抓取这些情境塑造人物都是水到渠成之事。然而改琦的《红楼梦图》却特意将人物从这些正在发生的事件中剥离出来，有的保留典型环境的刻画，像黛玉潇湘馆中的“竹影参差，苔痕浓淡”，湘云卧眠时“四面芍药花飞了一身，满头脸衣襟上皆是红香散乱，手中的扇子在地下”，但也有一些，已经看不出人物所处环境的典型性，平儿理妆时在怡红院（图 3-3-7），而月洞门和山石、花卉、树木的组合更像是美人环境的随机组合，这种环境的刻画是带有了焦秉贞笔下仕女图环境的符号特征的。这些剥离出群体的人物，也就在同时切断了人物和人物之间的勾连，换言之，也就切断了她所处的社会关系和文本中的上下文关系。从这一点来看，改琦笔下美人形象的塑造更倾向于人物的个体性，而非人物所在情境中带有时间和因果关系的关联性。当然，这种描绘人物的趋向并不是说他脱离《红楼梦》文本，只是在人物塑造的焦点上与其他绘本或插图有所不同。在强化《红楼梦》人物主题意味上，他依然在第一幅图中保留了“通灵宝玉绛珠仙草”，以其作起始，用以标示美人形象创造的文本依据和来源。

3. 职业画家的敏锐和妙思

不可忽视的是，改琦创作《红楼梦图》乃应制之作，是应松江名流李筠嘉需求而进行绘画的，画作实际上是服务于城市中具有一定社会地位、生活殷实富足的士绅的。淞沪地区历来是书画文艺事业发达地区，明清以来更是人才会聚和迭出之地。杨逸在《海上墨林·自记》中云：“吾乡先哲，研精翰墨，缣素流博，代有知名。而四方宾彦，挟艺来游，更多至不可胜纪。”[1]放弃了科举事业、专事书画事业的改琦就是“挟艺来游”中的一员，并且，因为擅文翰、绘事出众成为其中的佼佼者。改琦的绘画作品中有不少就是在赞助中创作的，而雇主多是这一地区家财丰厚的名门望族，像为古倪园主人沈恕夫妇绘制的《泖东双载图》，被王芑孙盛赞为“图既精绝，而写像笔肖……兼唐、仇两家之胜，异日必传于后。”[2]同样赏识并爱重改琦的还有上海的李廷敬，据《墨林今话》记载：“沧州李味庄先生备兵沪上平远山房，坛坫之盛，海内所推。七芗时甫踰冠，受知最深，既而声誉日起。”[3]《海上墨林》也记载：“李廷敬备兵沪上时，风雅主盟，坛坫极盛，琦甫弱冠，受知最深。”[4]可见，改琦书画事业的发展除了个人天资颖异外，和当地名流的提携奖掖关系密切。其实，这样一条职业画家的道路是当时活跃于江南地区很多画家的共同生存之道。《红楼梦图》就是在这样的背景下在李筠嘉的赞助下创作出来的。

李筠嘉，是江浙地区著名的藏书家，“工书媚学，豪迈喜客，家有慈云楼，积书数万卷……有别业在城西南隅曰吾园，当桃花最深处，架红雨楼以收胜景，芳时令节，名流觞咏之盛，推海上冠友”[5]。作为坐拥藏书和名园的士绅，赞助画家绘画并对画作品评收集成为富足大家的一种风雅活动。被收藏的画作或者用于纯文艺的案头欣赏，或者也被用作具有实用性的装饰效用。改琦的《红楼梦图》被创作出来后，为李筠嘉所“珍秘”，并“倩名流题咏”，可以推断，这部画作肯定是用于案头欣赏的，不过，由于画作“人物之工丽，布景之精雅”，因此，也不排除其用于装饰作用。因为早在明代，怎样品鉴和收藏画作已经以细则规范的条例形式被记载下来，其中就包括仕女画这一题材的使用。文

[1] 杨逸：《海上墨林·自记》，民国八年（1919）刻本。

[2] [清] 王芑孙：《渊雅堂全集·编年诗稿》卷十九，清嘉庆刻本。

[3] [清] 蒋宝龄：《墨林今话》卷十一，清咸丰二年（1852）刻本。

[4] 杨逸：《海上墨林》卷三，民国八年（1919）刻本。

[5] [清] 王韬：《瀛壖杂志》卷三，清光绪元年（1875）刻本。

徵明的曾孙文震亨在《长物志》中条分缕析地阐释了贵族之室庐内外设计、摆设方方面面的规矩，其中就包括贵族世家在岁朝之时宜悬画月令，悬挂哪类题材有一份名录如下：

> 岁朝宜宋画福神及古名贤像；元宵前后宜看灯、傀儡，正、二月宜春游、仕女、梅、杏、山茶、玉兰、桃、李之属；三月三日，宜宋画真武像；清明前后宜牡丹、芍药；四月八日，宜宋元人画佛及宋绣佛像；十四日宜宋画纯阳像；端午宜真人玉符，及宋元名笔端阳、龙舟、艾虎、五毒之类；六月宜宋元大楼阁、大幅山水、蒙密树石、大幅云山、采莲、避暑等图；七夕宜穿针乞巧、天孙织女、楼阁、芭蕉、仕女等图。[1]

仕宦贵族之家，悬挂月令是有讲究的。在这些画作中，仕女画宜在正、二月、七夕之际悬挂。包括仕女在内的多种类题材的画作自明代以来就是家境富足的文人和士绅需要的艺术品类，自然也就成为他们热衷赞助的一部分。改琦的应制之作就是在这样的社会背景中诞生的。

不管是用于收藏，还是用于品鉴，抑或是装饰，服务于文人士绅群体的画作必然要具有较强的欣赏性，要符合这一具有高端文化修养阶层的审美趋向。改琦在接到创作《红楼梦图》的任务后，可以想见的是，这一作品的绘制必然是具有审美指向性的，那么，到底从哪里入手才能做到这一点呢？

在改琦创作《红楼梦图》之前，清代仕女画在延续古代美人画传统的同时，已经经历了一番改革，最重要的变化就是焦秉贞《仕女图》所开启和确定的美人像格局。美国学者高居翰高度评价了焦秉贞的不同寻常：“焦画开启了一种新的宫苑女子形象——体态如嫩柳般纤柔颀长，溜肩，不刻画衣袍之下的体廓，椭圆而扁平的正面头像以及聚

[1] [明] 文震亨：《长物志》卷五，重庆出版社，2008 年版，第 210-211 页。

拢在中央的面部五官。”[1]除了人物造型特征外，在结构空间的布局上，一方面“追求新的自然主义风格，对人物的塑造更具人性关怀，人物更具表现力，清晰的空间结构则增添了人及其周遭景物的真实存在感”[2]；另一方面，当画中人物的背景转向室内时，“将女性置于其闺房内的构图，室内的空间构成更加复杂精细，使观画者更易产生进入画境之感，也更有视觉欣赏性”[3]。如果说图3-3-6的结构还不明显，那么《插花仕女图》（图3-3-8）的画风和布局则是非常有代表性的。前景的矮凳、中景的桌案和床榻、远景的月洞窗及窗外的竹子，三者的位置关系有效地强化了建筑的纵深感，插花的女子表现出城市贵族女子日常生活中的一段时光。

作为宫廷画家，焦秉贞的画作风格是有重要影响的。特别是在同为宫廷画家的陈枚、金廷标等的画作中，这种处在富有空间感中具有程式特征的美人形象已然被普及了。故宫博物院收藏的金廷标的《仕女簪花图》（图3-3-9），画面描绘的栏杆、家具、窗格、室外的柳树，增强了景深视觉效果的层次感，工笔细描下的贵族女子呈现出娇柔典雅的气质，整个画面构图精巧，设色分明。不得不说，当我们将这些具有共性特征的美女形象汇集在一起时，是能够看到它们携带的美学符号的，这些女子都是来自贵族阶层，所居空间都是典雅和富贵的，女子活动或是日常女性生活，或是具有雅致倾向的文化活动。

从身份上来看，《红楼梦》中的女子与宫廷女性是非常契合的。沈从文先生曾经讲到《红楼梦》中的服饰描写：“《红楼梦》一书中王府大宅布局，虽为北京所常见，但叙述到妇女衣着如何配套成分，都明显是江南苏州、扬州习惯。据故宫藏另一《雍正十二妃子图》所绘衣着，可知这时期宫廷里嫔妃便装已完全采用南方式样。这十二个图像还可作

[1]［美］高居翰：《致用与娱情：大清盛世的世俗绘画》，杨多译，生活·读书·新知三联书店，2022年版，第101页。

[2]［美］高居翰：《致用与娱情：大清盛世的世俗绘画》，第114页。

[3]［美］高居翰：《致用与娱情：大清盛世的世俗绘画》，第222页。

图 3-3-9

《红楼梦》一书金陵十二钗中角色衣着看待，远比后来费小楼、改琦、王小梅等画的形象接近真实，而一切动用器物背景也符合当时情形。”[1]以十二金钗为代表的《红楼梦》女子和宫廷嫔妃衣着服饰的相似，表征着身份地位的趋同。大观园中的日常生活和文化活动和画中贵族女子的行为举止也是契合的，或许正是这些共性特征让改琦在创作《红楼梦》众女性形象时首先想到了既有的宫廷女性范式。于是，我们在改琦的《红楼梦图》中，看到的就是这种承袭了焦秉贞所开启的仕女画构图模式，画面以女子为主体，同时配以相应的远景一角或建筑一隅，并出以工笔细描，呈现出精细、工丽和雅致的风格。

此外，《红楼梦》文本自身也提供了一个参考的视角，文中有几处提到室内悬挂美人画作，一处是第十一回中在秦氏处看到的《海棠春睡图》，一处是第十九回宝玉在小书房内见到的："内曾挂着一轴美人，极画的得神。今日这般热闹，想那里自然无人，那美人也自然是寂寞的，须得我去望慰他一回。"这些美女图一来与前文《长物志》中"悬画月令"的名录相照应，二来，宝玉的心思道出了他心目中美女图应有的艺术品质，而这恰恰也为改琦的创作提供了思路。仕女画的创作一要"得神"，这是与传统绘画作品要形神兼备的旨趣相符合的。另外，美人在无人的处境中是"寂寞"的，这为改琦绘制《红楼梦》女性形象确定了基本的格调。正如我们在前文分析的那样，选择绘制无人打扰、独自出现的个体美人形象与单个出现的宫廷仕女图巧妙地结合在一起。只不过，与宫廷女子的闲、静、雅比起来，改琦笔下的红楼梦女子雅致有余，但是在娴静的日常生活之外还多了一丝落寞、孤独和理性，而这正是宝玉口中的"寂寞"，是能够引人同情、需人望慰的。

如果我们引入《雍正十二美人图》（图3-3-10、图3-3-11）作比较，两种不同意趣就会更加明显。这十二景图从构图呈现的视觉效果来看，与焦秉贞的仕女图有异曲同工之妙，但是，在图像隐喻上则完全不同。

[1] 沈从文：《中国古代服饰研究》，上海书店出版社，2017年版，第631页。

破塵居士題

櫻桃口
小柳腰肢斜
倚春風半懶
時一種心情費消
遣緗編欲展又
凝思
米元章

焦氏等宫廷画家展示的是贵族女性的喜乐和平静，而这十二美图出现在帝王居所，图像中是携带有讽刺意味的，即“画中所表现的正是被严令禁止的情境”[1]。图像呈现的是帝王幻想的理想的情境，实际上是日常生活中所不能发生的虚幻场景。而改琦笔下的《红楼梦图》则恰恰相反，相同图式呈现出的是正向想象，正在图中发生的事情或活动来自文本的限定，也就是说文本约束下的《红楼梦》仕女展示的正是日常生活和文化活动的一景，也仅此一景，被圈定在这一景中的美人形象，她们的气质是高贵的，目光是专注的，而不与人交流的，神情举止是有教养的，冷静自处的，这些都更加凸显了她们身上的孤独感和冷色调，也因而更能唤起观者的注视和同情。从这个意义上看，改琦的创作更多地聚焦在了大观园中女子的内心世界，反映了精致的造型和工丽的布景背后掩藏着的不为外人道的内心的孤独。

三、改琦《红楼梦图》的影响

改琦《红楼梦图》自创作出来后，就获得了赞助人李筠嘉的喜爱，当时就“每图倩名流题咏”，试图将名画、名流、诗作结合在一起，提高画作的艺术品质。据淮浦居士的记载，李筠嘉在当时就有将这部作品“刻以传世”的打算，只不过最终未能完成。可见，李虽然对此画原稿“珍秘特甚”，但是却也希冀通过刻印的形式让更多的人了解它的珍贵和美好。虽然这在当时未能实现，但是却在五十多年后，在淮浦居士的手中得以实现。于是，中国古籍的历史上便出现了一部十分珍贵的、具有时代特色的画谱《红楼梦图咏》。

改琦《红楼梦图》通过印刷手段的推广，是以其图和他人题咏结合在一起的《红楼梦图咏》的形式一起刻梓和传播的。这也说明了早期《红

[1]［美］巫鸿：《时空中的美术》，第286页。

楼梦图》从李筠嘉手中散出后，在公共领域的传播很可能就是图和咏在一起的形式。因此，淮浦居士购得的原稿实际上已然是一种图文兼有的作品，并自然而然地将其刊刻成书。为了推广这部作品，淮浦居士也是十分用心，书籍初刻的同年，也就是光绪五年（1879），即在《申报》上刊登广告："《红楼梦图咏》，华亭改七芗先生画《红楼梦图》，人物工丽，布景精雅，每图名人题咏，钱叔美、张船山、吴荷屋、程序伯、廖玉夫……墨迹精刻，朱印灿然，以供鉴家欣赏，六吉宣纸印，订四册，每部宝洋四元，在上海外国坟同庆公栈内，淮浦居士发兑。"[1]

初刻本的刊刻是相当讲究的，郑振铎先生在《中国古代木刻画史略》中评价《红楼梦图咏》："改琦的《红楼梦图咏》出版于光绪五年，刻得至工极精，能够完全不失去改氏的清秀玲珑的作风。这是江南木刻画家的大杰作之一。未知刻者为何人。"[2]虽然刻工待考尚有遗憾，但是能够肯定的却是刻工技艺高超，能够将改琦原稿"清秀玲珑的作风"展示出来。

国图收藏淮浦居士所刻清光绪五年（1879）本，该本出现后，立即得到了大众的喜爱，书坊主于是争相翻刻覆刻，其中较有名的如光绪十年（1884）朱记荣本（图 3-3-12）。按，朱记荣（1836—1905），字懋之，号槐庐，江苏吴县人，原籍吴县白堤孙溪，侨寓松江，富藏书，以刻书、卖书为业。藏书印有"孙溪世家""孙溪逸士""槐庐主人"等。该书卷前有朱记荣原序，记录了他翻刻此本的缘由：

> 云间改七芗先生潇洒风流，精通绘事。红楼图尤为杰作，一时纸贵洛阳，临摹纷杂。惟此图乃先生客海上李氏吾园时创稿，庐山真面历世不磨，经淮浦居士授之剞劂，公之艺林，诚盛举也。近外间竟有翻刻本，虽依样葫芦而神气索然。余惧碔砆混玉，诒买椟还珠之诮也，爰志数行以夸眼福云。时光绪十年（1884）

[1]《申报》1879 年 10 月 14 日。

[2] 郑振铎：《中国古代木刻画史略》，第 199 页。

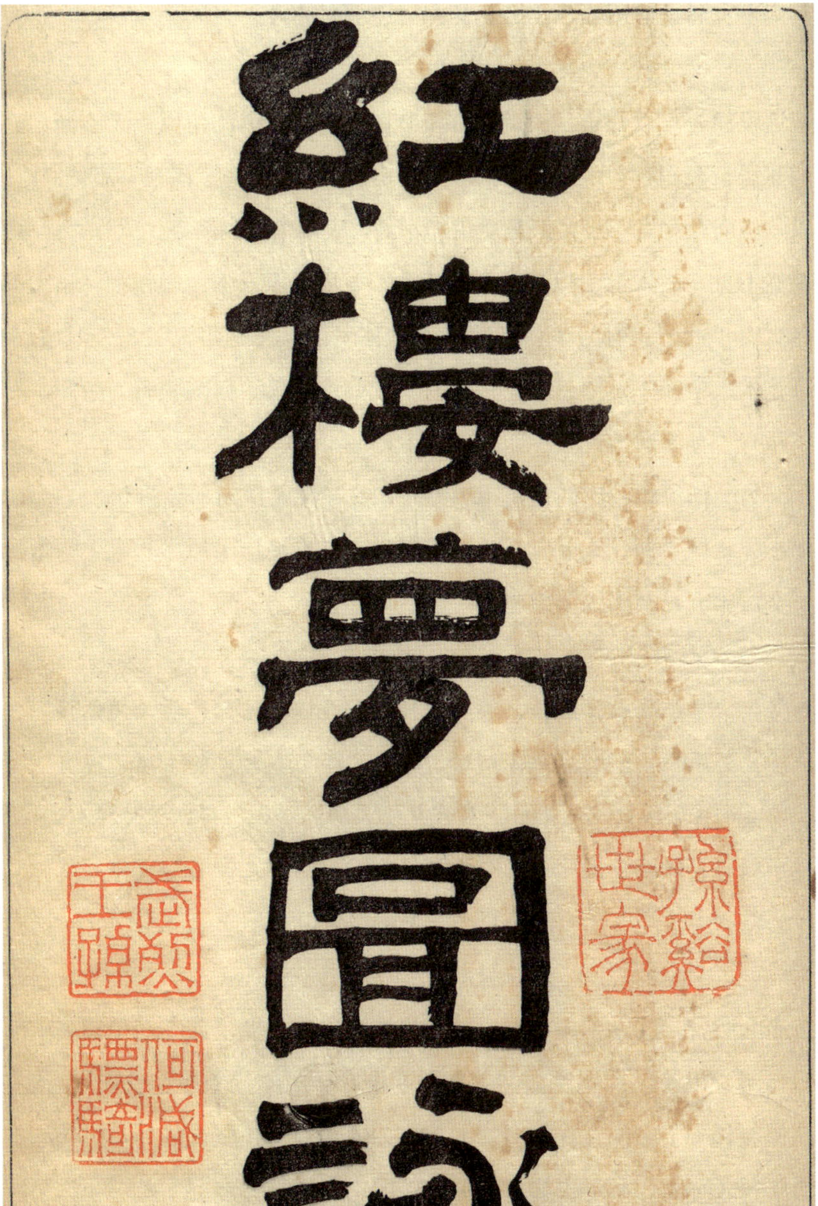

图 3-3-12

岁次阏逢君滩百花生日吴县孙谿逸士记并书。

从这段序言可以知道，改琦《红楼梦图》出现后，临仿原稿者不断，而淮浦居士《红楼梦图咏》的刻本问世，实乃艺林之盛事。该刻本流传广泛，以致坊间翻刻者不少，但是质量却不高，大多依样画葫芦，原作“神气”荡然不见。故朱记荣拟重新刊刻此本，以期还原该本原貌精神。该本书名页有“武烈王孙”“何减骠骑”“孙溪世家”三印。图 3-3-13 为东京艺术大学藏本，内封左下角亦有“武烈王孙”“何减骠骑”两印，右下角有“孙溪逸士过眼”印。

另一部流传较广的是民国十年（1921）文元堂刻本（图 3-3-14），该本牌记题“浙江文元堂杨氏珍藏板”，在淮浦居士原序基础上，增加了辛酉年五月吴熙绮山氏序：

> 华亭改七芗善画，其人物仕女尤能以拙见媚，尝读《红楼梦》而艳之，补成画像四册，时沧州李筍香为风雅主盟，遂有其画像，属诸名流题咏，瑰宝也。为淮浦居士所得，亟付梓人，颜曰《红楼梦图咏》。今其板杨氏耀松购得之，将谋重印，以旧印本请序于予……辛酉年五月吴熙绮山氏序。

按序文所言，文元堂主杨耀松购得了淮浦居士原板，该本乃是初刻本的后印本。但是，据顾音海《〈红楼梦图咏〉版本比较》一文[1]，该本图像与初刻本之间存在很多差异，比如人物眉目、服饰等处，另外该本册序按元、亨、利、贞标为四册，每册中图像按元一、元二……次第编号，而初刻本无此标识，故该本可能是据杨耀松搜购的原板进行翻刻的，而非使用原板重印。

[1] 顾音海：《〈红楼梦图咏〉版本比较》，《上海博物馆集刊》，上海书画出版社，2002 年版。

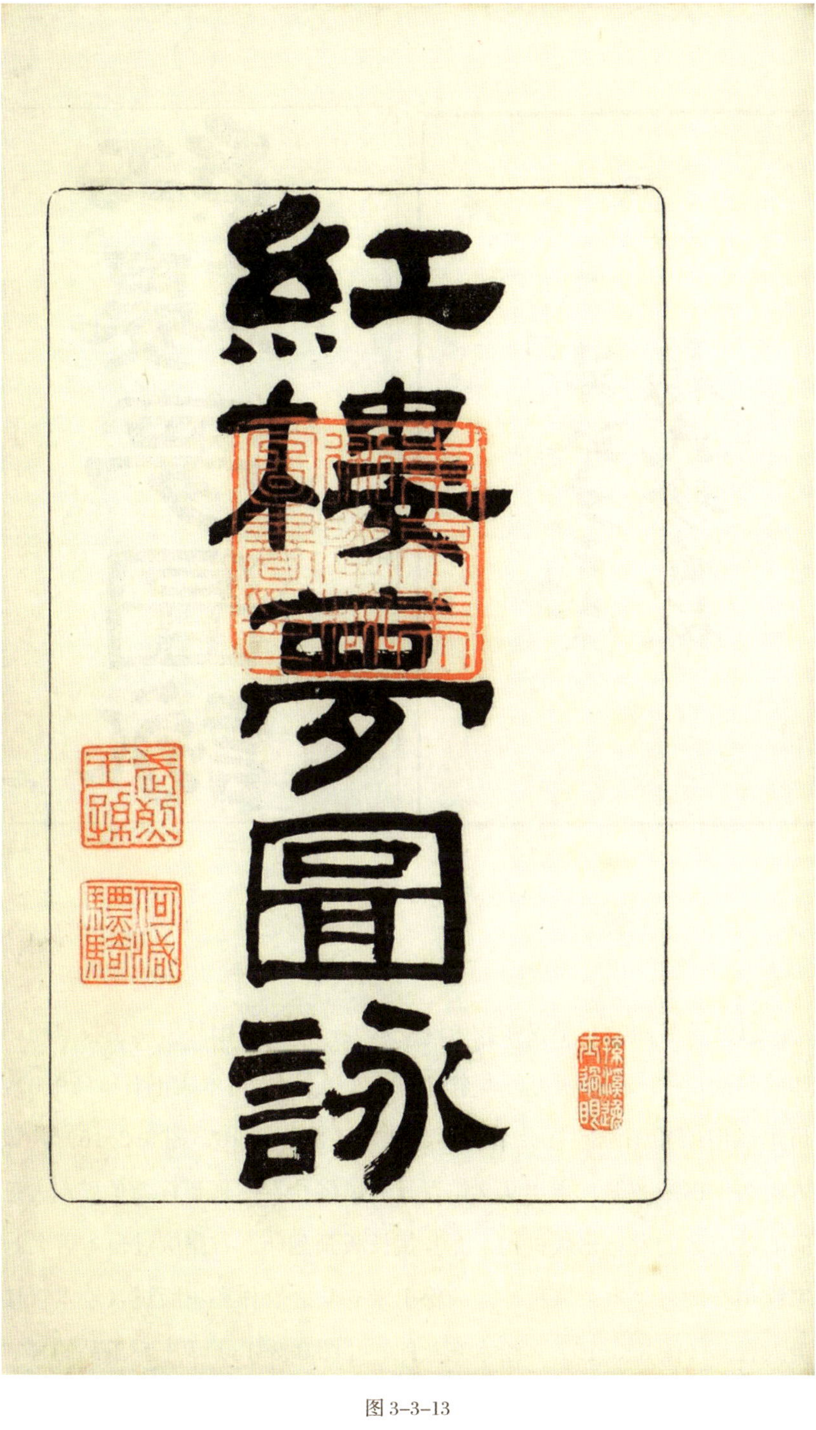

图 3-3-13

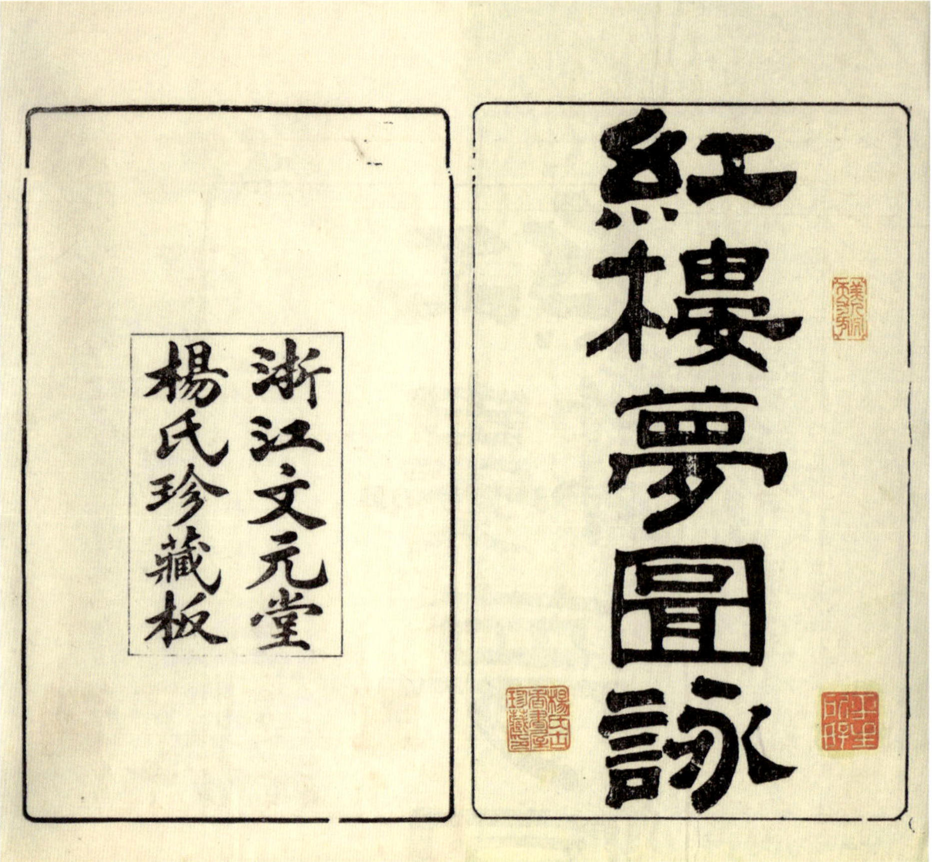

图 3-3-14

《红楼梦图咏》不仅在我国深受欢迎，而且在国外引起了收藏和刻印的热潮，图 3-3-13 就为日本东京艺术大学藏本。日本大正五年（1916），日本风俗绘卷图画刊行会重新刊刻此本（图 3-3-15、图 3-3-16）。该本由久保田米齐编，吉川弘文馆发行。风俗绘卷图画刊行会是日本大正间非常有名的发行出版机构，尤其擅长版画刻印，曾出版过日本著名画家胜川春潮《绘本荣家种》，久保田米齐与之合作还出版过《绘本青楼美人合》（图 3-3-17）《绘本东童郎》（图 3-3-18）等书。出品的《红楼梦图咏》依然保持了非常高的刊本水准，开本阔大，刻印精美，是《红楼梦图咏》重刊本中不可多得的佳本。

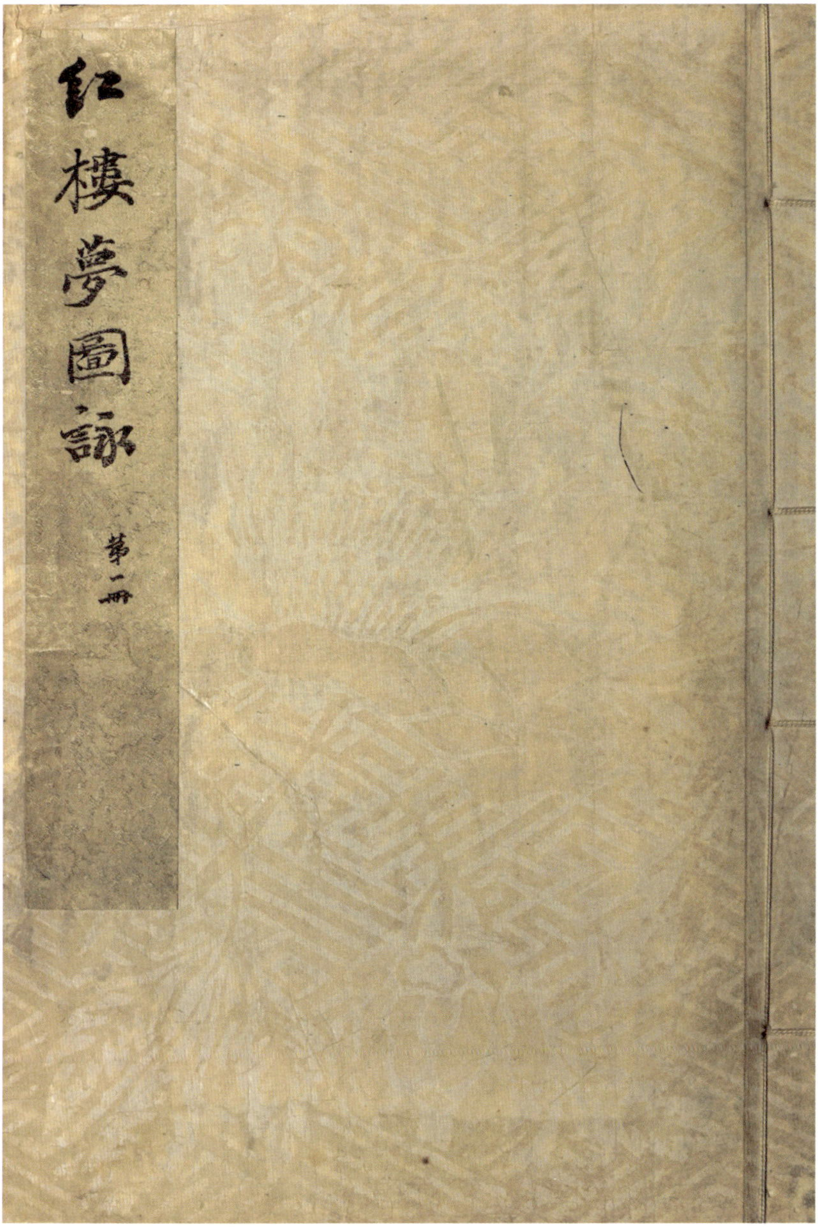

图 3-3-15

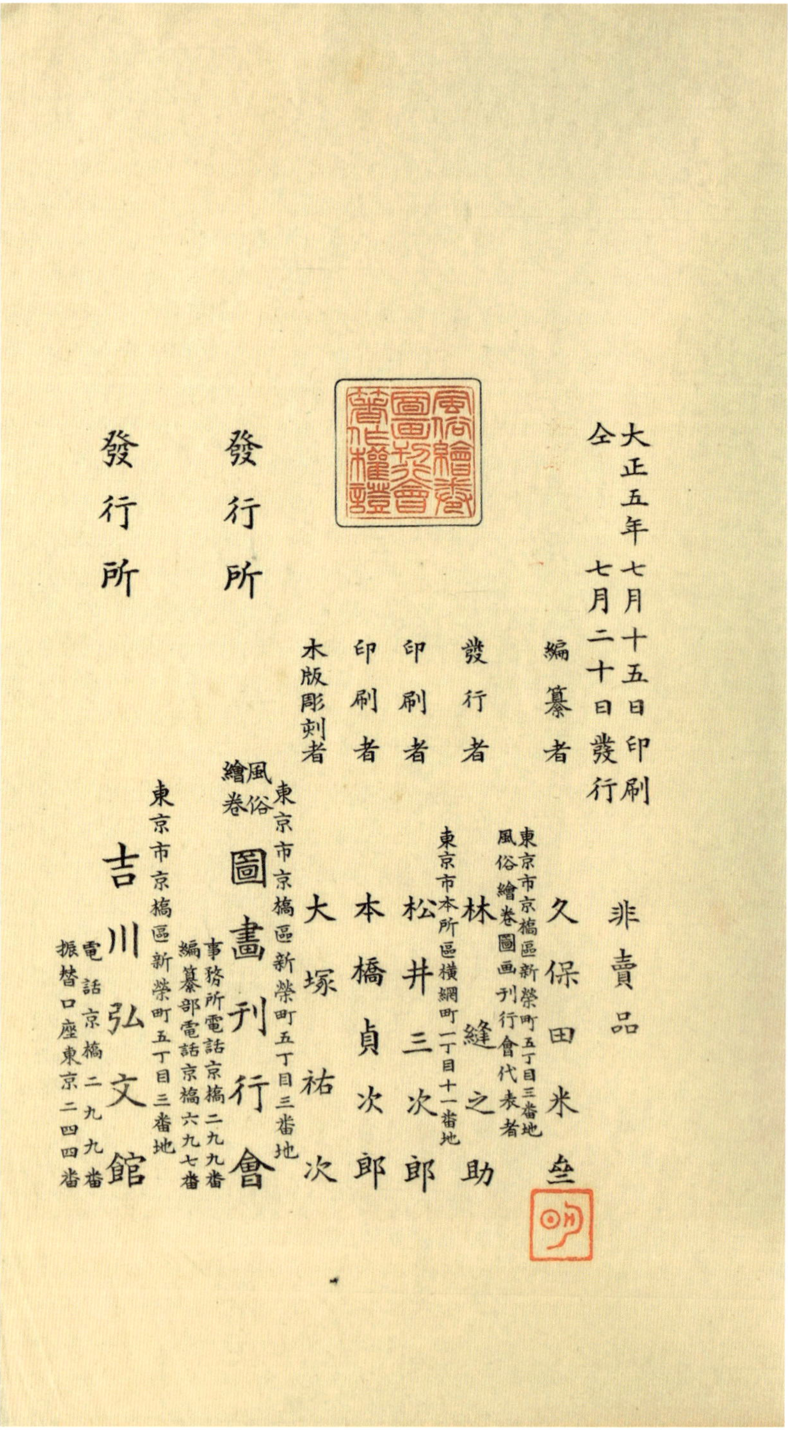
大正五年七月十五日印刷
全　七月二十日發行

非賣品

編纂者　久保田米些
東京市京橋區新榮町五丁目三番地
風俗繪卷圖画刊行會代表者

發行者　林縫之助

印刷者　松井三次郎
東京市本所區横網町一丁目十一番地

印刷者　本橋貞次郎

木版彫刻者　大塚祐次

發行所　風俗繪卷圖畫刊行會
東京市京橋區新榮町五丁目三番地
事務所電話京橋二九九番
編纂部電話京橋六九七番

發行所　吉川弘文館
東京市京橋區新榮町五丁目三番地
電話京橋二九九番
振替口座東京二四四番

图 3-3-16

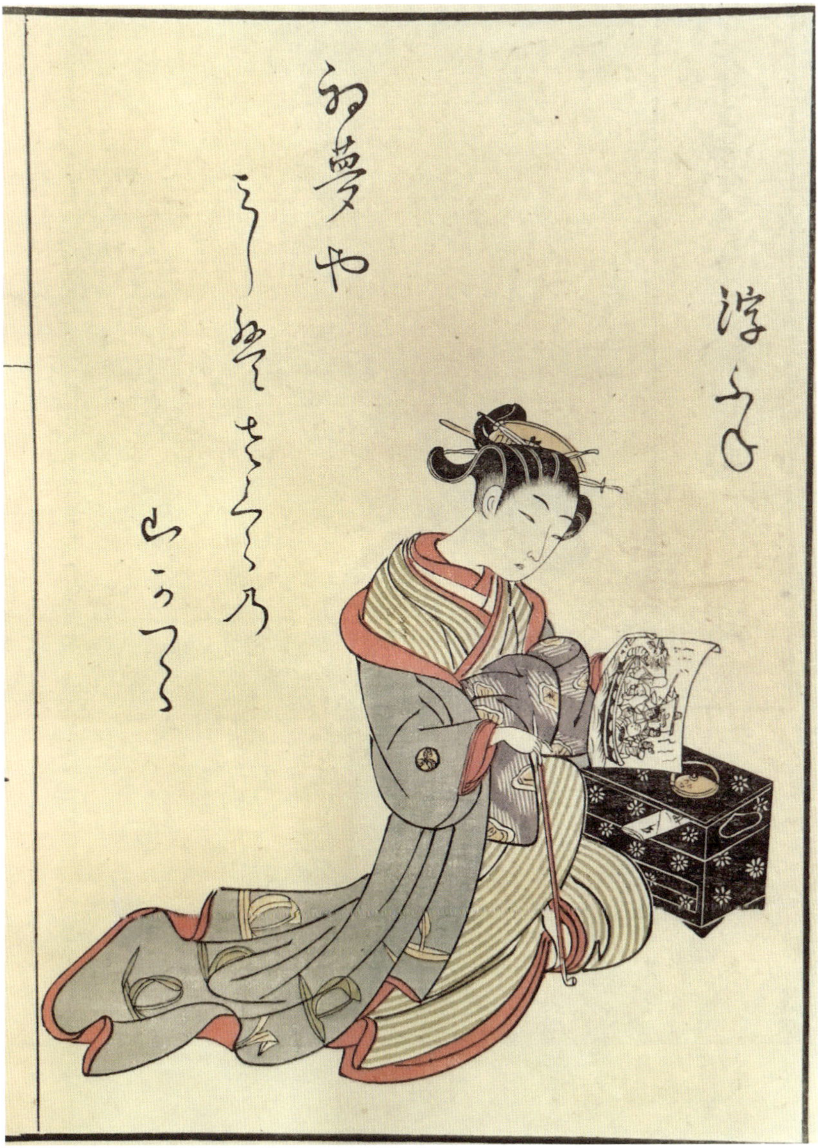

图 3-3-17

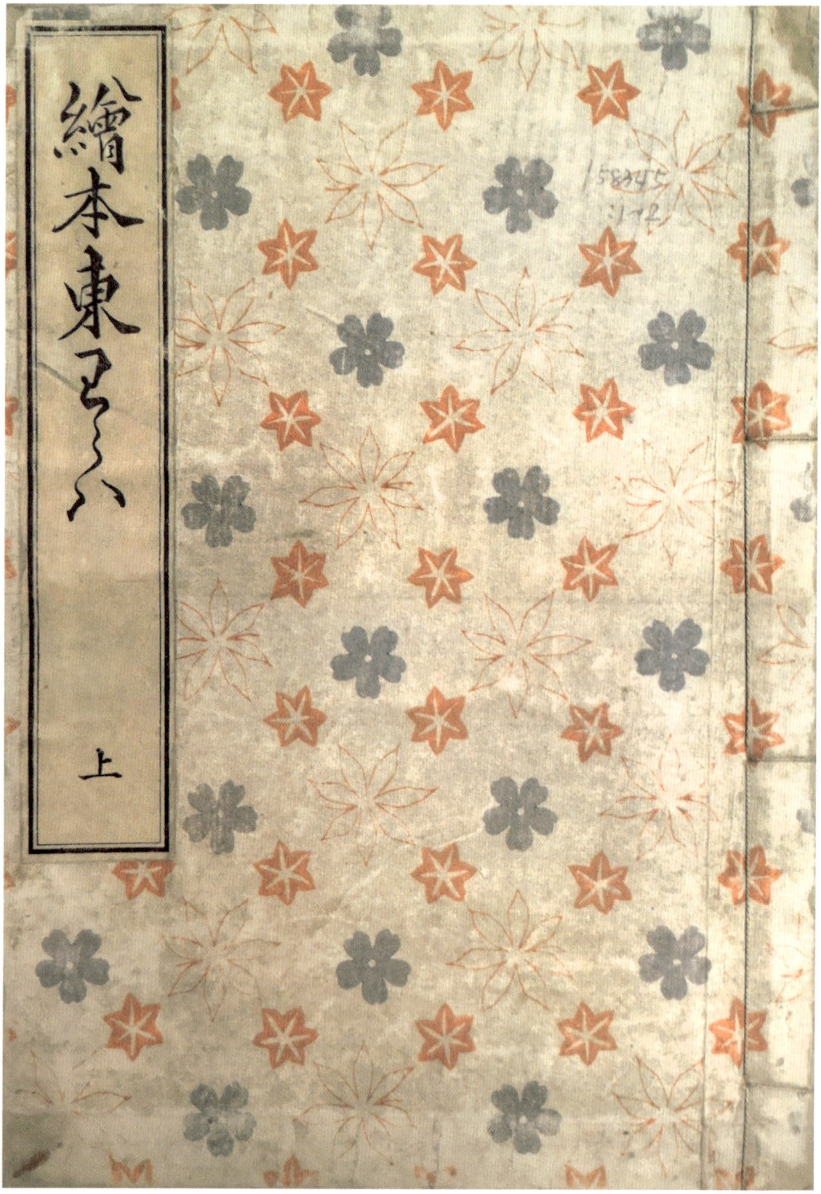

图 3-3-18

以上，从三个部分梳理了改琦《红楼梦图》的创作缘由，分析了《红楼梦图》的艺术特色及其创作的图像经验来源，以及从绘本《红楼梦图》到刻本《红楼梦图咏》这部作品的传播。《红楼梦》这部经典文学作品，催生出了改琦《红楼梦图》 这部“生平杰作”，而这部画谱又催生出了《红楼梦图咏》这部刻本中的“大杰作”。文学、绘画、古籍在历史的脉络中被巧妙地串联起来，其中的影响因素是多元的，既有个人超凡颖异的才华，也有文坛艺林的助力；既有历时性的书画传统的承袭，也有特定时代某一地区经济文化的影响。《红楼梦图咏》可以说是跨越了文学、艺术领域的藩篱而诞生的杰出作品，是值得我们民族珍视的文化瑰宝。

第四章　图像与工艺

第一节　精巧匠心：苏州工艺与贵族文化

《红楼梦》是中国古代说部中的经典作品，苏州工艺是中国传统的经典工艺，对二者之间关系的探讨不仅在文学意义的层面上有助于文本的解读，同时也促使我们从历史的角度梳理和认识文学和工艺之间交流和影响的关系，对我们认识和书写古代文学史和工艺史均具有十分重要的作用。

一、苏州工艺的题材目录和社会图景

地域特色的形成有赖于多种因素，就工艺品而言，与当地的物产材料息息相关。苏州地处江南水乡，气候宜人，物产丰厚，得天独厚的自然条件为苏州工艺的发展提供了有利的条件和保障。致力于工艺文化研究的日本学者柳宗悦在谈及工艺的地域性时说：“地方工艺赋予手工艺的显著特质，天然材料与风土气候促进了特殊的乡土工艺的生长。手工艺被叫作地方性的，从而产生了民族本身固有的种种美。”[1] 从地域特色来看，《红楼梦》是一部汇聚了北方文化和江南文化的作品。就后者而言，苏州作为江南文化的典型代表，其进入到文本中的工艺品不仅体现了苏州的地域特色，而且因其工艺种类的多种多样以及工艺质量的精益求精，从而拓宽了作品的表现视域，提升了作品的美学意蕴。

据明清两代吴地方志所记，苏州物（土）产包括花、木、竹、石、帛、布、器用、工作等十几个大类。这些物产不仅酝酿出苏州独树一帜的工艺品，而且酝酿出一系列苏州独有的工艺制作技巧。以物产材料为依据，有以下几种不同类别：丝织品、漆器、家具、灯彩、扇骨、围屏等。以工艺制作方法而言，有刺绣、缂丝、雕镂、填漆、戗金等别具一格的制作技巧。

这些工艺品以及工艺技巧，我们均可以在文本中找到对应。为了更加清晰直观地了解苏州工艺，我们选择《红楼梦》文本中几处有代表性的苏州工艺稍作罗列（如表 4-1）：

表 4-1　《红楼梦》中苏州工艺分类统计

工艺品	细目	回数	原文
丝织品	双绣	四十	东边便设着卧榻，拔步床上悬着葱绿双绣花卉草虫的纱帐。
	透绣 / 慧绣	五十三	一色皆是紫檀透雕，嵌着大红纱透绣花卉并草字诗词的璎珞。
	缂丝	七十一	内中只有江南甄家一架大屏十二扇，大红缎子缂丝“满床笏”，一面是泥金“百寿图”的，是头等的。
漆器	螺甸	五十一	二人来至宝玉堆东西的房子，开了螺甸柜子。
	漆镶嵌	十七	原来四面皆是雕空玲珑木板……各种花样，皆是名手雕镂，五彩销金嵌宝的。
	戗金	四十	只见几个婆子手里都捧着一色捏丝戗金五彩大盒子走来。
	填漆	二十六	又进了一道碧纱橱，只见小小一张填漆床上悬着大红销金撒花帐子。
	雕漆	四十一	只见妙玉亲自捧了一个海棠花式雕漆填金云龙献寿的小茶盘，里面放一个成窑五彩小盖钟，捧与贾母。

[1]［日］柳宗悦：《工艺文化》，徐艺乙译，广西师范大学出版社，2006 年版，第 43 页。

续表

家具	螺甸	五十一	二人来至宝玉堆东西的房子，开了螺甸柜子。
灯彩	花灯	一	真是闲处光阴易过，倏忽又是元宵佳节矣。士隐命家人霍启抱了英莲去看社火花灯。
	沙子灯	六十七	外有虎丘带来的自行人、酒令儿，水银灌的打筋斗小小子，沙子灯。
扇	折叠扇	三十一	偏生晴雯上来换衣服，不防又把扇子失了手跌在地下，将股子跌折。
	扇骨	四十八	拿出这扇子略瞧了一瞧。据二爷说，原是不能再有的，全是湘妃、棕竹、麋鹿、玉竹的，皆是古人写画真迹。
泥塑		六十七	一出一出的泥人儿的戏，用青纱罩的匣子装着；又有在虎丘山上泥捏的薛蟠小像，与薛蟠毫无相差。
盆景		五十三	又有八寸来长四五寸宽二三寸高的点着山石布满青苔的小盆景，俱是新鲜花卉。

在表 4-1 的简要罗列中，可以看到苏州工艺种类的丰富和工艺水平的高超，这一方面表现在一种工艺手段在不同工艺品中的运用，如缂丝工艺既运用于围屏制作，也运用在服饰制作中，漆器工艺可运用在围屏、笺纸、家具等多种工艺品制作上；另一方面表现在一种工艺品中集合多种工艺技巧，如江南甄家的十二扇大架围屏就集合了丝织工艺中的缂丝以及漆器工艺中的泥金。作者对这些工艺品可谓信手拈来，不露痕迹地将其融入于小说的叙事中。这些富有时代气息的工艺品在彰显着苏州地域文化特色的同时，亦成为构建红楼社会景观的天然要素。而伴随时代的发展，这些曾经出现在经典文学文本中的很多技艺如缂丝、泥塑、制扇（图 4-1-1）、灯彩、盆景（图 4-1-2）等均成为我国乃至世界范围内的非物质文化遗产。

图 4-1-1

图 4-1-2

工艺品属造型艺术，其造型样式除了与产地的地理条件密切相关外，历史、传统也起着决定作用，而这正是不同民族、不同国度工艺文化的特色与差异所在。从这点来看，浸染着苏州工艺品个性气质的《红楼梦》文本自然会附带上江南的吴地风格，换言之，通过苏州工艺品在文本中的陈列和叙述促使《红楼梦》的社会景观呈现出江南吴地风貌。明清两代所修的吴地方志在概括当地风俗时描述了如下特征：

今观之吴下，号为繁盛，四郊无旷土，其俗多奢少俭，有海陆之饶，商贾并凑，精饮馔、鲜衣服、丽栋宇，婚丧嫁娶，下至燕集，务以华缛相高，女工织作、雕镂涂漆，必殚精巧。[1]

——［明］王鏊《［正德］姑苏志》卷十三《风俗》

四郊无旷土，其俗多奢少俭，商贾并凑，精饭馔、鲜衣服、丽栋宇，婚丧嫁娶，下至燕集，务以华缛相高，女工织作、雕镂涂漆，必殚精巧。[2]

——［明］牛若麟《［崇祯］吴县志》卷十《风俗》

今观之吴下，号为繁盛，四郊无旷土，有陆海之饶，商贾辐辏，饮馔、衣服、栋宇，婚丧宴会，务以华缛相高，女工织作，雕镂涂漆，必殚精巧。[3]

——［清］陈莫纕《［乾隆］吴江县志》卷三十八《风俗》

吾吴风尚大者无少变更，至委巷琐事则日新月异……有海陆之饶，珍异所聚，故商贾并凑……吴中自昔繁盛，四郊无旷

[1]［明］王鏊：《［正德］姑苏志》卷十三，清文渊阁《四库全书》本。

[2]［明］牛若麟：《［崇祯］吴县志》卷十，明崇祯刻本。

[3]［清］陈莫纕：《［乾隆］吴江县志》卷三十八，清乾隆修民国年间石印本。

土，随高下悉为田人，无贵贱，往往皆有常产，以故俗多奢少俭，竞节物、好遨游。[1]

——［清］李铭皖《［同治］苏州府志》卷三《风俗》

从历代方志的记述可以看到，苏州地理位置的便利促进了交通的发展，物产的丰富促进了经济的繁荣。明清两代，吴地“无少变更”的“繁盛”之风正是《红楼梦》作品诞生的特定历史时期，而讲述着皇家贵族事迹的《红楼梦》在引入吴风时也便自然而然地将其化用于文本中，使作品呈现出具有吴地风貌的社会景观。其中，有两点又是特别突出的。

第一，“多奢少俭”。作为世家大族，贾府内一应装饰陈设皆为上品，大观园作为一个缩影便是典型代表（图 4-1-3）。作为皇室园林，一方面园中的一花一草、一石一树、一亭一阁、一水一桥，沾染着苏州园林的建筑气息，另一方面皇家的身份特征又使其少了一分江南私家园林的闲适之气，多了一副宫廷贵族的华缛之气。作者借元春之口感叹：“贾妃在轿内看此园内外如此豪华，因默默叹息奢华过费。”

第二，“必殚精巧”。正如清代李铭皖在《［同治］苏州府志》中的概括“工技之属奇巧，尤为天下甲”。“必殚精巧”既是一个结果，也是一个过程，它代表着苏州人对精致美的追求，体现着吴地文化对美的认知和把握。薛蟠从虎丘带回的各种民间小玩意儿，虽不登大雅之堂，但亦栩栩如生，令人“满心欢喜”，而用于贵族居室装饰的大架屏风则运用多达十六道工艺的缂丝技术和漆器制作中的泥金技术。无论是民间工艺抑或是贵族工艺，苏州工艺追求精巧的宗旨是相同的。

[1]［清］李铭皖：《［同治］苏州府志》卷三，清光绪九年（1883）刊本。

图 4-1-3

苏州工艺品的制造和发展在经由地方个体制作交易到官方集体制作交易的转变后，在皇室的参与和庇护下，其工艺品的制作不计较费用、数量、材料，只追求技艺上的精益求精、成品的美轮美奂，其结果是一大批琳琅满目、极致奢美的精品工艺的诞生。然而，奢华并不必然意味美，过度奢华反而会导致极度缺乏实用性而远离大众。从这个角度看，《红楼梦》中描绘的各色美轮美奂的工艺摆设反而成为王室荒淫骄奢的有力支撑。可以说，正是这一岌岌可危的行将没落的封建帝国的庇佑刺激了工艺技术的极致追求，不过也同样导致了以宫廷贵族为典型代表的繁缛单一的病态美。

二、文本内部的装饰主题与权力阐释

装饰活动在人类生活的早期新石器时代就已经出现，并具有丰富多样的形式，其目的在于美化（ornament），以达到人类精神和情感的满足和愉悦。与满足于民众生活需求为目的的实用性工艺品相区别，贾府的苏州工艺品绝大多数属于贵族工艺品，主要用于装饰。前者意味着工艺品将主要服务于生活之“用”，后者则意味着工艺品将主要服务于收藏和鉴赏之“看”。小说文本中的装饰主题围绕着“用”和“看”的功能，其装饰要素的构成、装饰形式的特征、装饰风格的实现都成为文本主题意义生成的重要因素。对这些问题的探讨和思考，有助于我们发现并解读《红楼梦》的艺术取向以及这一艺术取向的隐喻意义。

1. 装饰的象征意义

从苏州工艺品的数量和质量来看，其题材的广泛性保证了文本内部装饰主题的涵盖广度，其技艺的精湛工巧提升了文本内部的美学意蕴，实际上是提升了贾府内部装饰活动主体人物的审美水准和经验。在我们对苏州工艺品的分析中，可以发现文本内部的装饰主题既表现出人类共通的文化共性，也呈现出《红楼梦》作品所独有的富有传统意义的民族个性。

第一，展示性。工艺品的原初功用并非陈列展示，这一功能实际上是在工艺制作技巧高度成熟和发展以后，精美的工艺品经由日常之“用”进入到欣赏之“看”的阶段，是工艺品审美功能的极大体现。就《红楼梦》而言，贾府贵族生活的富足和闲适促使其追求和热爱精致工艺品，而贵族教育的高端和完善又保证了其对工艺品收藏和鉴赏的能力和水准。可以说贵族的身份特性决定了其室内陈设之各类工艺品的高雅性，它包括日常摆设的各类陈设，如漆器、屏风、盆景、炉瓶等，也包括在特定节日或特定活动时才登场的某种工艺品，如元宵节出现的灯彩、璎珞，大观园特意采办的苏州驾娘和女乐。从视觉性而言，用于陈列展示的工艺品主要用于“观看”，换言之，即工艺品在陈列展示中将自身完整、全部地呈现在观者眼前，工艺品的精巧、美丽、高雅、意趣等工艺个性均得到了最大程度的发挥和满足（图 4-1-4）。

图 4–1–4

第二，秩序性。第五十三回《宁国府除夕祭宗祠　荣国府元宵开夜宴》（图 4-1-5）集中体现了贾府作为皇亲国戚以及世家大族所具有的宗法性。中国古代讲究“修身、齐家、治国、平天下”，在这一家国制度的辐射下，贾府的家族祭祀实际上是封建帝国政治制度的一个缩影，有关宗祠的宗法性在前面第二章第一节已经进行过详细分析。贾府祭祀和元宵夜宴具有时间和空间上的连续性和延展性，在这个极具宗法性、制度性、礼仪性的场所，有一段“花厅”的工艺陈设十分富有江南吴地特色：

> 这边贾母花厅之上共摆了十来席。每一席旁边设一几，几上设炉瓶三事，焚着御赐百合宫香。又有八寸来长四五寸宽二三寸高的点着山石布满青苔的小盆景，俱是新鲜花卉。又有小洋漆茶盘，内放着旧窑茶杯并十锦小茶吊，里面泡着上等名茶。一色皆是紫檀透雕，嵌着大红纱透绣花卉并草字诗词的璎珞。若有一件真“慧纹”之物，价则无限。贾府之荣，也只有

图 4-1-5

两三件，上年将那两件已进了上，目下只剩这一副璎珞，一共十六扇，贾母爱如珍宝，不入在请客各色陈设之内，只留在自己这边，高兴摆酒时赏玩。

贾母花厅陈设沿用祭祀场景的装饰布局，祭祀要庄重肃穆，佳节要喜庆祥和，于是我们看到作为贵族之家的工艺陈设集御赐宫香、精巧盆景、洋漆饮具、透绣璎珞等于一体，特别是作为在特定场合和时间出现的御赐宫香和“慧纹”，这些工艺品陈设除了为满足装饰美化的效果外，还意在营造隆重华丽的文化氛围，体现贵族之家重视礼法讲究秩序的格调和倾向。

工艺品装饰的不同层次显示了工艺文化领域运用的不同效应，如果说发生在私人空间的工艺品展示属于个人观看行为，其目的是实现个人美感和愉悦感的满足，那么发生在公共空间的工艺品陈列则具有彰显礼仪秩序的特性，其目的是实现空间场景的特定氛围以及突显装饰主体的身份气质。

2. 贵族工艺品的权力表征

工艺品是工艺匠人心血和智慧的结晶，不过作为匠人，其身份地位均无法与贵族相提并论，工艺品的生产和消费就这样在不同人物群体间流动和转换，工艺文化也因此出现了权力的倾斜。当代艺术理论批评家彼得·波拉（Peter Bolla）在谈到视觉经验时说："观看活动不仅在特定的物理环境中发生，而且处于视觉本身的文化氛围中。也就是说处于由文化样式创立的虚拟空间中。因此，任何视觉经验都积极地打上了等级、阶层和性别的烙印。"[1]彼得·波拉在这里强调的是作为观者出现的人物群体具有的社会等级和阶层差别。在《红楼梦》这个虚拟空间中，围绕工艺品而出现的各色人物、各个事件在不同程度上也都具有社会权力分配的表征意义。

首先是工艺品观者身份上的差异。从工艺品制作过程来看，工艺匠人是工艺品的最初观者，但是这只是暂时的，整体来看，以贾府为代表的贵族群体才是工艺品特别是精致工艺品的占有者，贾母对待苏绣工艺精品"慧纹"的态度就很能说明问题。由于掌握了工艺品的支配权力，也就具有了工艺品运用领域的决定权力，而这也正是封建皇权高度集中的表现。贵族群体对工艺品的占有实际上圈定了工艺品的消费领域，并在这一领域内划定其展示的个人空间和公共空间。

发生在薛蟠与石呆子之间有关扇子的一段公案也十分富有代表性。文中虽然没有明确石呆子的身份，只说他"穷的连饭也没得吃"。但是其家藏古扇并可鉴赏古扇说明他很可能是没有功名的文人。贵族的纨绔子弟和没落文人同时爱上了一种工艺品，于是戏剧性的一幕上演了，石呆子"坑家败业"，自尽而亡，古扇最终易手。薛蟠和石呆子

[1]［英］彼得·波拉：《视觉的可视性：沃克斯豪花园与观者的定位》，见［美］史蒂芬·梅尔维尔、比尔·里汀斯《视觉与文本》，郁火星译，江苏美术出版社，2009年版，第328页。

是贵族群体和平民群体两个阶层的代表，前者拥有金钱和权势但却无知，后者富有知识修养但却无财无势。然而在工艺品的归属问题上，政治地位和经济地位起到了决定作用。石呆子的抗议权在官商勾结下最终销声匿迹。古扇不过是一个诱因，这一事件背后隐含的事实是社会结构组织关系中权力分配的不均衡，而这正是封建社会根深蒂固的矛盾所在。

在《红楼梦》文本中，不仅工艺匠人与观者之间存在社会等级的区分和联系，那些很少露面的工艺品制作者之间也存在身份差异。总体而言，我们在作品中基本找不到作为工艺匠人存在的这一大类群体，文本中出现的几处描述也均是一笔带过。如第十八回和第四十回提到的从姑苏采买回来的不具姓名的“十二个女孩子”和“几个驾娘”。又如薛蟠从虎丘带回来的各种“小玩意儿”，最是富有民间工艺的生动气息，不过，这些“土物”也不会有人关注其制作者姓甚名谁。第五十三回璎珞的制作者“慧娘”算是有较为详细的介绍，不过那些“翰林文魔先生们”的津津乐道更像是文人的闲聊附会，而缺少真挚的激赏之情。小说文本对匠人的略写或不写的态度是和正史记载相一致的。清代同治间《苏州府志》卷一百九《艺术》记清代百余家书画家和医家，而善工艺者只记六人，这明显与城中“居民大半工技”的历史现实呈现出比例差异。

贾府是一个巨大的权力聚结场，其权力力臂指向社会生活的方方面面，在工艺品所代表的艺术层面，工艺品为谁而作？怎样制作？制作什么？谁在观看？谁来收藏？谁来占有？这样一系列问题让我们意识到小说文本中描绘的工艺品、叙述的工艺品场景和事件实际上是在赋予工艺品某种关系和定位，而这一关系和定位恰恰蕴含在小说文本所凝结的特定社会历史时期的政治权力关系中。

三、小说作品中工艺文化研究的指向性

《红楼梦》作品中苏州工艺品的题材范畴有哪些？它促使作品呈现出怎样的社会景观？作品主题表现出哪些含义并表征出怎样的社会历史关系？这些具体问题的提出和梳理又促使我们进一步思考这样一些基本问题，怎样对待小说作品中出现的工艺文化，如何处理二者之间的关系才能更加合理地解读文学作品和工艺文化。

史学家对历史的考察有赖于由各种“史料”（source）所建构起来的档案，“史料”包括纸质文献留存下来的文字、图像、照片、绘画等，也包括各类立体造型艺术留存下来的建筑、雕像、家具、瓷器等。工艺品就是造型艺术中的一种。被称为“社会史学家”的19世纪美国画家乔治·加勒布·宾厄姆曾说过，“制作历史档案就像‘用艺术作品记录’他那个时代的社会和政治生活，在他看来，就是年复一年、日复一日地用画像的方式来‘展现’他们……画像的力量在于它们‘能永久保持事件的记录，其清晰程度仅次于亲眼所见’”[1]。工艺品和画像一样同属空间造型艺术，是视觉艺术的重要构成部分。传统手工工艺品是经过岁月沉淀所流传下来的重要文化遗产，它们作为历史记忆的碎片，储存了丰富的社会历史信息，是我们考察特定时期社会历史风貌的重要实物文献资料。

当我们将工艺品作为历史事实对待时，首先意味着工艺品不仅仅是作为“物”的存在，而是以“物”为纽带，联结工艺生产、消费、鉴赏、收藏等一系列场景和事件。对工艺品的研究实际上是对所谓工艺品标签和名录内容的追寻和拷问，包括工艺品制作者、工艺制作理念、工艺制作过程、工艺品传播链条等一系列问题。在这一探索的过程中，几组相互关联的关系是我们研究的重要指向。

[1] 转引自［英］彼得·伯克：《图像证史》，杨豫译，北京大学出版社，2008年版，第140页。

一、文本的历史化。小说作品的创作有其特定的历史土壤，以《红楼梦》为代表的世情小说以“描摹世态，见其炎凉”[1]为旨归，作品为反映社会历史的广度和深度势必会选取和容纳典型历史事实。当然，文学与历史不可混同，不过当这些带着历史事实信息的符码进入到作品中时，无疑会拓宽文学作品的表现视域。在这些历史事实中，工艺品作为造型艺术的视觉资料，通过文本的加工流传下来，它所传递的不仅仅是历史中曾经存在的一种“物”的形态，而且还作为历史的“痕迹”将其存在的社会历史语境传达给我们。正如英国艺术批评家 T. J. 克拉克（T. J. Clark）强调的那样：“艺术品只有在展示其复杂的‘境遇性’（situatedness）的阐释中，在与其他形式的历史迹象的多重关系的文脉中展示其生命力的说明中，才能真正为人们所理解。”[2]在这个意义上，文学作品内工艺文化的历史主义研究重在通过工艺品的梳理和分析，揭示特定历史阶段中的工艺品特征、工艺实践过程、工艺品制作和消费机构等，以及围绕这些问题所发生的各类社会历史关系。

二、工艺的文学化。工艺的文学化是艺术领域和文学领域交叉的结果，意味着不同文化空间领域的转换和交流。工艺品进入小说创作，一方面促使艺术史和文学史的书写将不再界定于一种单一的内容，而是有了更加广泛的叙述要素；另一方面，工艺品在依托文学作品所形成的虚拟空间中，其艺术价值和意义的实现有了更为广阔的表征形式，其艺术主题、艺术风格、艺术功能等也在媒介载体的转化下发生着不同程度的转变。从艺术结构上来看，工艺的文学化使工艺文化具有了更加丰富的表现层次，在文学作品所织成的关系网络中，工艺文化的解读具有了更为立体而复杂的关联性框架体系。从艺术情感上来看，工艺的文学化促使艺术情感的表现不再只局限在艺术品“客观”历史传统的表现上，在

[1] 鲁迅：《中国小说史略》，《鲁迅全集》卷九，第 186 页。

[2] 转引自［英］乔纳森·哈里斯：《新艺术史批评导论》，徐建译，江苏美术出版社，2010 年版，第 43-44 页。

文学叙事要素的组织和文学符号的指代中，也涵盖了人类精神和心理上的抽象观念和主观意识。

三、文本的视觉性。英国艺术批评理论学者马尔科姆·巴纳德（Malcom Barnard）为视觉产品下的定义是："视觉产品就是人类生产、表现或创造且又有或被赋予功用、传达和美学意图的任何可视的东西。"[1]从广义上看，视觉文化的研究对象是一切可视性产品，其研究指向可视性产品的生产、表现、功用、美学意图等共性问题；从狭义上来看，视觉文化的研究对象和研究指向则会因为具体国家、民族的差别产生不同变化。中国古代的传统工艺作为视觉文化产品的重要一端，是我们考察和了解古代视觉文化的重要依据。不过，与客观存在的手工工艺品有所区别，小说文本中的工艺制品因其特殊的文学语境，还将生成或附带某种潜在的象征隐喻意义，成为构成视觉文化话语的重要佐证。从这个意义上看，工艺品作为小说文本中的一个维度，虽然它们的出现没有语言、没有动作、没有表情，可以说是一种无声的存在，但是其作为文本叙事中的一类可视形象，从"观看"的视角，联系着一系列问题：它们如何展示？展示给谁看？谁可以看、谁不可以看？看到了什么？小说作品因为视觉产品的引入也便有了视觉文化研究的重要向度。

总体而言，作为中国古代文化中的精髓，《红楼梦》与苏州工艺均具有鲜活而长久的生命力，前者作为经典文学的代表，后者作为造型艺术的代表，对二者关系的分析为我们提供了一个文学和工艺交叉研究的范例，让我们发现了文本解读中工艺文化维度的重要意义，促使我们重视文学作品中工艺文化的描述和阐释。这一分析和探讨意味着对古代文学、艺术、视觉文化等多个领域中不同问题的追问，同时促使我们进一步思考有关多元文化领域的交流和影响问题，并有针对性、有步骤地对上述问题予以叙述和回答。

[1]［英］马尔科姆·巴纳德：《艺术、设计与视觉文化》，王升才等译，江苏美术出版社，2006年版，第9页。

第二节　繁华绮丽：西洋文明与仕宦缩影

1921年胡适发表《〈红楼梦〉考证》标志着以文献考证与现代科学精神相结合的“新红学”的诞生，于是在相当一段时期内，学界对《红楼梦》关注的焦点始终集中在作品的著作者、版本、后四十回等相关问题的探讨上，但是随着研究视野的日益拓展，中外文化交流碰撞的不断加剧，红学研究逐步突破了原来有限的热点主题，从本土研究走向跨文化传播的领域，其中，有关《红楼梦》与西洋文明的专题引起了众多学者的关注。

尽管《红楼梦》与西洋文明的研究直至目前仍然不处于主流研究的中心位置上，先后只有方豪、黄龙、向彪等少数学者的专题论文，但是通过认真阅读吕启祥、林东海两位先生主编的《红楼梦研究稀见资料汇编》[1]（以下简称《稀见资料汇编》），我们发现，在1949年之前，已经有相当一部分学者对这一专题产生了浓厚的兴趣，并进行了深入的分析和研究，他们的论述在有限的“名家名说”外，展示了红学广阔丰

[1] 吕启祥、林东海主编：《红楼梦研究稀见资料汇编》，人民文学出版社，2001年版。

富的精彩世界，拓展了红学研究的空间，对红学的发展作出了贡献。这些论述对我们今天的研究仍具有很好的启发和借鉴意义，但对这些论述至今还缺少较为全面的梳理和总结。本文拟系统梳理 1949 年以前学者们对《红楼梦》与西洋文明研究的各种论说，希望对这一课题的继续研究有所帮助。这些研究观点大致可以从社会背景、文献考证和艺术表现三大方面进行把握。

一、西洋文明作为《红楼梦》社会背景的重要组成部分

法国哲学家兼批评家丹纳在《艺术哲学》中提出的时代、环境、种族三因素分析法对 20 世纪初中国批评界产生了很大影响，或许正是在这种影响下，这时期的许多研究者在文学研究中特别注意把握时代环境因素，认为这是阐释文本文化含义的重要组成部分。也许正是意识到西洋文明作为外来文化因子在《红楼梦》一书中的特异性，不少学者将其纳入到他们的研究范畴内，作为考察《红楼梦》本事发生发展的重要背景的组成部分。

在论及《红楼梦》一书所表现的社会历史的广度时，吴宓称“《红楼梦》为中国文明最真最美而最完备之表现，其书乃真正中国之文化、生活、社会、各部类之整全的缩影，既美且富，既真且详”。他按照由小到大的层次，将其整体结构布局总结为三层同心圆结构：第一，内心以贾府之盛衰，谓宝、钗、黛三角式情史之成败离合之背景；第二，宝、钗、黛之外，有大观园诸姊妹丫头；第三，此外更有全中国全世界。并特别指出“外圈之大背景，只偶然吐露提及，并不详叙（如西洋美人等等），愈近中心则愈详，愈远中心则愈略”[1]。

[1] 吴宓：《石头记评赞》，《红楼梦研究稀见资料汇编》，第 848—851 页。

吴宓从宏观入手把握《红楼梦》一书的大背景、大历史，其他一些学者则从微观入手，从具体的西洋文物着眼，留意其所昭示的特定含义。昌群认为西洋货物绝大部分是作为贵族的奢侈品出现的，指出“《红楼梦》中写贾府的豪华处，每每拿了西洋制造品来作衬托”。他举例加以证明，如刘姥姥进荣府看到闻所未闻、见所未见的稀奇的事物自鸣钟、西洋镜所闹出的各种笑话（第六回），又如贾府自家的丫头晴雯在看到鼻烟壶中长着肉翅的黄发赤身女子时，尚且只顾看画而忘记嗅味的状态（第五十二回），宝玉随身携带的核桃大小的金表（第四十五回），以不同身份、不同阶层的人的言行证明这些洋货的稀有[1]。白发微等人也以贾府拥有西洋文物来证明其生活景象的繁华奢靡及地位的不同寻常，“贾宅任江南织造有年，与西洋文化之接触机会较多，得风气较先”，“所有之西洋物品，有颇为稀罕者……皆非寻常仕宦之家所能置备”[2]。藏云除了提及以上学者所列举的钟表、鼻烟壶、自行船、西洋膏药等，特别提及建筑，在谈到大观园的建筑时引第十七回贾政初进大观园察看工程时的情形（图 4-2-1），“只见正门五间，上面铜瓦泥鳅骨，里面门栏窗槅俱是细雕时新花样，并无朱粉涂饰，一色水磨，砖墙下面白石台阶，凿成西番花样”，指出“可注意的是铜瓦泥鳅骨，白石台阶和西番花样三事。铜瓦当是黄琉璃瓦的变称……清制非敕建不得用，白石即俗所谓汉白玉……也为帝室所专用，虽王侯公府亦不得僭越”，“白石凿成的西番花样，盖指西洋雕刻而言。西洋的雕刻和建筑，最为乾隆帝所赏好”。他认为“大观园是以当时皇家园林做的骨子”，由大观园中“敕建”之物的存在，来证明贾府当时如日中天的盛况[3]。

[1] 昌群：《红楼梦里的西洋物质文明》，《红楼梦研究稀见资料汇编》，第 268—270 页。

[2] 白发微：《贾府之西洋用具——读〈红楼梦考证新材料〉后》，《红楼梦研究稀见资料汇编》，第 884 页。

[3] 藏云：《大观园源流辨》，《红楼梦研究稀见资料汇编》，第 593—594、596 页。

图 4-2-1

西洋文明一方面作为构成小说大环境、大背景的关键成分而出现，另一方面，它的存在也成为考察当时历史真实的重要佐证。严敦杰在论及小说与史实的关系时说，“小说虽多依托，然其所述典章制度，必由作者用当代事实言之，足资考信……故虽为小说，当不容以消闲作品等闲视之”[1]。西洋文明虽然只是反映了大背景中的一个侧面，但牵一发而动全身，许多学者从中窥探出有关社会、经济、政治、宗教等多方面的时代特征。

王增宝等人从经济的观点出发，将西洋文明作为客观历史史料加以考量。他们指出，之所以从一部文学巨著去察看那一时代的中国经济，是因为“从一部文学巨著中的写作年代，作者的时代意识，与观念形态等等线索的根据来推测某一个时代里的社会状况：有时反比某些主观的历史家所说的来得实在，因为作者在他的书里时常无意地透露给

[1] 严敦杰：《论红楼梦及其他小说中之科学史料》，《红楼梦研究稀见资料汇编》，第890页。

我们好些珍贵而重要的资料，尤其因为他的无意，所以根据这些我们可细心地比较一些史实和论证，而对于我们的研究的对象可得到更可靠的佐证”。他们指出康熙年间“由于国外贸易而入口的西洋货物已经在社会的上层阶级流通了”[1]。白发微也赞同这种说法，他通过晴雯说“又得去修拾”时钟来证明“贾府修拾时钟，必已非一次，而当日既有善于修拾钟表之手工艺，可见社会上必已风行，决不仅贾府一家所有可以断言”[2]。

王增宝等人认为，“《红楼梦》不只是中国一部光辉的文学遗产，而且是一部不可多得的中国某一时期社会经济的实录——它给予了我们更多的证据，使我们在今天能对当时的中国经济有较深切与充分的了解。这一点在我们看来比发掘那些修改过的文献还有价值”。他们从西洋文明所涉及的经济生活的各个侧面综合分析清朝初年独特的经济特征：首先，《红楼梦》的家庭是“绅士阶级的代表”，贾府“从事高级的奢侈的享受，并有暇致力于精神生活的发展”，宝玉房内摆设的自行船、身穿的孔雀裘，王熙凤贴的依佛那，都是其“衣、食、住、行皆极端考究”的表现；在商业贸易中，“对外贸易，也随着入贡的方式而开始……贸易的状况，出口以丝织物、瓷器为大宗，而输入则以毛织物、钟表及工业精制品为大宗”，“采贸易集中制，即专利于‘公所’之手：‘公行’始于‘官商’，官商就是经过政府的承认，垄断对外贸易的商人，这种制度由商人向官厅年纳银两若干，官厅就指定他为对外贸易的经纪人”[3]。王熙凤的爷爷就是这种“官商”性质的人物。此外，他们论及社会经济分配的情形时，按照社会的阶层和职业可以将人们分作士农工商四类，其中工类中具有技艺的劳动者在清朝已普遍存在，如晴雯提

[1] 王增宝、高祥樟、李明璐、劳瑞新、李国梁、邓树坪：《红楼梦与中国经济》，《红楼梦研究稀见资料汇编》，第933、945页。

[2] 白发微：《贾府之西洋用具——读〈红楼梦考证新材料〉后》，《红楼梦研究稀见资料汇编》，第884页。

[3] 同注[1]，第933、939-948页。

到的钟表修理匠、补孔雀裘时提到的裁缝等。

文学是现实生活的反映，是集作家主体生活、心理、实践等因素于一体的现实体验，正如李辰冬所言，“《红楼梦》不是历史，我们很难在那里找到确切的史事；然既然讲的是《红楼梦》的世界，那末就不妨以他所提到的作为事实来看”[1]，基于这一观点，他将西洋文明视作全书情节展开的重要背景，并将其作为研究清代历史状况的重要依据。李辰冬认为，《红楼梦》“以范围论，涉及家庭、社会、教育、宗教、政治、经济、婚姻、风俗等的中国文化”[2]。经济上反映出悬殊的贫富差距，他说，“贵族们的生活，怎样繁华，怎样奢丽，我们很难简单地给一个明了的概观，因为一部《红楼梦》所描写的多是他们生活”。但他敏锐地抓住了“刘姥姥进荣府”这一典型事件，通过描写她看到自鸣钟、西洋镜等一系列“逗笑”的行为举止，表现出“贵族与平民生活的差别”；还有，“《红楼梦》里的政治，以外表而论，他提到暹罗国进贡的茶叶和茜蕃国女王进贡的汗巾，足见政治势力的远及”，再有，“《红楼梦》里几次提到欧洲的洋货，而未涉及基督一字，从 1290 到曹雪芹死的那年 1764，几乎五个世纪的中间，基督教从没感动中国人的内心”[3]，这些都是当时封建社会的真实写照。

二、西洋文明作为文献考证的重要材料

习之在《红学之派别》中按照历来红学家所注重研究的情形，总结了十个派别，其中第六个为“西洋文物考证派：例如《红楼梦》的钟表是何种形式，何国进口？宝玉搁几上的自行船，是何种机械造成？制于

[1] 李辰冬：《红楼梦的世界》，《红楼梦研究稀见资料汇编》，第 529 页。
[2] 李辰冬：《红楼梦重要人物的分析》，《红楼梦研究稀见资料汇编》，第 552 页。
[3] 李辰冬：《红楼梦的世界》，《红楼梦研究稀见资料汇编》，第 524、529、535 页。

西洋何国？贾府吃食及穿戴用品有几样是最早贩运到中国的商品？此外宝玉所藏的绘有金发双翅的西洋裸女，得自何国，代表何种文化”[1]。这里，习之注重的是考证异国文明的来源途径。除此之外，相当一部分学者看到了西洋文明对于考证作者及作者家世、版本、后四十回等问题所起的重要作用，以下笔者将从这几个方面详细梳理。

1. 西洋文明的来源途径

绪在《红楼梦发微》中总结贾府西洋器物目录，并将其作为“外洋器物流入国中之社会史料”来对待[2]。有关西洋物件的流入途径，学者们意见不一。总归起来不外两派，一派认为自西洋传教士之介绍得入贾府，以方豪为代表，他在《红楼梦新考》一文中，详尽地罗列了《红楼梦》中出现的各种西洋物品，如呢布、钟表、工艺品、食品、西药、动物、美术等，并通过一系列文献旁征博引一一考证其来历，最终得出结论：“书中之西洋物品，皆非出于虚构者；物品之来源虽非一途，但来自西洋教士者必占多数。”[3]后来在《康熙时曾经进入江宁织造局的西洋人》一文中，作者又通过引证《耶稣会士通讯集》《熙朝定案》《康熙实录》《东华录》等文献证明，“康熙二十八年南京教士进过江宁织造局，而当时任江宁织造的正是曹雪芹的祖父曹寅”[4]，进一步印证了他的结论。

方氏的这一说法得到了一部分人的认同，但同时也有学者对此提出了一些补充意见。陈定闳在肯定了方氏“实为前人论《红楼梦》之所未及。原文详征博引，诚为研究《石头》辟一新蹊径”的基础上，指出其

[1] 习之：《红学之派别》，《红楼梦研究稀见资料汇编》，第 1363 页。

[2] 绪：《红楼梦发微》，《红楼梦研究稀见资料汇编》，第 975 页。

[3] 方豪：《红楼梦新考》，《红楼梦研究稀见资料汇编》，第 1004 页。

[4] 方豪：《康熙时曾经进入江宁织造局的西洋人》，《红楼梦研究稀见资料汇编》，第 1355 页。

“所举西洋名物，亦有遗漏”，如九十二回冯紫英从广西带来的四件洋货围屏、自鸣钟、字母珠、鲛绡帐以及神枪、番役等[1]；白发微也同样在肯定方氏“寻求真理之考据态度，及所用之科学方法皆甚可佩”的前提下，指出其“实证与假设并不一致”，否定了方氏“贾府所有之西洋用品玩器必由传教士介绍而来”的说法，他认为，“按西洋文化传入中国，在十六世纪之明代宫廷中已开其端，至十八世纪业已盛行于上等社会。至宫廷大内贵族巨室，更以钟表玩器呢绒衣料为日常馈赠用品，也不必定需与教士接触始能获得此项用品矣”。此外，方氏“于西洋文献中觅获‘当时随驾至织造署之法国教士笔记，于康熙驻跸织造署之年代，及该教士经谒情形皆经记载有案’”，也仅能证明“传教士曾于某年至织造署，而与曹颙、曹頫、曹寅等任织造之年代仍不相符”[2]，充分说明了方氏论证之不足；严敦杰同样指出，方氏结论实际是在假定西教士曾涉足曹府，曾与曹府中人接触的前提下得到的，而且方氏所用的材料不足以作为证明其结论的有力证据，因为《耶稣会士通讯集》《江南通志》《阎潜丘先生年谱》中所记康熙二十八年（1689）任织造人物不一致，同时严引用周黎庵《吴钩集·谈清代织造世家曹氏》及《曹寅子连生奏曹寅故后情形折》补正了康熙二十八年（1689）任织造的确为曹寅[3]，为方氏的论证补充了重要证据。

在考证众多西洋物品的来源途径中，其中特别值得一提的是真真国海外女子、钟表修理师和汉宫春晓之围屏这几件物品，分别有学者对其进行了有针对性的详细考证。荀玉在《〈红楼梦〉考证》一文中，从音译、地理位置、郑氏家室等几个方面加以考证，提出“真真国女子”指台湾

[1] 陈定闳：《关于红楼梦中之钟及其他》，《红楼梦研究稀见资料汇编》，第1043—1044页。

[2] 白发微：《贾府之西洋用具——读〈红楼梦考证新材料〉后》，《红楼梦研究稀见资料汇编》，第884页。

[3] 严敦杰：《论红楼梦及其他小说中之科学史料》，《红楼梦研究稀见资料汇编》，第891页。

郑氏[1]；王小隐在《读红楼梦剩语》中从外貌、姓名、诗句加以对比，认为“真真国女子”指香妃[2]。钟表在《红楼梦》中所有外国物品中出现次数最多，但是对于钟表修理师的考证却寥寥无几，只有方豪通过各种史料考证出“曹家几代可能找到的钟表修理人，有：陆伯嘉、严家乐、西澄元、杨自新四人”[3]，不仅考证出当时最有名的钟表修理师，同时对曹家家世的研究也有极大帮助。至于汉宫春晓之围屏，陈定闳在其文中第一次提及，但他只是肯定其为洋货，并未言明“何国所造”[4]。然而他的研究却引起了方豪极大的兴趣，他从画图内容、作画方法及作家经历等几个方面加以考证，认为围屏上之画图“必出于洋人之手”，并且推断该图与故宫博物院所藏之《汉宫春晓图》有密切关系[5]。从另一个角度看，方豪的这一考证也肯定了高鹗续书在关注西洋文明方面的价值。以上几种物品的考证虽然尚不能就此下定论，但无疑为我们的研究拓宽了思路。

对于《红楼梦》中出现的外国国名的考证，学者们的意见大致相同。方豪认为，“除西洋一名外，惟暹罗（第二十五回等）俄罗斯（第五十二回）波斯（第六十二回）等三国为确有其地者。其他如爪洼国（第十回）虽非出于虚构，但观书中口气，可知作者亦如当时其他小说家无异，以爪洼为一渺茫荒远之地而已”，“至于女儿国（第十七回），茜香国（第二十八回），真真国（第五十二回），西天大树国（第一百一回），则俱抄袭陈说，非必真有其地者”，可见“作者所见西洋物品虽不在少，然对于域外地理知识，则浅薄异常”[6]。羽在《红楼梦里的外国》中

[1] 荀玉：《〈红楼梦〉考证》，《红楼梦研究稀见资料汇编》，第 1156 页。

[2] 王小隐：《读红楼梦剩语》，《红楼梦研究稀见资料汇编》，第 32 页。

[3] 方豪：《红楼梦所记钟表修理师》，《红楼梦研究稀见资料汇编》，第 1359 页。

[4] 陈定闳：《关于红楼梦中之钟及其他》，《红楼梦研究稀见资料汇编》，第 1046 页。

[5] 方豪：《红楼梦九十二回所记汉宫春晓围屏的来历》，《红楼梦研究稀见资料汇编》，第 1360 页。

[6] 方豪：《红楼梦新考》，《红楼梦研究稀见资料汇编》，第 979—980 页。

也持相同观点，并引述爪洼与中国历史上的外交关系，进一步证明了曹雪芹域外地理知识的有限[1]。

2. 作者及作者家世

1921年胡适在《〈红楼梦〉考证》一文中以实证的方法证明《红楼梦》的作者是曹雪芹，这一结论得到了一部分学者的认同，但也仍然存在争议。此后胡适本人继续努力尝试进一步证明自己的结论，白衣香赞同胡适的说法，在《红楼梦问题总检讨》一文中总结胡适找到的新证据，一是考定曹雪芹生平，曹雪芹“死于乾隆二十七年除夕，倒数上去，至康熙五十六年，雪芹四十五岁，这样其父曹頫卸织造任时（雍正六年），雪芹已十二岁，正见过曹家的贵盛时代”；还有利用脂本的一处例子，第五十二回晴雯缀裘时“只听自鸣钟已敲了四下”，下又有双行小注云：“按四下乃寅正初刻。寅此样法，避讳也”，“曹雪芹是曹寅的孙子，所以避讳，这愈证明《红楼梦》是曹雪芹所作。”[2]结合西洋文明时间的表达方式，利用避讳现象考证作者，为后来学者的研究提供了新的维度。

由作者而及作者家世，西洋文明作为曹家与外界交际的重要中介也引起了众多学者的重视，太愚认为，“作者亲见亲闻当时社会衣着、饮食、药品、用器、玩具、鸟兽、花草的名称总有几千种，从外国来的东西也有几十种之多”[3]。其他学者和太愚有着相同的想法或受其观点的影响，在曹家与西洋文明的关系上大做文章。李玄伯在《曹雪芹家世新考》中提及曹寅与曹頫的亏累原因时，多处引用康熙给曹寅、曹颙的折批来证明曹家与康熙的密切关系[4]。其他诸如前文所述的王熙凤爷爷的“官

[1] 羽：《红楼梦里的外国》，《红楼梦研究稀见资料汇编》，第1255页。

[2] 白衣香：《红楼梦问题总检讨》，《红楼梦研究稀见资料汇编》，第718页。

[3] 太愚：《红楼梦的语言》，《红楼梦研究稀见资料汇编》，第1243页。

[4] 李玄伯：《曹雪芹家世新考》，《红楼梦研究稀见资料汇编》，第378页。

商”身份，方豪所言曹家先人与外国人的来往，白发微、严敦杰所考证曹家历任织造署人物等都为揭开曹家家世的真正面纱起到了重要作用。

3. 版本

《红楼梦》版本系统之复杂众所周知。容庚在比较钞本和程本时总结，就语言“文”“俗”的变迁来看，钞本当在程本之前，程本有参校各本改定的，也有增损字数的，一校钞本，有许多俗字改了文言，并列出钞本、程甲本、亚东本多处异同之处以资参考，其中涉及西洋文明的一节就是很好的证明，钞本为“（刘老老）一面用手摸时，只听咯噔一声，又吓的不住展眼儿，原来是西洋机括，可以开合”，程甲本和亚东本改为“一面说，一面只管用手摸。这镜子原是西洋机括，可以开合”[1]。他从二者文俗的变化加以比较，作为辨别不同版本的佐证，并指出正是由于程本的改动，后来的翻本又多依据程本，这才是造成许多生动的文字失去了光彩的真正原因。

4. 后四十回续书

自胡适在《〈红楼梦〉考证》中指出后四十回为高鹗续作，俞平伯提出后四十回回目断非固有而是续作者所撰后，有关《红楼梦》的续书问题，不少学者阐发了各自不同的见解。李辰冬在肯定这一观点的前提下，认为胡适、俞平伯二先生从《红楼梦》版本、回目、故事以及章法着手，分辨得的确很详尽，但是不能就此下定论。他从考证的内容上提出了新的补充意见，就前八十回与后四十回所表现的环境、风格与思想的不同加以考证，如曹雪芹在前八十回“处处留下了堂皇富丽的痕迹”，

[1] 容庚：《红楼梦的本子问题质胡适之俞平伯先生》，《红楼梦研究稀见资料汇编》，第168—175页。

各种西洋装饰品不一而足，“可是我们一读到后四十回，不但贵重陈列，希世珍物，和海外奇品没有了，即宝玉等的衣服饮食，也不像前部那样细心地来描写”。因此，李直言，“只以《红楼梦》里所表现的气象，就知道前后绝不是一个人写的”[1]。绪在这一点上也有着相同的看法，他列举《红楼梦》中的各项西洋器物并综计得出结论：“见于前八十回者二十七种，后四十回者仅八种。不但前后多寡悬殊，其写法亦不同，前二十七种散见日常生活之中，后八种仅列举名目，类乎虚写……后四十回续者高鹗……见闻亦不谓不广，后四十回之三教九流，无不毕备，可以作证，然于豪华生活，究不若世家曹雪芹真切。”[2]

与这些人看法不同，容庚认为，“百二十四回本是曹氏的原本，后四十回不是高鹗补作的”。他以九十二回“评女传巧姐慕贤良，玩母珠贾政参聚散”为例提出疑问，一方面“只觉得宝玉评女传，不觉得巧姐慕贤良的光景。贾政玩母珠，也不觉得他参什么聚散的道理。这不是一个很大的漏洞吗”[3]？证明后四十回的回目系曹雪芹做的，高鹗不解其意才导致这一缺漏；另一方面，他认为钞本保存了这两段叙述，而程本已经缺失，如果后四十回确为高鹗所作，断不会将这样重要的两段话改易甚至脱落。虽然学者们观点各异，但是将西洋文明作为重要的参考资料，以考证后四十回的相关问题的想法却是一致的。

综上所述，研究《红楼梦》中的西洋文明，对于我们考察当时西洋文明的来源进而考察当时中国社会与外国的关系，以及考证小说作者及作者家世、版本、后四十回等问题都有重要作用。

---

[1] 李辰冬：《红楼梦辨证的再认识》，《红楼梦研究稀见资料汇编》，第 698—702 页。

[2] 绪：《红楼梦发微》，《红楼梦研究稀见资料汇编》，第 975 页。

[3] 容庚：《红楼梦的本子问题质胡适之俞平伯先生》，《红楼梦研究稀见资料汇编》，第 166、168 页。

三、西洋文明加强了作品的艺术表现力

自王国维《红楼梦评论》从哲学、美学、伦理学等角度对《红楼梦》进行文学意义的阐释后，有关《红楼梦》的美学研究和修辞学研究成为红学史上不可忽视的重要范畴。尽管学者们与王国维所持的文学观不尽相同，但是《红楼梦》的美学研究仍然是学者们关注的热点。前面我们已经详细地梳理了学者们所论述的西洋文明的社会学意义，正所谓“横看成岭侧成峰”，实际上它在加强作品审美张力的方面也有举足轻重的作用，以下分别论述学者们从不同角度所进行的描述与阐释。

《红楼梦》在艺术上的巨大成就，突出表现在人物形象的塑造上，其中有很多涉及西洋文明的细节描写，为丰富人物形象增色不少，各式的西洋文物成为塑造人物的重要道具，许多学者敏锐地把握住这一点，肯定其重要作用。张笑侠就举刘老老为例，“刘老老在荣府门前，及见周瑞家的见平儿见凤姐见房中之陈设，见挂表之响声思想，种种情形，活画一村中老妪。真妙笔也”[1]（图 4-2-2）。方豪提及凤姐受命管理宁国府之事，对执事人训话，“素日跟我的人，随身俱有钟表，不论大小事，皆有一定的时刻（第十四回）”，并评价说，“凤姐欲以此恐吓宁国府之婆婆妈妈，使各遵守时间，不致偷懒耳。否则，何以一部《红楼梦》中，只见凤姐屋内有钟，不见其身上有表，亦不见凤姐如宝玉之时时命人取表而看。作者描写凤姐之刁诈，可谓至矣”。但是“凤姐亦知夸张过甚，恐露马脚”，又自圆其说“横竖你们上房里也有时辰钟”。第七十二回写凤姐变卖贾府中一最宝贵之自鸣钟，值银五百六十两，方豪直言，“凤姐性又贪婪，银钱出入，恒有克扣，则此钟变卖所得，或不止五百六十两银”[2]。

在以西洋文物为中心的人物刻画中，晴雯的论述也颇具代表性。张

[1] 张笑侠：《读红楼梦笔记》，《红楼梦研究稀见资料汇编》，第 200 页。

[2] 方豪：《红楼梦新考》，《红楼梦研究稀见资料汇编》，第 980—981 页。

笑侠共举两例加以说明，一引麝月之言，“病的蓬头鬼一样，如今贴了这个（指依佛那）倒俏皮了。二奶奶贴惯了，倒不大显”，并加以评析，“此数语不但赞晴雯素日之美，病时似西施，并伏后来王夫人骂他狐媚子，又暗点凤姐平日之妆饰”，敏锐地抓住了依佛那所起到的一箭双雕的效用。二举晴雯补孔雀裘为例（图 4-2-3），张笑侠认为晴雯补裘不仅突显了晴雯的个性，而且整件事出现的时机恰到好处。作者首先写晴雯生病时骂大夫、骂丫头，“那里攒沙去了，瞅我病了，都大着胆子走了。明儿我好了，一个一个的才揭了你们的皮呢”；接着又写她见宝玉拿回烧破的雀毛裘，说他没福气穿，张引大梅山民评语“此岂婢女对主人之言乎！可知其平日纵容娇养者惯矣”；最后写晴雯补裘，“无微不至”，此处张引宝玉之语“这怎么处，倘或有个好歹，都是我的罪孽”。张笑侠认为“晴雯之死均在宝玉”，“倘宝玉前不告其坠儿偷镯事，何能生气；若不烧孔雀裘，晴雯何能病中补裘”[1]？围绕孔雀裘，他解读出文本中诸多层次的含义。

图 4-2-2

[1] 张笑侠：《读红楼梦笔记》，《红楼梦研究稀见资料汇编》，第 245—248 页。

图 4-2-3

同张笑侠一样，许多学者对晴雯补裘这一细节都极为称道。淡厂就称赞说，“晴雯补裘”虽是“不专写态，而自有无穷美态，活现纸上”[1]。先亮和蒹葭簃主从戏剧角度盛赞其在艺术表现力上的重要分量，他们在总结取材于《红楼梦》的戏剧时指出，以《红楼梦》为主题的戏剧表演寥寥无几，可见的只有十几出，《晴雯补裘》就是这为数不多的精辟剧作之一[2]。

语言是体现一部作品艺术表现力的重要组成部分，《红楼梦》的语言达到了炉火纯青的境界。许多学者都有研究其语言运用的专文，其中涉及西洋文明的描绘引起了充分的重视。方豪在统计《红楼梦》中出现的“外国呢布类”物品时列举的翡翠撒花洋绉裙、大红洋绉银鼠皮裙、荔枝色哆罗呢箭袖、莲青斗纹锦上添花洋线番羓鹤氅等一系列华丽典雅的辞藻，正是文雅语言的典型代表[3]。太愚在《红楼梦的语言》中特别提到，“《红楼梦》作者是最注意于使用词类的，在他的笔下充满了丰富而恰当的名词、动词、形容词、副词等等”，如“刘老老对着初见到的自鸣钟正在莫名其妙，忽然‘当’的一声，吓了一跳，吃了一惊”，这些都是为了配合情景而精选的词类，是“活泼逼真的特殊用语”，是通俗浅显的生活化语言的典型代表[4]。

觉生在《关于红楼梦一段小讨论》中发掘出语言的另一层功用，说“书中文字，曲而又曲，一名一字，无不费尽推敲。所叙事实，亦均以烘云托月草线灰蛇之笔，令人寻思，若隐若显，扑朔迷离，足见作者当时有所忌讳，不敢明言，意甚显然”。他引《红楼梦》第三回：“于是老妈妈引黛玉进东房门来，临窗大炕上，铺着猩红洋毯，正面设著大红金线蟒引枕，秋香色金线蟒大条褥”，认为林黛玉走进“猩红洋毯”“金

[1] 淡厂：《曹雪芹目中的女性美》，《红楼梦研究稀见资料汇编》，第321页。

[2] 先亮：《红楼梦》，《红楼梦研究稀见资料汇编》，第362页。蒹葭簃主：《谈红楼梦剧》，《红楼梦研究稀见资料汇编》，第384页。

[3] 方豪：《红楼梦新考》，《红楼梦研究稀见资料汇编》，第980页。

[4] 太愚：《红楼梦的语言》，《红楼梦研究稀见资料汇编》，第1242、1243页。

线蟒”的房间内，正是利用语言的隐讳性来证明《红楼梦》乃影射顺治与董小宛之事[1]。

小 结

在梳理了1919—1949年学界对《红楼梦》中出现的西洋文明的各种看法后，我们对西洋文明在全书中所占的分量和所起的作用又有了更深入的理解和认识。作者对西洋文明虽然没有集中的详尽的阐述，但是有关西洋文明的物件却散见于全书日常生活的记述中。学者们通过对这些分散的西洋文明的考证研究，一方面，既可加深对《红楼梦》整个事件发生发展的社会背景的认识，同时西洋文明也为考证《红楼梦》的作者及作者家世、版本、后四十回等相关问题提供了珍贵的资料；另一方面，西洋文明作为审美形态的一部分，也极大地增强了作品的艺术表现力和感染力，从而帮助我们更加透彻地解读《红楼梦》提供了有力的依据。但是，我们也应注意到，西洋文明为我们进行考证提供重要证据的同时，其自身也存在一些问题，一方面是由于曹雪芹自身的异域知识的有限性，在提到相关西洋文明时难免出现错误，这样就对以西洋文明作为考证材料的可信性提出了质疑；另一方面，考证工作需要充分翔实而全面的资料，西洋文明不过是作为众多材料中的一部分而存在的，而我们要想对一个问题下定论，需要从多方面加以考察，以免出现证据不足等纰漏，否则不但不会有助研究，相反可能背道而驰，错误百出。然无论如何，1949年之前众多学者对西洋文明的深入研究已经为我们打下了良好的基石，我们在借鉴吸取他们的研究成果的同时，还要时刻保持清醒的头脑，注意研究方法的可行性、正确性，这样才能事半功倍。

（本文原系段江丽教授主持的“1949之前红学”课题的一个子目。）

[1] 觉生：《关于红楼梦一段小讨论》，《红楼梦研究稀见资料汇编》，第311—312页。

附　录

附录一　插图目录

第一章

图1-1-10：图《元春》，清藤花榭刻本《绣像红楼梦》。

图1-1-11：图《元春》，清乾隆五十六年（1791）萃文书屋活字印本《绣像红楼梦》。

图1-1-12：图《惜春》，清藤花榭刻本《绣像红楼梦》。

图1-1-13：图《惜春》，清乾隆五十六年（1791）萃文书屋活字印本《绣像红楼梦》。

图1-1-14：图《宝钗》，清乾隆五十六年（1791）萃文书屋活字印本《绣像红楼梦》。

图1-1-15：图《宝钗》，清藤花榭刻本《绣像红楼梦》。

图1-1-16：清三让堂刻本《绣像批点红楼梦》书名页、序页。

图1-1-17：清光绪七年（1881）湖南绵阳卧云山馆孙桐生刻本《绣像石头记红楼梦》书名页。

图1-1-18：图《史湘云》，清光绪七年（1881）湖南绵阳卧云山馆孙桐生刻本《绣像石头记红楼梦》。

图1-1-19：图《宝钗》，清光绪七年（1881）湖南绵阳卧云山馆孙桐生刻本《绣像石头记红楼梦》。

图1-1-20：图《惜春》，清光绪七年（1881）湖南绵阳卧云山馆孙桐生刻本《绣像石头记红楼梦》。

图1-1-21：清光绪二年（1876）京都聚珍堂活字印本《绣像红楼梦》书名页、序页。

图1-1-22：图《李纨》，清光绪二年（1876）京都聚珍堂活字印本《绣像红楼梦》。

图1-1-23：图《林黛玉》，清光绪二十六年（1900）石印本《绣像全图增批石头记》。

图1-1-24：图《甄士隐梦幻识通灵 贾雨村风尘怀闺秀，贾夫人仙逝扬州府 冷子兴演说荣国府》，清光绪二十六年（1900）石印本《绣像全图增批石头记》。

图1-1-25：清光绪十五年（1889）上海石印本《增评补像全图金

玉缘》书名页、牌记。

图1-1-26：图《贾政》赞语，清光绪十五年（1889）上海石印本《增评补像全图金玉缘》。

图1-1-27：图《袭人》赞语，清光绪十五年（1889）上海石印本《增评补像全图金玉缘》。

图1-1-28：图《托内兄如海荐西宾 接外孙贾母恤孤女》，清光绪十五年（1889）上海石印本《增评补像全图金玉缘》。

图1-1-29：清光绪三十二年（1906）上海桐荫轩石印本《增评加批金玉缘图说》书名页。

图1-1-30：清光绪三十四年（1908）求不负斋石印本《增评全图足本金玉缘》书名页。

图1-1-31：图《贾赦贾琏、贾政》，清光绪三十四年（1908）求不负斋石印本《增评全图足本金玉缘》。

图1-1-32：图《甄士隐梦幻识通灵 贾雨村风尘怀闺秀》，清末石印本《增评补像全图金玉缘》。

图1-1-33：图《青埂峰石 绛珠仙草》，民国三年（1914）上海石印本《全图增评金玉缘》。

图1-1-34：图《警幻仙子》，民国三年（1914）上海石印本《全图增评金玉缘》。

图1-1-35：图《警幻仙子》，民国间铅印本《绣像全图红楼梦》。

图1-1-36：民国十四年（1925）上海同文书局石印本《增评加注全图红楼梦》书名页。

图1-1-37：民国十四年（1925）上海同文书局石印本《增评加注全图红楼梦》牌记。

图1-1-38：图《贾母、贾赦贾琏》，民国十四年（1925）上海同文书局石印本《增评加注全图红楼梦》。

图1-1-39：民国间铅印本《精校全图足本铅印金玉缘》函套。

图1-2-1：图《宝琴》，清乾隆五十六年（1791）程伟元萃文书屋

活字印本《红楼梦》。

图 1-2-2：图《探春》，清藤花榭刻本《绣像红楼梦》。

图 1-2-3：图《史湘云》，清光绪间上海广百宋斋石印本《增评补图石头记》。

图 1-2-4：图《史湘云》，清光绪二十六年（1900）铅印本《绣像全图增批石头记》。

图 1-2-5：图《史湘云》，清光绪二年（1876）京都聚珍堂活字印本《绣像红楼梦》。

图 1-2-6：图《史湘云》，清光绪二十六年（1900）石印本《绣像全图增批石头记》。

图 1-2-7：图《熙凤　李纨》，民国十四年（1925）上海同文书局石印本《增评加注全图红楼梦》

图 1-2-8：图《熙凤》，清光绪三十二年（1906）上海桐荫轩石印本《增评加批金玉缘图说》。

图 1-2-9：图《贾宝玉　林黛玉　警幻仙子》，清宣统元年（1909）上海章福记书局石印本《增评全图石头记》。

图 1-2-10：图《甄士隐梦幻识通灵》，清光绪十五年（1889）上海石印本《增评补像全图金玉缘》。

图 1-2-11：图《甄士隐梦幻识通灵》，民国间铅印本《精校全图足本铅印金玉缘》。

图 1-2-12：图《甄士隐梦幻识通灵　贾雨村风尘怀闺秀，贾夫人仙逝扬州府　冷子兴演说荣国府》，清光绪三十四年（1908）上海求志斋石印本《增评全图足本金玉缘》。

图 1-2-13：图《湘云》，清光绪五年（1879）刻本《红楼梦图咏》。

图 1-2-14：图《湘云》，清光绪八年（1882）上海点石斋石印本《增刻红楼梦图咏》。

图 1-3-1：《大观园精细全图》，清光绪三十四年（1908）求不负斋石印本《增评补像全图金玉缘》。

图 1-3-2：《大观园图》，民国三年（1914）上海石印本《全图增评金玉缘》。

图 1-3-3：《大观园图》，清末石印本《增评加批金玉缘图说》。

图 1-3-4：《大观园图》，清光绪三十二年（1906）上海桐荫轩石印本《增评加批金玉缘图说》。

图 1-3-5：《大观园图》，民国间铅印本《精校全图足本铅印金玉缘》。

图 1-3-6：《大观园图》，清光绪十八年（1892）上海石印本《增评补像全图金玉缘》。

图 1-3-7：《大观园图》，清嘉庆间刻本《痴人说梦》。

图 1-3-8：《红楼梦游戏大观园全图》，朱印本。

图 1-3-9：《大观园图》，纸本设色，362cm×137cm，国家博物馆藏。

图 1-3-10：《大观园全景图》，清孙温绘《全本红楼梦》，76.5cm×43.3cm，旅顺博物馆藏。

图 1-3-11：《大观园试才题对额》，清孙温绘《全本红楼梦》。

图 1-3-12：《红楼梦怡红夜宴图》，纸本设色，233.5cm×87cm，国家博物馆藏。

图 1-3-13：图《宝琴》，清光绪五年（1879）刻本《红楼梦图咏》。

图 1-3-14：图《史湘云醉卧芍药裀》，105.5cm×61cm，俄罗斯国立东方艺术博物馆藏。

第二章

图 2-1-1：图《贾氏宗祠》，清乾隆五十六年（1791）萃文书屋活字印本《红楼梦》。

图 2-1-2：图《贾政　王夫人》，清乾隆五十六年（1791）萃文书屋活字印本《红楼梦》。

图 2-1-3：图《石头》，清乾隆五十六年（1791）萃文书屋活字

印本《红楼梦》。

图 2-1-4：图《僧道》，清乾隆五十六年（1791）萃文书屋活字印本《红楼梦》。

图 2-2-1：图《黛玉》，清乾隆五十六年（1791）萃文书屋活字印本《红楼梦》。

图 2-2-2：图《黛玉》，清光绪五年（1879）刻本《红楼梦图咏》。

图 2-2-3：图《妙玉》，清乾隆五十六年（1791）萃文书屋活字印本《红楼梦》。

图 2-2-4：图《尤三姐》，清乾隆五十六年（1791）萃文书屋活字印本《红楼梦》。

图 2-2-5：图《尤三姐》，清道光十二年（1832）双清仙馆刻本《绣像红楼梦》。

图 2-2-6：图《妙玉》，清道光十二年（1832）双清仙馆刻本《绣像红楼梦》。

图 2-2-7：图《元春》，清光绪五年（1879）刻本《红楼梦图咏》。

图 2-3-1：图《秋爽斋偶结海棠社 蘅芜苑夜拟菊花题》，清光绪三十四年（1908）求不负斋石印本《增评全图足本金玉缘》。

图 2-3-2：《林潇湘魁夺菊花诗 薛蘅芜讽和螃蟹咏》，清光绪三十四年（1908）求不负斋石印本《增评全图足本金玉缘》。

图 2-3-3：图《滴翠亭宝钗戏彩蝶》，清光绪三十四年（1908）求不负斋石印本《增评全图足本金玉缘》。

图 2-3-4：图《滴翠亭宝钗戏彩蝶》，清光绪十八年（1892）上海石印本《增评补像全图金玉缘》。

图 2-3-5：《贾宝玉神游太虚境 警幻仙曲演红楼梦》，清光绪三十四年（1908）求不负斋石印本《增评全图足本金玉缘》。

图 2-3-6：图《宋公明神遇九天玄女》，明末郁郁堂刻本《忠义水浒传》。

图 2-3-7：图《梦因》，明刻本《情邮传奇》。

图 2-3-8：图《觉大限吞生金自逝》，清光绪三十四年（1908）求不负斋石印本《增评全图足本金玉缘》。

图 2-3-9：图《情小妹耻情归地府》，清光绪三十四年（1908）求不负斋石印本《增评全图足本金玉缘》。

图 2-3-10：图《马嵬杀妃》，明世德堂刻本《新锲重订出像附释标注惊鸿记》。

图 2-3-11：图《天道昭昭 党恶难逃》，明万历天启间建邑刻本《详情公案》。

图 2-3-12：图《周奇投镬死忠》，明万历三十三年（1605）詹秀闽刻本《两汉开国中兴传志》。

第三章

图 3-1-1：图《茫茫大士》，清光绪间铅印本《增评补图石头记》。

图 3-1-2：图《渺渺真人》，清光绪间铅印本《增评补图石头记》。

图 3-1-3：图《袭人》，清光绪二年（1876）京都聚珍堂活字印本《绣像红楼梦》。

图 3-1-4：图《袭人》，清光绪二十六年（1900）石印本《绣像全图增批石头记》。

图 3-1-5：图《警幻》，清光绪二年（1876）京都聚珍堂活字印本《绣像红楼梦》。

图 3-1-6：图《警幻仙子》，清光绪二十六年（1900）石印本《绣像全图增批石头记》。

图 3-2-1：图《弘历观画图》（局部），意大利郎世宁绘，纸本设色，136.4cm×62cm，故宫博物院藏。

图 3-2-2：《乾隆帝写字像轴》（局部），意大利郎世宁绘，绢本设色，100.2cm×95.7cm，故宫博物院藏。

图 3-2-3：《月曼清游图册》之《琼台玩月》，清陈枚绘，绢本设

色，37cm×31.8cm，故宫博物院藏。

图 3-2-4：《月曼清游图册》之《重阳赏菊》。

图 3-2-5：《月曼清游图册》之《围炉博古》。

图 3-2-6：《西园雅集图》，明仇英绘，61cm×131.5cm，台北故宫博物院藏。

图 3-2-7：《御制耕织图》之《浴蚕》，清焦秉贞绘，清康熙三十五年（1696）内府刻本，美国国会图书馆藏。

图 3-2-8：《御制圆明园四十景图咏》（局部），清唐岱等绘，绢本设色，法国国家图书馆藏。

图 3-3-1：图《王熙凤》，清光绪五年（1879）刻本《红楼梦图咏》。

图 3-3-2：图《王熙凤协理宁国府》，清光绪十五年（1889）上海石印本《增评补像全图金玉缘》。

图 3-3-3：图《王熙凤协理宁国府》，清孙温绘《全本红楼梦》。

图 3-3-4：《仕女图册》（其一），清焦秉贞绘，绢本设色，30.2cm×21.3cm，故宫博物院藏。

图 3-3-5：图《李纹 李绮》，清光绪五年（1879）刻本《红楼梦图咏》。

图 3-3-6：仕女画，清焦秉贞绘，藏处不详。

图 3-3-7：图《平儿》，清光绪五年（1879）刻本《红楼梦图咏》。

图 3-3-8：《插花仕女图》，清焦秉贞绘，154.5cm×97.5cm，藏处不详。

图 3-3-9：《仕女簪花图》，清金廷标绘，绢本设色，223cm×130.5cm，故宫博物院藏。

图 3-3-10：《雍正十二美人图》之《裘装对镜》，绢本设色，184cm×98cm，故宫博物院藏。

图 3-3-11：《雍正十二美人图》之《美人展书》。

图 3-3-12：清光绪十年（1884）朱记荣刻本《红楼梦图咏》书名页。

图 3-3-13：清光绪间刻本《红楼梦图咏》书名页，日本东京艺术

大学藏。

图 3-3-14：民国十年（1921）文元堂刻本《红楼梦图咏》书名页、牌记。

图 3-3-15：日本大正五年（1916）日本风俗绘卷图画刊行会刻本《红楼梦图咏》扉页。

图 3-3-16：日本大正五年（1916）日本风俗绘卷图画刊行会刻本《红楼梦图咏》版权页。

图 3-3-17：日本大正六年（1917）日本风俗绘卷图画刊行会刻本《绘本青楼美人合》内页。

图 3-3-18：日本大正六年（1917）日本风俗绘卷图画刊行会刻本《绘本东童郎》扉页。

第四章

图 4-1-1：图《撕扇子作千金一笑》（局部），清孙温绘《全本红楼梦》。

图 4-1-2：图《因讹成实元妃薨逝》（局部），清孙温绘《全本红楼梦》。

图 4-1-3：图《林潇湘魁夺菊花诗》，清孙温绘《全本红楼梦》。

图 4-1-4：图《大观园试才题对额》（局部），清孙温绘《全本红楼梦》。

图 4-1-5：图《荣国府元宵开夜宴》，清孙温绘《全本红楼梦》。

图 4-2-1：图《大观园试才题对额》（局部），清孙温绘《全本红楼梦》。

图 4-2-2：图《刘老老一进荣国府》，清孙温绘《全本红楼梦》。

图 4-2-3：图《勇晴雯病补孔雀裘》（局部），清孙温绘《全本红楼梦》。

附录二　《红楼梦》插图本经眼录

《红楼梦》一百二十回

清乾隆五十六年（1791）程伟元萃文书屋活字印本。

卷首有《序》，钤椭圆阳文印“游戏三昧”，末署“小泉程伟元识”，后有木记“小泉”“程伟元印”；次《叙》，末署“乾隆辛亥冬至后五日铁岭高鹗叙并书”，后有木记“臣鹗印”“兰墅高氏”；次绣像；次《红楼梦目录》。卷端及版心均题“红楼梦”。正文半叶十行，行二十四字。该本钤“幼渔讽籀”“马陈德馨”“马巽伯”等印，为马幼渔旧藏。

卷首绣像二十四幅，前图后赞。图像依次为：石头、宝玉、贾氏宗祠、史太君、贾政王夫人、元春、迎春、探春、惜春、李纨贾兰附、王熙凤、巧姐、秦氏、薛宝钗、林黛玉、史湘云、妙玉、薛宝琴、李纹李绮邢岫烟、尤三姐、香菱袭人、晴雯、女乐、僧道。《秦氏》图有“海棠春睡图”及“嫩寒锁梦因春冷”题句。

孙楷第《中国通俗小说书目》、胡文彬《红楼梦叙录》著录。

国家图书馆藏。

《红楼梦》一百二十回

清乾隆五十六年（1791）程伟元萃文书屋活字印本。

卷首《序》，首页残损，末题“小泉程伟元识”，后有木记“小泉”“程伟元印”，次《叙》，末署“乾隆辛亥冬至后五日铁岭高鹗叙并书”，后有木记“臣鹗印”“兰墅高氏”；次张汝执跋，末署“嘉庆辛酉立夏前一日潞村臞叟张汝执识”。次绣像；次《红楼梦目录》。卷端及版心均题“红楼梦”。正文半叶十行，行二十四字。

卷首绣像二十四幅，前图后赞。图像依次为：石头、宝玉、贾氏宗祠、史太君、贾政王夫人、元春、迎春、探春、惜春、李纨贾兰附、王熙凤、巧姐、秦氏、薛宝钗、林黛玉、史湘云、妙玉、薛宝琴、李纹李绮邢岫烟、尤三姐、香菱袭人、晴雯、女乐、僧道。

国家图书馆藏。

《红楼梦》一百二十回

清乾隆五十七年（1792）程伟元萃文书屋活字印本。

内封首栏题“新镌全部”，次栏题“绣像红楼梦”，末栏题“萃文书屋”。卷首有《叙》，署“乾隆辛亥冬至后五日铁岭高鹗叙并书”，后有二木记“臣鹗印”“兰墅高氏”；次《红楼梦引言》，署“壬子花朝后一日小泉兰墅又识”；次绣像；次《红楼梦目录》。卷端及版心均题“红楼梦”。卷末题“萃文书屋藏板”一行。正文半叶十行，行二十四字。该本钤“郑振铎”“西谛所藏弹词小说”印，为郑振铎旧藏。

卷首绣像二十四幅，前图后赞。图像内容、次序、赞语同程甲本。

国家图书馆藏。

《红楼梦》一百二十回

清乾隆五十七年（1792）程伟元萃文书屋活字印本。

卷首有《序》，末署“小泉程伟元识”，后有二木记，“小泉”“程伟元印”；次《叙》，署“乾隆辛亥冬至后五日铁岭高鹗叙并书”，后有二木记“臣鹗印”“兰墅高氏”；次《红楼梦引言》，署“壬子花朝后一日小泉兰墅又识”；次绣像；次目录。卷端及版心均题“红楼梦”。卷末牌记题“萃文书屋藏板”。正文半叶十行，行二十四字。该本钤有“色色空空”“偶影独游”二印。

卷首绣像二十四幅，前图后赞。图像内容、次序、赞语同程甲本。

国家图书馆藏。

《新镌全部绣像红楼梦》一百二十回

清本衙藏板本。

内封题“新镌全部绣像红楼梦本衙藏板”，内封前有识语：“《红楼梦》一书，向来只有抄本，仅八十卷。近因程氏搜辑刊印，始成全璧。但原刻系用活字摆成，勘对较难，书中颠倒错落，几不成文，且所印不多，则所行不广。爰细加厘定，订讹正舛，寿诸梨枣，庶几公诸海内，且无鲁鱼亥豕之误，亦阅者之快事也。”首有《叙》，署“乾隆辛亥冬至后五日铁岭高鹗叙并书”，后有二木记“臣鹗印”“兰墅高氏”；次《序》，末署“小泉程伟元识”，后有二木记“小泉”“程伟元印”；次绣像；次目录。正文半叶十行，行二十四字。

绣像二十四幅，前图后赞，同程甲本。

一粟《红楼梦书录》著录。

国家图书馆藏。

《新镌全部绣像红楼梦》一百二十回

清东观阁初刻本。

书前有识语，署“东观主人识”，内容同本衙藏本。内封题“新镌全部绣像红楼梦东观阁梓行”。首有程伟元序，高鹗序，次目录，次绣像。正文半叶十行，行二十二字。有嘉庆十六年刻本、嘉庆二十三年刻本、道光十年刻本。

绣像二十四幅，前图后赞，图像内容次序同程甲本，但边框作直角、绘刻线条略显板滞。

一粟《红楼梦书录》著录。

国家图书馆藏。

《绣像红楼梦》一百二十回

清藤花榭刻本。

内封首栏题“绣像红楼梦”，次栏题“藤花榭藏板”。卷首有《序》，署“小泉程伟元识”；次《红楼梦目录》；次绣像。正文半叶十一行，行二十四字。第二册书衣钤印“黄万庆”“福斋”。

绣像十五幅，前图后赞。绣像依次为：石头、宝玉、元春、迎春、探春、惜春、李纨、王熙凤、巧姐、秦可卿、宝钗、林黛玉、史湘云、妙玉、僧道。

一粟《红楼梦书录》著录。

国家图书馆藏。

《重镌全部绣像红楼梦》一百二十回

清藤花榭刻本。

内封首栏题“重镌全部”，次栏题“绣像红楼梦”，末栏署“藤花榭藏板”。首有《序》，署“小泉程伟元识”，次《红楼梦目录》，次绣像。正文半叶十一行，行二十四字。

绣像十五幅，前图后赞。次序同国图藏本。

一粟《红楼梦书录》著录。

吉林省图书馆藏。

《绣像批点红楼梦》一百二十回

清金溪三让堂刻本。

内封题“绣像批点红楼梦三让堂藏板”。卷首有《序》，署“小泉程伟元识”；次绣像；次《红楼梦目录》。版心题“红楼梦”，每回首页版心下署“三让堂”。正文半叶十一行，行二十七或二十八字。有圈点、夹批。第二册书衣题“护花侍志题”，钤印“吟风弄月”。

绣像十五幅，前图后赞，图像次序与藤花榭本同。

一粟《红楼梦书录》著录。

国家图书馆、上海图书馆藏。

《新评绣像红楼梦全传》一百二十回

清道光十二年（1832）双清仙馆刻本。

内封题“新评绣像红楼梦全传”，背面牌记题“道光壬辰岁之暮春上浣开雕”。卷首有《红楼梦批序》，署“道光壬辰花朝日吴县王希廉雪香氏书于双清仙馆”；次《原序》，署“小泉程伟元识”；次图像；次目录；次《红楼梦论赞》七十四首，署“读花人戏编”；次《红楼梦问答》二十三则；次《大观园图说》；次《红楼梦题词并序》十首，署“古吴女史绿君周绮序”；次《红楼梦总评》，署“洞庭王希廉雪香”；次《音释》。每回首题“洞庭王希廉雪香评”。版心题“红楼梦”。正文半叶十行，行二十二字。有回评。

绣像六十四幅，各配《西厢记》题句及花名，前人后花、花赞同面。人物、花、题句依次为：警幻：凌霄，我是散相思的五瘟使。宝玉：紫薇，俏东君与莺花作主。黛玉：灵芝，多愁多病身。宝钗：玉兰，全不见半点轻狂。可卿：海棠，梦儿相逢。元春：牡丹，一个仕女班头。迎春：女儿花，体态是温柔性格是沉。探春：荷花，忒聪明忒煞思。惜春：曼陀罗，礼三宝。史湘云：芍药，梦不离柳影花阴。薛宝琴：梅花，娇滴滴越显红白。邢岫烟：野薇，可怜我为人在客。妙玉：水仙，真假。李纨：梨花，穿一套缟素衣裳。李纹：李花，好人家风范。李绮：兰花，德言工貌。熙凤：妒妇花，酸醋当归浸。尤氏：含笑花，俏声儿窥视。尤二姐：桃花，游丝牵惹桃花片。尤三姐：虞美人，斩钉截铁。夏金桂：水木樨，似这般单相思好教撒吞。傅秋芳：琼花，只许心儿空想。巧姐：牵牛，织女星。娇杏：杏花，做夫人便做得过。佩凤：凤仙，凤友。偕鸾：青鸾花，鸾交。香菱：菱花，早掩过翠裙三四綰。平儿：夹竹桃，好教我左右做人难。鸳鸯：女贞，凤只鸾孤。袭人：刺蘼，只待觅别人破绽。晴雯：昙花，虚名儿误赚我。紫鹃：杜鹃，早医可九分不快。莺儿：樱桃，小名儿真不枉唤做莺莺。翠缕：翠梅，和小姐闲穷究。金钏：金丝桃，将我侍妾来逼凌。玉钏：玉竹，禁不起甜话儿热趱。彩云：金丝荷叶，非奸做盗拿。彩霞：向日葵，他不瞅人待怎生。司棋：夜合花，人约黄昏后。侍书：玫瑰，冷句儿将人厮侵。入画：淡竹叶，湿透凌波袜。雪雁：雁头花，北雁南飞。麝月：茉莉，风清月朗夜深时。秋纹：蓼花，盈盈秋水。碧痕：碧桃，溢起蓝桥水。柳五儿：夜来香，遮遮掩掩穿芳径。小红：月季，檀口点樱桃。春燕：燕尾草，管什么拘束亲娘。四儿：结香，有心待举案齐眉。喜鸾：桐花，如何妄脱空。宝蟾：杨花，用心儿拨雨撩云。傻大姐：芥菜，不识忧不识愁。万儿：万寿菊，闹中取静。文官：丁香，启朱唇语言的当。龄官：孩儿莲，隔花人远天涯近。芳官：素馨，芳心自警。藕官：蝴蝶花，小生薄命。蕊官：玉蕊，小孩儿口没遮拦。药官：白药，娇鸾雏凤失雌雄。葵官：蜀葵，女孩儿恁响喉咙。艾官：艾花，是玉人帽侧乌纱。荳官：红荳，将言词说上。智能：西番莲，佛啰成就了幽期密约。刘老老：醉仙桃，真是积世老婆婆。

孙楷第《中国通俗小说书目》、一粟《红楼梦书录》著录。

北京师范大学图书馆藏。

《绣像红楼梦全传》一百二十回

清嘉庆间抄本。

内封题“绣像红楼梦全传”。卷首有《序》，署“小泉程伟元识”，钤印“小泉”“程伟元印”；次《叙》，钤印“月小山房”，署“乾隆辛亥冬至后五日铁岭高鹗叙并书”，下钤印“臣鹗印”“兰墅高氏”；次目录；次绣像。正文半叶十行，行二十二字。有朱笔圈点。钤印“蜀丞”“孙氏人龢”“盐城孙氏”“孙人龢藏书馆”。

绣像二十四幅，彩绘，前图后赞，基本同程甲本，但边框作直角。

图中人物多作圆脸。以下各图与程甲本稍有差异：“贾氏宗祠”中石狮下无小狮子、石狮右前方只有一顶轿子；“王夫人贾政”图目易作“王夫人”；“秦氏”图目易作“秦可卿”，且图中无“海棠春睡图”“嫩寒锁梦因春冷”题字。

北京师范大学图书馆藏。

《古本红楼梦》十六卷一百二十回

清坊刻本。

内封题“古本红楼梦”。卷首有《序》，署“小泉程伟元识”；次绣像；次《红楼梦目录》。正文半叶十三行，行三十字。有朱笔夹批、眉批。第七本书衣上题“周和森”字样。

绣像十六幅，每图分上下两栏，上赞下图。依次为：石头、宝玉秦可卿、史太君、李纨贾兰附、元春、迎春探春、惜春、王熙凤巧姐、薛宝钗、林黛玉、史湘云妙玉、薛宝琴李纹李绮邢岫烟、尤三姐、晴雯香菱袭人、女乐、僧道。

上海图书馆藏。

《绣像批点红楼梦》一百二十回

清经纶堂刻本。

内封双行竖题题“绣像批点红楼梦，经纶堂藏板”。首有《序》，署“小泉程伟元识”；次目录；次绣像。版心题“红楼梦”。正文半叶十一行，行二十七或二十八字。有圈点，双行小字夹批。

绣像十五幅，前图后赞，图像次序同藤花榭本。

一粟《红楼梦书录》著录。

北京师范大学图书馆藏。

《新增批评绣像红楼梦》一百二十回

清佛山（或作粤东）三元堂刻本。

内封首栏竖题“东观阁梓行，三元堂藏板”，次栏双行竖题“新增批评绣像红楼梦”。首有《序》，署“小泉程伟元识”；次目录；次绣像。首回钤方形阳文印“周郎”。各回版心题署不同：序、《元春》图及第二十三、三十一、五十一回首叶，第十二、五十二回第二叶，第一百三、一百九回首二叶版心题“三元堂板”。第一、二、三、五、十六、二十五回题版心题“三让堂”。正文半叶十一行，行二十七字。有圈点、夹批。

绣像十五幅，前图后赞，与三让堂本同。《元春》图版心“元”错作“九”。

一粟《红楼梦书录》著录。

北京师范大学图书馆藏。

《绣像批点红楼梦》一百二十回

清经元升记刻本。

内封首栏题“绣像批点”，次栏题“红楼梦”，末栏题“经元升记梓”。卷首有《序》，署“小泉程伟元识”；次绣像；次目录。正文半叶十一行，行二十七或二十八字。

绣像十五幅，前图后赞，次序同三让堂本。

一粟《红楼梦书录》著录。

辽宁省图书馆藏。

《绣像红楼梦》一百二十回

清光绪二年（1876）京都聚珍堂活字印本。

内封首栏题“光绪丙子年校印”，次栏题“绣像红楼梦”，末栏双行署“京都隆福寺路南，聚珍堂书坊发兑”。首有序，署“聚珍主人识”，钤方形阴文印“聚珍堂印”；次《红楼梦批序》，署“道光壬辰花朝日吴县王希廉雪香氏书于双清仙馆”；次《原序》，署“小泉程伟元识”；次《红楼梦论赞》，署“读花人戏编”；次《红楼梦总评》，署“洞庭王希廉雪香评”；次《红楼梦题词并序》十首，署“古吴女史绿君周绮序”；次《红楼梦问答》；次《红楼梦目录》；次《音释》；次《大观园图说》，次绣像。每回首题“红楼梦”，署“洞庭王希廉雪香评”。版心题“绣像红楼梦”，下署“聚珍堂”。正文半叶十行，行二十二字。有回评。

绣像六十四幅，前人后花、花赞同面，基本同双清仙馆本。

孙楷第《中国通俗小说书目》、一粟《红楼梦书录》著录。

国家图书馆、辽宁省图书馆藏。

《绣像石头记红楼梦》四十卷一百二十回

清光绪七年（1881）湖南绵阳卧云山馆孙桐生刻本。

内封首栏题“妙复轩评本”，中栏双行竖题“绣像石头记红楼梦”，末栏题“卧云山馆藏板”，栏外横题“光绪辛巳新镌”。卷首有《妙复轩石头记叙》，署“同治癸酉季秋月下浣饮真外史孙桐生叙于卧云山馆”，钤二印：圆形阴文印“孙”，方形阳文印“桐生”；次《原序》，署“小泉程伟元识”；次目录；次绣像；次《妙复轩石头记评　太平闲人红楼梦读法》；次《跋》，署“光绪二年岁在丙子十一月二十日巴西懺梦居士钞竣自志男子孙巘校字”。正文半叶十行，行二十五字。有双行夹评及回末总评。

绣像二十幅，前图后赞，依次为：石头、宝玉、太君、元春、迎春、探春、惜春、李纨、王熙凤、巧姐、秦可卿、宝钗、林黛玉、史湘云、妙玉、薛宝琴、尤三姐、香菱袭人、晴雯、僧道。

一粟《红楼梦书录》著录。

国家图书馆藏。

《增评补图石头记》一百二十回

清光绪间上海广百宋斋铅印本。

内封题“增评补图石头记”。首有《原序》，署“小泉程伟元识”；次《护花主人批序》，署“道光壬辰花朝日吴县王希廉雪香氏书于双清仙馆”；次《读法附补遗一条订误一条》；次《护花主人总评》，有眉批；次《护花主人摘误》，有眉批；次《大梅山民总评》；次《明斋主人总评》；次《或问》二十三则；次《读花人论赞》，有夹批；次《题词并序》，署“古吴女史绿君周绮序”；次《大观园影事十二咏》；次《大观园图说》；次《音释》；次目录，总目末有“同校字”一行；次《大观园图》及绣像。每卷首题“增评补图石头记”，署“悼红轩原本，东洞庭护花主人评，蛟川大梅山民加评”。版心题“增评补图石头记”，下署“悼红轩原本”。正文半叶十五行，行四十字。有圈点、夹批、眉批，回末有护花主人及大梅山民评。

绣像十九幅，前图后赞，依次为：青埂峰石　绛珠仙草、通灵宝玉、辟邪金锁、警幻仙子、宝玉、元春、迎春、探春、惜春、李纨、王熙凤、巧姐、秦可卿、薛宝钗、林黛玉、史湘云、妙玉、茫茫大士、渺渺真人。

回目画每回二图，共二百四十幅。

一粟《红楼梦书录》著录。

北京师范大学图书馆藏。

《增评补像全图金玉缘》一百二十回

清光绪十四年（1888）上海石印本。

内封题“增评补像全图金玉缘”，背面牌记题“戊子仲冬沪上石印”。余同光绪十年（1884）同文书局本。正文半叶七行，行三十九字。有同年小本覆印本、光绪十五年（1889）大本覆印本。

绣像一百二十幅，前赞后图，每图题七绝一首，图像次序内容同光绪十年（1884）同文书局本。回目画每回二图，共二百四十幅。

一粟《红楼梦书录》著录。

浙江省图书馆藏。

《增评补像全图金玉缘》十五卷一百二十回

清末石印本。

书名页、卷首残缺。卷端题“增评补像全图金玉缘”。正文半叶二十二行，行五十字。有圈点、回评、双行小字夹批。

回目画每回一图，每八回八图。

国家图书馆藏。

《详注足本全图金玉缘》一百二十回

清光绪十五年（1889）上海同文书局石印本。

书签题“详注足本全图金玉缘”，下署“同文书局石印”“乃范庚申除夕志”，背面牌记题“铁城西宋藏本上海同文书局石印”。内封题“增评补像全图金玉缘”，背景祥云仙鹤图，背面牌记“己丑仲夏上海同文书局石印”。卷首有《重刊金玉缘序》，署“光绪十四年小阳月望日华阳仙裔识”；次《增评补像全图金玉缘总目》；次《太平闲人读法》；次《护花主人批序》，署“道光壬辰花朝日吴县王希廉雪香氏书于双清仙馆”；次《护花主人摘误》；次《护花主人总评》；次《明斋主人总评》；次《大梅山民总评》；次《护花主人论赞》；次《或问》；次《大观园影事十二咏》；次《题词并序》，署“古吴女史绿君周绮序”；次《音释》；次《大观园图说》；次《大观园图》；次绣像。版心题“图注金玉缘”，正文半叶十八行，行三十九字。有双行小字夹批。

绣像四十二幅，前图后赞。依次为：青埂峰石　绛珠仙草、通灵宝玉、辟邪金锁、警幻仙姑、疯僧、跛道人、宝玉、黛玉、贾母、贾赦贾琏、贾政、贾敬、贾珍、贾兰、邢夫人、王夫人、熙凤、李纨、宝钗、可卿、元春、迎春、探春、惜春、湘云、岫烟、宝琴、李纹、巧姐、薛姨母、夏金桂、尤三姐、姽婳将军、贾芸、贾代儒、贾瑞、晴雯、妙玉、周姨娘、尤二姐、甄士隐、贾雨村。

一粟《红楼梦书录》著录。

上海图书馆藏。

《增评补像全图金玉缘》一百二十回

清光绪十五年（1889）上海石印本。

书签题“增评补像全图金玉缘”。内封居中竖题“增评补像全图金玉缘”，左右两端各绘两只仙鹤，背面牌记题“己丑仲夏上海石印”。卷首有《重刊金玉缘序》，署“光绪十四年小阳月望日华阳仙裔识”；次《增评补像全图金玉缘总目》；次《太平闲人读法》；次《护花主人批序》，署“道光壬辰花朝日吴县王希廉雪香氏书于双清仙馆”；次《护花主人摘误》；次《护花主人总评》；次《明斋主人总评》；次《大梅山民总评》；次《护花主人论赞》；次《或问》；次《大观园影事十二咏》；次《大观园图》；次《题词并序》，署“古吴女史绿君周绮序”；次《音释》；次《大观园图说》；次《大观园图》；次绣像。版心题“图注金玉缘”。正文半叶十七行，行三十九字。

绣像一百二十幅，前赞后图。

一粟《红楼梦书录》著录。

国家图书馆藏。

《绣像全图增批石头记》一百二十卷首一卷

清光绪十八年（1892）古越诵芬阁铅印本。

书签题“绣像全图增批石头记”，署“华孙题”。内封首栏题“古越诵芬阁藏版”，次栏双行竖题“护花主人黄原批、大梅山民姚伯评石头记”，末栏题“泉唐毛承基署”，下钤印“臣基”。背面牌记题“光绪十八年岁次壬辰秋月重校复印”。卷首有《原序》；次《护花主人批序》，署“道光壬辰花朝日吴县王希廉雪香氏书于双清仙馆”；次《读法附补遗一条订误一条》；次《护花主人总评》；次《护花主人摘误》；次《大梅山民总评》；次《明斋主人总评》；次《或问》；次《读花人论赞》；次《题词并序》，署“古吴女史绿君周绮序”；次《大观园影事十二咏》；次《大观园图说》；《音释》；次《增评补图石头记总目》；次绣像。卷端题“增评补图石头记”，署“悼红轩原本，东洞庭护花主人评、蛟州大梅山民加评”。版心题“增评补图石头记”，署“悼红轩原本”。正文半叶十五行，行四十字。有圈点、眉批、旁批。

绣像十六幅，前图后赞。依次为：青埂峰石　绛珠仙草、通灵宝玉、辟邪金锁、警幻仙子、宝玉、元春、迎春、探春、惜春、李纨、王熙凤、巧姐、秦可卿、薛宝钗、林黛玉、史湘云。

回目画每回二图，与光绪十五年（1889）同文书局本似。

一粟《红楼梦书录》著录。

辽宁省图书馆藏。

《绣像全图金玉缘》一百二十回

清光绪二十四年（1898）上海书局石印本。

书签题“绣像全图金玉缘”。内封双行竖题“绣像全图金玉缘”，背面牌记题“光绪戊戌孟夏上海书局石印”。卷首有《原序》，署“小泉程伟元识”；次《护花主人批序》，署“道光壬辰花朝日吴县王希廉雪香氏书于双清仙馆”；次《护花主人摘误》；次《大梅山民总评》；次《明斋主人总评》；次《或问》；次《读花人论赞》；次《题词并序》，署“古吴女史绿君周绮序”；次《大观园影事十二咏》；次《大观园图》《大观园图说》；次《音释》；次《增评补图石头记总目》，署“悼红轩原本，海角居士校正”；次绣像。各卷端题“增评补图石头记”，署“悼红轩原本，东洞庭护花主人评，蛟川大梅山民加评，海角居士校正”。版心题“增评补图石头记”。正文半叶二十二行，行五十字。有圈点、眉批、双行小字夹批。

绣像十九幅，前图后赞，图像次序同广百宋斋本。

回目画每回二图，每二回二图，共二百四十幅。

一粟《红楼梦书录》著录。

国家图书馆藏。

《增评补图石头记》

清忠正堂本。

书签题“增评补图石头记”。内封双行竖题“增评补图石头记”。次《护花主人批序》，署“道光壬辰花朝日吴县王希廉雪香氏书于双清仙馆”；次《护花主人摘误》；次《大梅山民总评》；次《明斋主人总评》；次《或问》；次《读花人论赞》；次《题词并序》，署“古吴女史绿君周绮序”；次《大观园影事十二咏》；次《音释》；次《增评补图石头记总目》，署“悼红轩原本，海角居士校正”；次《大观园图》及《大观园图说》；次绣像。各卷端题“增评补图石头记”，署“悼红轩原本，东洞庭护花主人评，蛟川大梅山民加评”。正文半叶十五行，行四十字。

绣像十九幅，前图后赞。人物次序同广百宋斋本。

回目画每回二图，第百十四回图有方形阳文印“忠和堂记”。

国家图书馆藏。

《增评加批金玉缘图说》十六卷一百二十回

清末石印本。

存二十七至三十四、六十至六十六回。卷端题“增评加批金玉缘图说”，署“蝶芗仙史评”。版心题“增评绘图石头记”。正文半叶二十七行，行五十八字。有眉批、双行小字夹批。

部分回目每回一图。

国家图书馆藏。

《增评补图石头记》一百二十卷

清光绪二十四年（1898）上海石印本。

内封题“增评补图石头记”，背面牌记题“光绪戊戌季夏上海石印”。卷端题“悼红轩原本，海角居士校正”。每回首题“悼红轩原本，东洞庭护花主人评，蛟川大梅山民加评，海角居士校正”。正文半叶十六行，行四十字。版心题“增评补图石头记”。有圈点、双行小字夹批、眉批、回评。余同广百宋斋本。

绣像十九幅。回目画每回一图，共一百二十幅。

国家图书馆藏。

《绣像全图增批石头记》一百二十卷

清光绪二十六年（1900）石印本。

书签题“增评补图石头记”。内封首二行竖题“绣像全图增批石头记”，“石头记”下双行小字竖题“悼红轩原本”，署“钟山居士题”；背面牌记题“光绪廿有六年庚子石印”。卷首有《护花主人批序》，署“道光壬辰花朝日吴县王希廉雪香氏书于双清仙馆”；次《读法附补遗一条订误一条》；次《护花主人总评》，有眉批；次《护花主人摘误》，有眉批；次《大梅山民总评》；次《明斋主人总评》，有眉批；次《或问》；次《读花人论赞》；次《题词并序》，署“古吴女史绿君周绮序”；次《大观园影事十二咏》；次《大观园图说》；次《音释》；次《总目》；次大观园图及绣像。各卷端题“悼红轩原本，东洞庭护花主人评，蛟川大梅山民加评，海角居士校正”。版心题“增评补图石头记”。总目前题“悼红轩原本，海角居士校正”。正文半叶十六行，行四十字。有圈点、双行小字夹批、眉批、回评。

绣像二十四幅，无赞语，图与他本不同。依次为：青埂峰石　绛珠仙草、辟邪金锁　通灵宝玉、林黛玉、史湘云、警幻仙子、宝玉、李绮、尤三姐、鸳鸯、袭人、惜春、薛宝钗、妙玉、李纨、探春、秦可卿、傅秋芳、巧姐、李纹、王熙凤、宝琴、邢岫烟、元春、迎春。末图有蓝印“富开”。除首二叶外，均各配花名及《西厢记》题句，与双清仙馆本不全同，不同者如下：黛玉：杜鹃，看你个离魂倩女。史湘云：芍药，玉精神花模样。警幻仙子：无。宝玉：牡丹，万种情缘一样愁。李绮：海棠花，才郎女貌年相仿。惜春：荼蘼，不近喧哗。薛宝钗：紫薇，全不见半点轻狂。妙玉：波罗密，问你混俗和光。李纨：素心兰，节操懔冰霜。

探春：玫瑰花，大人家举止端详。秦可卿：水仙花，梦儿相逢。巧姐：牵牛花，怕你不卧看牵牛织女星。王熙凤：金银花，相见语偏多。迎春：腊梅，自然幽雅。

回目画每回二图，每四回八图。每图上下两栏，每栏二小图。构图风格与光绪间悼红轩本同，但图像内容不同。图像叶白纸本，正文叶黄纸本，图像应为补配。

一粟《红楼梦书录》著录。

上海图书馆藏。

《增评加批金玉缘图说》一百二十回

清光绪三十二年（1906）上海桐荫轩石印本。

内封首栏朱笔题“足本全图金玉缘”，次栏朱笔题“光绪丙午九秋石芗”，钤方形阳文印“石芗”。背面牌记题“光绪丙午菊秋月上海桐荫轩石印”。卷首有《全图金玉缘序》，署“光绪三十二年九秋既望华阳仙裔识”；次《增评加批金玉缘图说卷首》《护花主人批序》《增评加批金玉缘图说目录》《评论》《明斋主人总评》《大梅山民总评》《读花人论赞》《太平闲人读法》；次《题词并序》，署“古吴女史绿君周绮序”；次《问答》《护花主人摘误》《大观园影事十二咏》（含《大观园图》）《音释》；次绣像。卷端题“增评加批金玉缘图说”，署“蝶芗仙史评订”。正文半叶二十一行，行四十字。有圈点、回评、双行小字夹批。有宣统元年（1909）覆刻本。

绣像六十幅，前图后赞，依次为：绛珠仙草　通灵宝石、跛道人疯僧、宝玉、黛玉、贾母、贾赦贾琏、贾政、贾雨村、袭人、尤二姐、甄宝玉、王夫人、熙凤、邢夫人、李纨、宝钗、尤氏、可卿、元春、迎春、探春、惜春、湘云、岫烟、薛姨母、夏金桂、尤三姐、傅秋芳、姽婳将军、胡氏、贾蔷、贾芸、贾环赵国村（基）、贾芹、贾代儒贾瑞、薛蟠、薛蝌、秦钟、绣橘、侍书、翠缕、蕙香、春燕、莺儿、司棋、入画、小螺、娇杏、琥珀、珍珠、小红、傻大姐、焦大、包勇、赖大、焙茗、藕官、蕊官、荳官、葵官。除第一页上题“愿天下有情人都成了眷属”，末页图葵官外，均前图后赞。

回目画每回一图，每二回二图，共一百二十幅。

一粟《红楼梦书录》著录。

国家图书馆藏。

《增评全图足本金玉缘》一百二十回

清光绪三十四年（1908）求不负斋石印本。

内封双行竖题“增评全图足本金玉缘”，背面牌记题“光绪戊申九月求不负斋印行”。卷首有《重刊金玉缘序》，末署“光绪三十四年九月望日华阳仙裔识”，序同光绪十年（1884）同文书局本，但多评论六条；次《太平闲人读法》；次《音释》；次《护花主人总评》；次《评论》；次《护花主人摘误》；次《明斋主人总评》；次《大梅山民总评》；次《读花人论赞》；次《或问》；次《大观园影事十二咏》；次《题词并序》，署“古吴女史绿君周绮序”；次《大观园图说》；次《书目》；次绣像。版心题“图注金玉缘”。正文半叶十八行，行四十字。有圈点、双行小字夹评批、回评。

绣像二十六幅，图赞位置不固定，前图后赞：青埂峰石　绛珠仙草；图赞同面：通灵宝玉、辟邪金锁；前赞后图：宝玉、黛玉；图赞同面：二栏四格：右二格为赞语，左二格为人物，贾赦贾琏、贾政，贾敬、贾珍，跛道人疯僧、贾母，贾蓉、邢夫人，熙凤、李纨，宝钗、尤氏，可卿、元春，迎春、贾兰，探春、惜春，湘云、岫烟，李纹、李绮，巧姐、薛姨母，夏金桂、尤三姐，傅秋芳、姽婳将军，胡氏、贾蔷，贾芸、贾芹，宝琴、贾环赵国村（基），贾代儒贾瑞、王夫人。

回目画每回二图，与光绪十四年（1888）石印本基本同。

一粟《红楼梦书录》著录。

国家图书馆、浙江图书馆藏。

《增评加批金玉缘图说》十六卷一百二十回

清光绪三十四年（1908）上海求志斋石印本。

书签题“全图增评石头记”，下有小字“云记”，并题“金竹英”。内封首行题“全图增评金玉缘”，钤阳文印“竹英”，次行题“群图增评石头记”，背面牌记“光绪戊申年七月上海求志斋石印”。卷首有《全图金玉缘序》，署“光绪三十二年九秋既望华阳仙裔识”，钤二方形阳文印：“越”“阳”；次《原序》，署“小泉程伟元识”；次《护花主人批序》，署“道光壬辰花朝日吴县王希廉雪香氏书于双清仙馆”；次《评论》；次《护花主人总评》；次《明斋主人总评》；次《太平闲人石头记读法》；次《音释》；次《大观园图说》；次《大观园影事十二咏》；次《问答》；次《题词并序》，署“古吴女史绿君周绮序”；次《读花人论赞》；次《目录》；次绣像。各卷端题“增评加批金玉缘图说”，署“蝶芗仙史评订”。版心题“增评全图石头记”。正文半叶二十二行，行四十四字。有圈点、双行小字夹批、回评、眉批。

绣像十九幅，前图后赞，次序同广百宋斋本，竹节梅花边框。

回目画每二回一图，共五十八幅，其中一至四、一百九至百十二回为四回二图，五至六十八回、七十七至一百八、一百十三至一百二十回均为八回四图，十三、十四回每回一图，十五至二十、七十五、七十六回无图，六十九、七十回二回一图，七十一至七十四回重复四十九至五十二回图。

上海图书馆藏。

《增评全图石头记》一百二十回

清宣统元年（1909）上海章福记书局石印本。

书签题“增评全图石头记”。内封双行竖题“增评全图石头记”，下署“天然如意宝”，背面牌记题“宣统元年夏月章福记书局印”。卷首有《重刊金玉缘序》，署“光绪十四年小阳月望日华阳仙裔识”；次《增评补像全图金玉缘目录》；次《太平闲人石头记读法》；次《护花主人批序》；次《护花主人摘误》；次《护花主人总评》；次《明斋主人总评》；次《大梅山民总评》；次《读花主人论赞》；次《或问》；次《大观园影事十二咏》；次《题词并序》，署“古吴女史绿君周绮序”；次《音释》；次《大观园图说》；次图像。每回首题“增评补像全图金玉缘”。正文半叶二十二行，行五十字。有圈点、双行小字夹批、回评。

绣像除首二图外每图二人或三人，依次为（人物从右及左）：青埂峰石　绛珠仙草，辟邪金锁　通灵宝玉，贾赦、北静王、贾政，警幻仙子、林黛玉、贾宝玉，李纨、宝钗、紫鹃，元春、王熙凤，探春、惜春、可卿，葵官、袭人、史湘云，岫烟、宝琴，贾瑞、贾兰、贾蓉，彩云、珍珠、小红，妙玉、芳官、龄官，薛姨妈、刘老老、巧姐，跛道人、甄士隐、疯僧。

回目画三十六幅，第一、二、十五、十六、三十三、三十四、四十一、四十二、四十九、五十、五十七、五十八、六十五、六十六、七十三、七十四、八十一至八十四、八十九至九十二、九十七至一百、一百五至一百八、百十三至百十六各回每回一图。

辽宁省图书馆藏。

《增评补图石头记》一百二十回

清宣统间铅印本。

书签题“增评补图石头记”。内封双行竖题“增评补图石头记”。卷首有《原序》，署“小泉程伟元识”；次《护花主人批序》，署“道光壬辰花朝日吴县王希廉雪香氏书于双清仙馆”；次《读法附补遗一条订误一条》；次《护花主人总评》，有眉批；次《护花主人摘误》，有眉批；次《大梅山民总评》；次《明斋主人总评》，有眉批；次《或问》；次《读花人论赞》；次《题词并序》，署“古吴女史绿君周绮序”；次《大观园影事十二咏》；次《大观园图说》；次《音释》；次《总目》；次绣像。各卷端题“增评补图石头记”，署“悼红轩原本，东洞庭护花主人评，蛟川大梅山民加评”。版心题“增评补图石头记”，署“悼红轩原本”。

正文半叶十五行，行四十字。有圈点、双行小字夹批、眉批、回评。

绣像十八幅，前图后赞，次序内容与广百宋斋同，无《渺渺真人》图。

回目画每回二图，风格与光绪十五年（1889）同文书局同，但数量增多，多偶数回目图。

上海图书馆藏。

《全图增评金玉缘》十六卷一百二十回

民国三年（1914）上海石印本。

内封题“全图增评金玉缘”，背面有朱印菊花图一幅。卷首有《全图金玉缘序》，署“民国甲寅年夏月后学王浩书于海上。”次《大观园图》。次《原序》，署“小泉程伟元识”；次《护花主人批序》，署“道光壬辰花朝日吴县王希廉雪香氏书于双清仙馆”；次《评论》；次《护花主人总评》；次《护花主人摘误》；次《明斋主人总评》；次《太平闲人石头记读法》；次《大梅山民总评》；次《音释》；次《大观园图说》；次《大观园影事十二咏》；次《或问》；次《题词并序》，署“古吴女史绿君周绮序”；次《读花人论赞》；次《增评加批金玉缘图说目录》；次绣像。各卷端题“增评加批金玉缘图说”，署“蝶芗仙史评订”。版心题“增评绘图石头记”。

绣像十九幅，其中首图前图后赞，其他图赞同面。

回目画每二回一图，有些回目无配图。

国家图书馆藏。

《增评加注全图红楼梦》十五卷一百二十回

民国十四年（1925）上海同文书局石印本。

内封题名“增评加注全图红楼梦”，背景是一幅山水云鹤图，背面有与同文书局本相同的鼎形牌记，署“己丑仲夏上海同文书局藏板”，又有“民国十四年三月印行”一行。卷首有《序》，署“光绪十四年小阳月望日华阳仙裔识”；次《太平闲人石头记读法》；次《护花主人批序》；次《护花主人摘误》；次《护花主人总评》；次《明斋主人总评》；次《大梅山民总评》；次《读花主人论赞》；次《或问》；次《大观园影事十二咏》；次《题词并序》，署“古吴女史绿君周绮序”；次《音释》；次《大观园图说》；次《增评加注全图红楼梦总目》；次图像。各卷端题“增评加注全图红楼梦”。版心题“增评加注全图红楼梦”。

《大观园图》一幅。绣像前九幅单面式，前图后赞，依次为：青埂峰石　绛珠仙草、通灵宝玉、辟邪金锁、警幻仙姑、疯僧、跛道人、宝玉、黛玉、宝钗。此后每页分左右两栏，分别出以人物和赞语，共计 26 人，依次为：贾母、贾赦贾琏，贾政、贾兰，邢夫人、王夫人，熙凤、李纨，可卿、元春，迎春、探春，惜春、湘云，刘老老巧姐、薛姨母，尤三姐、姽婳将军，贾芸、晴雯，妙玉、尤二姐，甄士隐、贾雨村。

回目画大多每回二图，但并非每回皆配图。

国家图书馆藏。

《增评加注全图红楼梦》一百二十回

民国十七年（1928）上海同文书局石印本。

内封题名“增评加注全图红楼梦”，背景是一幅山水云鹤图，背面有与同文书局相同鼎形牌记，署“己丑仲夏上海同文书局藏板”，又有“民国十七年三月印行”一行。余同民国十四年（1925）上海同文书局石印本。该本钤“陷履和印”。

绣像同民国十四年（1925）上海同文书局石印本。

国家图书馆藏。

《精校全图足本铅印金玉缘》一百二十回

民国间铅印本。

扉页题“精校全图足本铅印金玉缘”，内封题名为“精校全图铅印评注金玉缘”，署“蛰道人题”。卷首有《原序》，署“小泉程伟元识”；次《护花主人批序》，署“道光壬辰花朝日吴县王希廉雪香氏书于双清仙馆”；次《读法》；次《护花主人总评》；次《护花主人摘误》；次《大梅山民总评》；次《明斋主人总评》；次《或问》；次《读花人论赞》；次《题词并序》，署“古吴女史绿君周绮序”；次《大观园影事十二咏》；次《大观园图说》；次《音释》；次《红楼梦总目》；次图。各卷端题“红楼梦”，署“东洞庭护花主人评，蛟川大梅山民加评”。版心题“红楼梦”。有眉批。

《大观园图》一幅。绣像十九幅，前图后赞。回目画每回二图，共二百四十幅。

国家图书馆藏。

《精校全图足本铅印金玉缘》一百二十回

民国间石印本。

该书缺卷首一册。书签题“增评全图金玉缘”。首回题“增评补像全图金玉缘”。版心题“图注金玉缘”。正文半叶十八行，行四十字，小字双行同，白口，四周双边，单鱼尾。

回目画每回二图，共二百四十幅。

国家图书馆藏。

参考文献

一、国内著作

郭味蕖：《中国版画史略》，北京：朝花美术出版社，1962。

傅惜华：《中国古典文学版画选集》，上海：上海人民美术出版社，1981。

阿英：《小说四谈》，上海：上海古籍出版社，1981。

一粟编著：《红楼梦书录》，上海：上海古籍出版社，1981。

孙楷第：《中国通俗小说书目》，北京：人民文学出版社，1982。

朱一玄编：《红楼梦资料汇编》，天津：南开大学出版社，1985。

俞剑华编：《中国画论类编》，北京：人民美术出版社，1986。

周芜主编：《中国版画史图录》，上海：上海人民美术出版社，1988。

郑振铎：《中国古代版画丛刊》，上海：上海古籍出版社，1988。

郑振铎：《郑振铎艺术考古文集》，北京：文物出版社，1988。

张秀民：《中国印刷史》，上海：上海人民出版社，1989。

江苏省社科院明清小说研究中心：《中国通俗小说总目提要》，北京：

中国文联出版公司，1990。

冯其庸、李希凡：《红楼梦大辞典》，北京：文化艺术出版社，1990。

来新夏：《中国古代图书事业史》，上海：上海人民出版社，1990。

王伯敏：《中国古代版画概观》，《中国美术全集》（绘画编），上海：上海人民美术出版社，1991。

吴希贤：《所见中国古代小说戏曲版本图录》，北京：中华全国图书馆文献缩微复制中心，1995。

金沛霖主编：《古本小说四大名著版画全编》，北京：线装书局，1996。

叶树声、余敏辉：《明清江南私人刻书史略》，合肥：安徽大学出版社，2000。

《中国古代小说版画集成》，北京：汉语大词典出版社，2002。

薛冰：《中国版本文化丛书插图本》，南京：江苏古籍出版社，2002。

［明］计成：《园冶图说》，赵农注释，济南：山东画报出版社，2003。

陈平原：《看图说书：小说绣像阅读札记》，北京：生活·读书·新知三联书店，2003。

邵宏：《美术史的观念》，杭州：中国美术学院出版社，2003。

钱存训：《中国纸和印刷文化史》，桂林：广西师范大学出版社，2004。

肖东发：《插图本中国图书史》，桂林：广西师范大学出版社，2005。

鲁迅：《鲁迅全集》，北京：人民文学出版社，2005。

李辰冬：《李辰冬古典小说研究论集》，北京：中华书局，2006。

陈龙、陈一：《视觉文化传播导论》，上海：上海三联书店，2006。

罗一平：《历史与叙事：中国美术史中的人物图像》，广州：岭南美术出版社，2006。

徐小蛮、王福康：《中国古代插图史》，上海：上海古籍出版社，2007。

洪振快编：《红楼梦古画录》，北京：人民文学出版社，2007。

刘勇强：《中国古代小说史叙论》，北京：北京大学出版社，2007。

［明］文震亨：《长物志》，重庆：重庆出版社，2008。

姜澄清：《中国绘画精神体系》，兰州：甘肃人民美术出版社，2008。

林若熹：《中国画线意志》，北京：中国人民大学出版社，2010。

［清］孙温绘：《全本红楼梦》，北京：现代教育出版社，2010。

薛永年主编：《故宫画谱》（人物卷），北京：故宫出版社，2014。

石守谦：《从风格到画意：反思中国美术史》，北京：生活·读书·新知三联书店，2015。

乔光辉：《明清小说戏曲插图研究》，南京：东南大学出版社，2016。

陈斌主编：《中国历代仕女图谱》，西安：三秦出版社，2020。

二、国外著作

［美］艾尔文·潘诺夫斯基（Panofsky, E.）：《视觉艺术的含义》（*Meaning in the Visual Arts*），傅志强译，沈阳：辽宁人民出版社，1987。

［英］E.H.贡布里希（E.H.Gombrich）：《艺术与错觉——图画再现的心理学研究》（*Art and Illusion:a Study in the Psychology of Pictorial Representation*），林夕、李本正、范景中译，杭州：浙江摄影出版社，1987。

［英］E.H.贡布里希（E.H.Gombrich）：《秩序感——装饰艺术的心理学研究》（*The Sense of Order*），范景中等译，长沙：湖南科学技术出版社，1999。

［德］汉斯—格奥尔格·伽达默尔（Hans-Georg Gadamer）：《真理与方法》（*Wahrheit und Methode*），洪汉鼎译，上海：上海译文出版社，2004。

［美］苏珊·朗格（Susanne K. Langer）：《艺术问题》（*Problems of Art*），腾守尧译，南京：南京出版社，2006。

［日］柳宗悦：《工艺文化》，徐艺乙译，桂林：广西师范大学出

版社，2006。

［法］丹纳（Hippolyte A.Taine）：《艺术哲学》（*Philosophie De L'Art*），傅雷译，天津：天津社会科学院出版社，2007。

［英］彼得·伯克（Peter Burke）：《图像证史》（*Eyewitnessing: The Uses of Images as Historical Evidence*），杨豫译，北京：北京大学出版社，2009。

［美］巫鸿：《重屏：中国绘画中的媒材与再现》，文丹译，上海人民出版社，2009。

［美］巫鸿：《时空中的美术》，梅枚等译，北京：生活·读书·新知三联书店，2009。

［英］乔纳森·哈里斯（Jonathan Harris）：《新艺术史批评导论》（*The New Art History: A Critical Introduction*），徐建译，南京：江苏美术出版社，2010。

［美］孟久丽：《道德镜鉴：中国叙述性图画与儒家意识形态》（*Mirror of Morality: Chinese Narrative Illustration Confucian Ideology*），何前译，北京：生活·读书·新知三联书店，2014。

［英］柯律格（Craig Clunas）：《明代的图像与视觉性》（*Pictures and Visuality in Early Modern China*），黄晓鹃译，北京：北京大学出版社，2011。

［英］柯律格（Craig Clunas）：《长物：早期现代中国的物质文化与社会状况》（*Superfluous Things: Material Culture and Social Status in Earley Modern China*），高昕丹、陈恒译，北京：生活·读书·新知三联书店，2015。

［美］何谷理（Roberte Hegel）：《明清插图本小说阅读》（*Reading Illustralted Fiction in Late Imperial China*），刘诗秋译，北京：生活·读书·新知三联书店，2019。

［美］高居翰（James Cahill）：《致用与娱情：大清盛世的世俗绘画》（*Picture for Use and Pleasure: Vernacular Painting in High Qing China*），杨多译，北京：生活·读书·新知三联书店，2022。

相关系列图书

《书魂寻踪》/ 韦力撰

《文津识小录》/ 谢冬荣编著

《文津书话》/ 谢冬荣著

《嘉树堂序跋录》/ 陈郁著

《守藏集》/ 刘波、林世田著

《知堂古籍藏书题记》/ 周作人撰，谢冬荣整理

《民国书籍文化杂记》/ 荣杰著（即将出版）

《书魂寻踪 2》/ 韦力著（即将出版）

《馆窥——我的图书馆之旅》/ 韦力著（即将出版）